ハヤカワ文庫SF
〈SF1988〉

聖なる侵入
〔新訳版〕

フィリップ・K・ディック
山形浩生訳

早川書房
7479

THE DIVINE INVASION

by

Philip K. Dick

Translated by
Hiroo Yamagata
Published 2015 in Japan by
HAYAKAWA PUBLISHING, INC.
This book is published in Japan by
arrangement with
THE WYLIE AGENCY (UK) LTD.
through THE SAKAI AGENCY.

The official website of Philip K. Dick: www.philipkdick.com

お前の待っていた時がきた。御業は完成した。最後の世界がやってきた。かれは移植され生きている。

——夜の謎めいた声

目次

第1章 9
第2章 24
第3章 44
第4章 63
第5章 90
第6章 113
第7章 136
第8章 155
第9章 182

第10章 200
第11章 223
第12章 247
第13章 264
第14章 285
第15章 305
第16章 325
第17章 343
第18章 352
第19章 378
第20章 399
訳者あとがき 415

聖なる侵入〔新訳版〕

第1章

マニーを学校に入れる時がやってきた。政府には特殊学校がある。マニーはその症状のため、一般校には行けないと法律で決まっていた。エリアス・テートは、それについてどうしようもなかった。政府の規則を迂回することもできない。というのもここは地球で、あらゆることに邪悪のゾーンがかかっていたからだ。エリアスにはそれが感じられたし、たぶん少年にも感じられるのだろう。

エリアスはそのゾーンが意味するものを理解していたが、もちろん少年にはわからなかった。六歳のマニーは美しく力強く見えたが、いつも半分寝ているように見え、まるで(とエリアスは考えた)まだ完全に生まれきっていないかのようだった。

「今日が何の日か知っとるか?」とエリアスは尋ねた。

少年はにっこりした。

「よし。先生次第でいろいろ変わってくる。お前、どのくらい覚えとるんじゃ、マニー？ライビスは覚えとるのか？」とエリアスは少年の母親ライビスのホログラムを取り出して、光の中に掲げた。「ライビスをごらん。ちらっとでいいから」

いつか少年の記憶が復活する。何か、少年が自分で事前に手配したものにより放射される脱抑圧刺激が、アナムネシス——健忘症の喪失——を引き起こし、あらゆる記憶がどっと戻ってくる。CY30-CY30Bでの受胎、ライビスがひどい病気と闘っている間に彼女の子宮の中にいた時期、地球への旅、尋問さえ覚えているかも。母親の子宮から、マニーは三人に助言を行った。三人とはハーブ・アッシャー、エリアス・テート、ライビス自身だ。でもそこで事故が起こった。もっとも本当に事故かどうかはわからないが。そしてそのために損傷が生じた。

そして損傷のせいで、健忘症が。

二人は近郊列車で学校に向かった。迎えに出たのは小うるさそうな小男で、プラウデット氏なる人物だ。熱心そうで、マニーと握手をしたがった。エリアス・テートから見れば、これが政府なのは明らかだった。まずは握手をして、それからわしらを殺すんじゃ、とかれは思った。

「するとこれがエマニュエルくんですか」とプラウデットは晴れやかに言った。

柵に囲まれた校庭で、児童が他に数人遊んでいた。少年はもじもじとエリアス・テートに体を押しつけた。明らかに遊びたいのだが、怖がっている。

「すてきな名前だねえ。エマニュエルくん、自分の名前を言えるかな？」とプラウデット
は少年に尋ねてかがみ込んだ。『エマニュエル』って言ってごらん？」

「われわれと共にある神様」と少年。

「え？　なんだって？」とプラウデット。

エリアス・テートは言った。「それが『エマニュエル』の意味なんじゃよ。だから母親
はその名前を選んだ。母親は、マニーが生まれる前に空中衝突で死にましてな」

「ぼく、人工子宮にいたんだ」とマニー。

「機能不全の原因はその——」とプラウデットが言いはじめたのを、エリアス・テートは
手振りで黙らせた。

気まずい様子でプラウデットはタイプ文書を留めたクリップボードをのぞき込んだ。

「さーてと……あなたはこの子のお父さんではないんですね。大叔父さんですか」

「父親は冷凍生命停止状態でな」

「同じ空中衝突で？」

「そう。脾臓を待っている」

「六年もたつのにいまだに手配が——」

「わしはこの子の前でハーブ・アッシャーの死についてあれこれ言う気はない」とエリア

ス。

「でもこの子は、父親がいつか生き返るのを知っているんでしょう?」とプラウデット。

「もちろん。わしは数日ここの学校で過ごして、子供の扱いを拝見する。気に入らなければ、物理的な力を使いすぎるなら、法律がなんと言おうとマニーをここから連れ出しますからな。たぶんこういう学校で通例の、いつものクソを教えるんでしょうな。それについてことさら嬉しいとも思わんが、一方で特に心配もしとらん。学校に満足したら、一年分の学費を先払いしよう。ここにこの子を入れるのには反対なんじゃが、法律だから仕方ない。あなた個人が悪いとは思っとらんので」とエリアス・テートはにっこりした。

遊び場の端に生えている竹を風が吹き抜けた。マニーは風に聞き耳を立て、首をかしげて顔をしかめた。エリアスはその肩を叩き、風が少年に何を語りかけているのだろうと思った。お前がだれか語ってくれるのかな? お前の名前を教えてくれるのか?

だれもが口にしてはならないあの名前を。

子供が一人、白いフロックを着た少女がマニーのほうにやってきて、手をさしのべた

「こんにちは。新しくきたのね」

風が竹の間を吹き抜け続けた。

*

死んで冷凍生命停止にあっても、ハーブ・アッシャーは独自の悩みを抱えていた。冷凍ラボ社倉庫のすぐ近くに、五万ワットのFM送信機が前年に設置されていたのだ。だれにもわからない理由で、冷凍装置は強力な近くのFM信号を受信しはじめた。だからハーブ・アッシャーをはじめとする冷凍ラボ社の生命停止状態のみんなが、エレベータ音楽を昼も夜も聞かされ続けることとなった。そのFM局は自称「快適音楽」の専門局だったからだ。

いまは冷凍ラボ社の死人たちを、フル弦楽版の『屋根の上のバイオリン弾き』が攻撃していた。これはハーブ・アッシャーにとっては特に悪趣味なことだった。というのも、自分がまだ生きているという印象を抱いているサイクルにいたからだ。凍った脳からは古くさい限られた世界が広がっていた。ハーブ・アッシャーは自分が小惑星CY30-CY30Bに戻っていて、自分のドームを維持していたあの決定的な年月にいるつもりになっていた……決定的というのは、そのときにライビス・ロミーに出会い、公式に彼女と結婚し、いっしょに地球に戻ってきて、それから地球《テラ》当局に尋問されて、それでは不十分だとも言うように、まったく自分のせいではない空中衝突によって、表面的には殺されてしまったからだ。もっとひどいことに、妻はそれで死んでしまい、しかもどんな臓器移植でも復活できないような死に方だった。彼女のきれいな小さい頭は、ロボット医師がハーブに説明してくれたところによると、双対的に裂解してしまったそうな――実にロボットじみた用語の選び方だ。

だが、ハーブ・アッシャーがCY30-CY30B星系のドームにまだ戻っているのだと想像していている限りにおいて、かれはライビスが死んだことに気がついていなかった。それどころか、まだライビスを知らなかった。これは自分自身のドームにいるライビスの話を教えてくれた供給人がやってくる前のことだったからだ。

＊

ハーブ・アッシャーは寝台に横たわって、リンダ・フォックスのお気に入りのテープを聴いていた。二十世紀末の有名な軽いオペラだかブロードウェイ劇だかその手のろくでもない代物から採られた曲の、生ぬるい弦楽版が背景雑音に流れている理由をふしぎに思っているところだった。明らかに、受信録音装置はオーバーホールが必要だ。リンダ・フォックスのテープをつくるときに使った元の信号がずれたのかもしれない。チクショウめ、とかれは陰鬱な気持ちで思った。修理しなきゃ。つまりは寝台から出て、道具箱を見つけ、受信録音装置を止めるということだ——つまりは仕事だ。

そう思いつつも、目を閉じてザ・フォックスを聴き続けた。

悲しい泉、もう泣かないで

なぜそんなに急に流れるの？
ごらん、雪をかぶった山たちが
天の日差しでゆっくり溶ける。
でも太陽の神々しい目は
眠って横たわるあなたの
泣き顔を見たりはしない……

これはザ・フォックスが歌った最高の曲だった。シェイクスピアの時代に生きたジョン・ダウランドのリュート曲を集めた第三巻にして最終巻のブッキーから採った曲を、ザ・フォックスが今日の世界のためにリマスターしたのだ。

干渉に苛立って、テープ送信をリモートプログラマから止めた。でも、語るもふしぎながら、生ぬるい弦楽曲はザ・フォックスの音楽が消えても続いたのだった。そこでかれは諦めて、オーディオ装置を丸ごと切った。

それでも、八十七弦による『屋根の上のバイオリン弾き』は続いた。その音が小さな居住ドームを満たし、空調コンプレッサーのぎゅるぎゅるという音にもかき消されず聞こえてくる。そしてふと気がついたのが――なんてことだ――『屋根の上のバイオリン弾き』をすでに三日くらい聴き続けているということだった。

ひどい話だ、とハーブ・アッシャーは認識した。何十億キロも離れた宇宙にいるのに八十七弦楽曲をいつまでもいつまでも聞かされるなんて。なんかおかしいぞ。

実は、おかしいことはここ数年でいろいろあった。ソル星系から移住したのはひどいまちがいだった。それで自動的にソル星系へ戻るのが丸十年は違法になるとは気がつかなかった。ソル星系を統治する二重国家は、このようにして人々が出て行き離れ続けはしても、戻ってくる流れはないようにしていたのだった。そうでなければ軍に入る手があったが、これだと確実に死ぬ。政府のテレビコマーシャルで流れるスローガンは「飛《スカイ》ぶか焼《フライ》けるか」だった。移住するか、無意味な戦争でくたばるハメになるということだ。政府はもはや、その戦争を正当化しようとさえしなかった。とにかく送り出し、殺して、かわりに人物を雇う。すべては共産党とカトリック教会が融合して一つの巨大機関となり、古代スパルタのように国家元首が二人いる状態になって生じたことだった。

少なくともここでは、政府に殺される危険はなかった。もちろん、この惑星にいるネズミみたいな原生人に殺される可能性はあったが、確率は低かった。残ったわずかな原生人は、人間のドーム居住者たちを殺したことはなかった。人間たちは、マイクロ波送信機と精神電子ブースター、インチキ食品（少なくともハーブ・アッシャーに言わせればインチキだった。ひどい味だったのだ）、複雑な性質を持つつまらない生物としての快楽などを持ってやってきたが、どのアイテムも単純な原生人には意味不明なもので、好奇心の対象にもならなかったのだ。

母船がすぐ頭上にいるにちがいないぞ。そいつが精神電子銃でオレに『屋根の上のバイオリン弾き』を放射してるんだ。ジョークのつもりで。

ハーブ・アッシャーは寝台から立ち上がり、よろよろとボードのほうに向かって、第三レーダー画面を調べた。画面によれば、母船はまったく近くにはいない。すると母船じゃないのか。

わけがわからん。オーディオ装置がきちんとシャットダウンしたのはこの目で確認した。それなのに音は相変わらずドームの中でうなっている。そしてそれは、どこか特定の場所から出ているようではなかった。あらゆるところから等しく立ち上っているようだ。

ボードのまえにすわり、ハーブ・アッシャーは母船に連絡した。「『屋根の上のバイオリン弾き』を送信してるか?」と母船の交換手回路に尋ねる。

間があった。そして返事。「はい、『屋根の上のバイオリン弾き』のビデオテープがあります。出演はトポル、ノーマ・クレイン、モリー・ピコン、ポール——」

「そうじゃない」とアッシャーは割り込んだ。「フォーマルハウトからは何がきてるの? 総弦楽曲は?」

「あら第五ステーションでしたか。リンダ・フォックスの人ですね」

「オレ、そう呼ばれてるの?」とアッシャー。

「従います。リンダ・フォックスの音テープ二本、高速受信のご用意を。録音準備はいいですか？」

「訊いたのは別の話なんだけど」とアッシャー。

「ただいま高速送信中です。ありがとうございます」と言って母船の交換手回路は切断された。ハーブ・アッシャーは、こちらが行わなかった要求に母船が応えた結果として、ものすごい早回しの曲を聴かされることになった。

母船からの送信が止まると、また交換手回路に接続した。「もう十時間もぶっ通しで『マッチメーカー、マッチメーカー』を聞かされてるんだ。もううんざり。だれかのリレーシールドから何か信号を反射させたりしてない？」

母船の交換手回路曰く「常にだれかのシールドから信号を反射させるのは私の仕事で——」

「了解了解」とハーブ・アッシャーは、母船の回路を切断した。

ドームのポートから外を見ると、身をかがめた姿が凍りついた荒野を足早に横切っているのが見えた。ちょっとした包みを握った原生人だ。何か使い走りにやられているのだ。

外部拡声器のスイッチを押して、ハーブ・アッシャーは言った。「ちょっとここにきてくれ、クレム」。クレムというのは人間入植者たちが原生人たちにつけた名前だ。みんな似たり寄ったりだから全員同じ呼び名だ。「ちょっと意見が聞きたいんだ」

原生人は、顔をしかめて、ドームのハッチまでしゃかしゃかとやってくると、入れてくれと合図した。ハーブ・アッシャーがハッチ機構を動かすと、中間膜が下りた。原生人がその中に姿を消した。一瞬後、不愉快そうな原生人がドームの中に立ち、メタン結晶を振り払いつつハーブ・アッシャーをにらみつけていた。

翻訳コンピュータを取り出してハーブ・アッシャーは原生人に話しかけた。「すぐにすむから」。アナログの声が翻訳装置から、カチカチ言う音となって出てきた。「音声干渉が入っていて、止められないんだ。お前らがやってることなのか？ 聞いてくれ」

原生人は、根っこのような暗い顔を歪めつつ耳を傾けた。そしてやっと口を開いたが、その声は英語にすると、いつにないキツい調子だった。「何も聞こえない」

「ウソつけ」とハーブ・アッシャー。

「ウソなんかつかない。孤立のせいであなたの頭がどうかしたのかもしれない」

「オレは孤立してるほうが冴えるんだ。それに孤立なんかしてないぞ」。というのも、ザ・フォックスが大量にあって慰めてくれるのだ。

原生人は言った。「前にも見た。あなたのようなドーム人が突然声や姿を妄想するんだ」

ハーブ・アッシャーはステレオマイクを取り出し、テープレコーダをつけてVUメータを見つめた。何も反応がない。ゲインを最高にしてみた。それでもVUメータはぴくりともしない。針が動かないのだ。アッシャーが咳払いすると、いきなり両方の針が大きく振れて、入力過大のダイオードが赤く点灯した。そう、なぜかテープレコーダは甘ったるい弦楽を拾っていないのだ。アッシャーはかつてないほど困惑した。原生人はこれをすべて目にしてにっこりした。

ステレオマイクに向かってアッシャーははっきりとこうしゃべった。『O話《おおはな》しておくれよアナ・リヴィアのことを！　なにもかも聞《き》かせてアナ・リヴィアのことを。ね、アナ・リヴィアを知《し》ってるでしょ？　ええ、もちろん、あたしたちはみんなアナ・リヴィアを知《し》ってるわ。なにもかも話《はな》して。いま話《はな》して。聞《き》いたら死《し》んじゃうわよ。ほら、知《し》ってるでしょ、例《れい》の阿井《あい》つが足水《あしみず》たらしてせっせとあれをやったときのことは。ええ、知《し》ってる、つづけてちょうだい。早口《はやぐち》に洗《あら》って、駄弁水《だべんすい》をはね飛《と》ばさないで。袖《そで》をまくって話帯《しゃべりテープ》をゆるめなさいな。それから頭《ず》っかい棒《ぼう》を出《だ》さないこと──ぐいっと揚《あ》げて！──かがむときはね。それともなんだか──』」

「これは何だ？」と原生人は、自分の言葉への翻訳を聞きながら言った。

ニヤニヤしてハーブ・アッシャーは言った。「有名な地球《テラ》の本だよ。『ほらほら、日暮里《にっぽり》になってきたじゃない！　あたしの高梁《たかはし》が根羽《ねば》ってきたわ。あたいの冷《つめ》たい万座《まんざ》も灰《はい》ヶ峰《みね》になっちゃった。何時《なにじ》だい？　何《なに》、事大《じだい》！　何時代《なにじだい》？　遅《おそ》くなるには那賀《なか》くないでしょ。ウォーターハウスの水《みず》ヶ時《ど》計《けい》を夢前《ゆめざき》に浅見《あさみ》して──』」

「この男は狂っている」と原生人は言って、ハッチのほうに向き直り出て行こうとした。

『『フィネガンズ・ウェイク』だぜ。翻訳コンピュータがうまく翻訳してくれるといいがな。『聞《き》こえないのさんざめく水《みず》で。さらさらめく水《みず》で。ひらひらめく蝙蝠《こうもり》たち、野鼠《のねずみ》たちが話《はなし》をじゃまするの。ねえ！　家《いえ》へ帰《かえ》ってとどまろうてんじゃないのかい？　なめに、トム・マロウン？　聞こえないの――』』

原生人はハーブ・アッシャーが発狂したと確信して立ち去った。アッシャーは、ポートを抜ける原生人を眺めた。決然とドームから歩み去って行く。

またもや屋外拡声器のスイッチを押して、ハーブ・アッシャーは退却する姿に向かって怒鳴った。「ジェイムズ・ジョイスが狂ってると、そう思うんだな？　そうかい、だったら一九二二年に執筆開始して一九三九年に完成されたあの本で、テープレコーダなんかができる前に、どうして『話帯《しゃべりテープ》』つまり録音テープの話が出てくるのか説明してみろよ！　それでも気狂いだって？　ジョイスは登場人物をテレビのまわりに座らせてるんだぜ――第一次大戦の四年後に書きはじめた本で。オレに言わせりゃジョイスは――」

原生人は尾根を越えて姿を消した。アッシャーは外部拡声器のスイッチを放した。

ジェイムズ・ジョイスが『しゃべりテープ』を著作で言及するなんて不可能なんだ、とアッシャーは考えた。いつかオレの論説を刊行してもらうんだ。『フィネガンズ・ウェイク』が、ジェイムズ・ジョイスの時代から一世紀経たないと存在しなかった、コンピュータメモリシステムに基づいた情報プールなんだと証明してやるんだ。ジョイスは宇宙意識にプラグインされており、そこから全作品体系のインスピレーションを得たんだと示してやる。オレの名は永遠に残るんだ。

キャシー・バーバリアンが『ユリシーズ』を朗読するのを実際に耳にするなんて、どんな感じだったんだろう？　あの本すべての朗読を録音しといてくれたらなあ、とアッシャーは思った。でも、いまはリンダ・フォックスがいるわけだ。

テープレコーダはまだスイッチが入ったまま録音を続けていた。ハーブ・アッシャーは声に出してこう言った。「これから百文字の雷語を言うぜ」。VUメータの針は従順に振れた。「さあいくぞ」とアッシャーは深く息を吸い込んだ。「こいつは『フィネガンズ・ウェイク』からの百文字の雷語だ。どうだっけ、忘れちゃった」とかれは、本棚に行って『フィネガンズ・ウェイク』のカセットを持ってきた。そしてカセットを挿入して本文の最初のページに巻き戻して「暗唱しないことにした」と言った。「英語で最長の単語だ。宇宙に原初的な亀裂が生じ、損傷した宇宙の一部が闇と邪悪に落ち込んだときの音。ジョイスが指摘するように、もともとはエデンの園があった。ジョイスは――」

プップッと音がして無線機のスイッチが入った。食品屋が連絡をよこして、荷物を受け取る準備をしろと告げているのだ。

「……起きてるか？」と無線が言った。楽しげに。

他の人間との接触かよ。ハーブ・アッシャーは思わず身をすくめた。なんてこったい。身震いした。嫌だよ、と思った。

絶対嫌だ。

第2章

天井に穴を開けて入ってこられたら、追われているのは確実だよな、とハーブ・アッシャーはつぶやいた。食品屋は、何種類かいる供給人の中で最も重要な人物だが、ドームの天井のカギをはずしてはしごから下りてくるところだった。

無線機の音声トランスジューサーが告げた。「配給食品のコムトリックス。再ボルト手順を開始してください」

「再ボルト開始」とアッシャー。

スピーカーが告げた。「ヘルメット装着」

「必要ない」とアッシャー。ヘルメットを拾う動作さえしなかった。大気の流率が、食品屋の入ってくるときの空気喪失を補ってくれる。自分で設計し直したのだ。

ドームの自律配線にある警報が鳴った。

「ヘルメットをつけろって！」と食品屋は怒って言った。

警報が文句を言うのをやめた。圧力が再び安定したのだ。それを聞いて食品屋は顔をしかめた。そして自分のヘルメットをはずし、コムトリックスからのカートンを下ろしはじめた。

「オレたちって頑丈な生き物だよな」とアッシャーも手伝いながら言った。

「あんた、何もかも強化したんだなあ」と食品屋は言った。ドームの世話をしている巡回人みんなと同じく、食品屋もがっしりしており、動きが素早かった。母船とCY30 IIのドームとの間でコムトリックスシャトルを運用するのは、安全な仕事ではなかった。当人もそれを知っているし、アッシャーも承知していた。ドームにすわっているのはだれにだってできる。屋外で動ける人はほとんどいない。

「ちょっとすわらせてもらっていいかい」と食品屋は仕事を終えて言った。

「カフのカッピーしかないけど」とアッシャー。

「それで構わん。ここに着いてから本物のコーヒーなんか飲んだことないんでね。しかも着いたのは、あんたよりはるかに前なんだからな」と食品屋は食堂モジュールのサービスエリアに腰を下ろした。

二人はテーブル越しに向かい合ってすわり、どちらもカフを飲んだ。ドームの外ではメタンが吹き荒れていたが、どちらもそれを感じなかった。食品屋は汗をかいていた。アッシャーの温度設定がかれには高すぎるのだった。

「なあアッシャー、あんたはここの寝台でゴロゴロして、設備すべてを自動に設定しとくだけなんだろ。え?」と食品屋。

「オレだって忙しいんだ」

「時にはあんたらドーム連中ってのは――」食品屋はそこで話を止めた。「アッシャー、隣のドームの女性とは知り合いか?」

「ちょっとね。オレの装置は、彼女の入力回路に三、四週間ごとにデータを送ってるはず。彼女がそれを溜めて、強化して、送信するんだ。そのはず。でもひょっとしたら――」

「彼女、病気なんだ」と食品屋。

アッシャーは飛び上がった。「でもこないだ話をしたときは元気そうだったぜ。テレビ電話だけどな。端末の表示を読むのに苦労してるとは言ってたっけ」

「死にかけてるんだ」と食品屋はカフをすすった。

*

その言葉にアッシャーは怯えた。寒気がした。内心であの女性を思い描こうとしたが、生ぬるい音楽と混じった奇妙な光景に襲われた。奇妙な調合だな、ビデオと音声の断片が、まるで死人の古い布の遺物みたいだ。あの女性、小柄で色黒だった。そして名前はなんだっけ? 「頭が働かない」と言って手のひらを顔の左右に当てた。まるで自分を力づけるかのように。そして立ちあがってメインボードに向かい、いくつかキーを叩いた。使うコードを元に検索し、彼女の名前がボードのディスプレイに表示された。ライビス・ロミーだ。「なんで死にかけてるんだ？　いったいどういうことなんだ？」

「多発性硬化症」

「そんなもんで死なないだろう。少なくとも現在では」

「この僻地だと死ぬよ」

「いったい——チクショウ」とアッシャーはすわりなおした。手が震えている。まったくなんてことだ。「かなり進行してるの？」

「さほどは」と食品屋は言った。「どうかしたのか？」とアッシャーを鋭く見つめた。

「わからん。神経過敏かな。カフのせいで」

「何カ月か前に彼女が言ってたんだが、十代末の頃に、なんでも——えーと何て言うんだ？　動脈瘤で苦しんだそうだよ。左目にできて、その目の中心視野消えちゃったんだと。当時は、それが多発性硬化症の発端じゃないかと思われたんだと。それで今日話をしたら、視神経炎が出ていて、これは——」

アッシャーは言った。「どっちの症状もちゃんとMEDには入れたんだろ？」

「動脈瘤の相関と、それから緩解期があって、それから物が二重に見えたりぼやけたり……あんた、ガタガタ震えてるぞ」

アッシャーは答えた。「つい今しがた、すごく不思議な、実に異様な感覚が一瞬ほどしたんだよ。もう消えた。まるでこれがすべて以前にも一度起きていたみたいに」

食料屋は言った。「彼女に電話して話をしてやれよ。あんたのためにもなる。すこしは寝台から離れたほうがいい」

アッシャーは言った。「オレの人生に指図せんでくれ。だからこそオレはソル星系からここに引っ越してきたんだから。二番目の女房が毎朝オレに何をさせようとしたか話したっけ？　朝食を作ってベッドに運べって言うんだ。オレは――」

「配達したとき彼女は泣いてたぜ」

キーボードに向かってアッシャーは入力し、入力してディスプレイを読んだ。「多発性硬化症だと治癒率三割から四割だと」

辛抱強く食品屋は言った。「この僻地ではちがう。MEDはここから彼女を運び出せない。だから故郷への帰還を要請するように言ってやったんだ。私なら絶対そうするね。でも彼女はやらんのだよ」

「頭おかしい」とアッシャー。

「その通り。彼女はとことん狂ってる。こんなとこにいる連中はみんな狂ってるんだ」

「その件なら今日すでにもう聞かされたばっかりだ」

「証拠がほしいか？　彼女が証拠だ。自分が重病だとわかったら家に帰ろうとしないか？」

「決してドームを離れてはいけないことになってるんだよ。それに帰還するのは違法だ。いやそうじゃないな」とアッシャーは自分で自分を訂正した。「病気ならちがうな。でもオレたちのここでの仕事は――」

「おおそうでしたっけ、そうだよな――あんたがここでモニタリングしてるものは実に大切ですからな。たとえばリンダ・フォックスとか。だれが今日あんたにそんなことを言ったんだ？」

アッシャーは答えた。「クレムが一匹。クレムがここにやってきて、オレが狂ってると言うんだ。そして今度はあんたがはしごから下りてきて、同じことを言う。クレムと食品屋の診断をもらったわけだ。あんた、あの生ぬるい弦楽が聞こえるか、それとも聞こえない？　ドーム中響いてるんだ。どこから聞こえるのかわからなくて、もううんざりなんだよ。わかったわかった、オレは病気で頭がおかしい。そのロミーさんのお役にはどうすれば立てる？　あんた自身が言った通り。オレはここで完全にガタがきてる。だれの役にも立てない」

食品屋はコップを置いた。「もう行かないと」

アッシャーは言った。「そうかい。すまんね。ロミーさんの話を聞かされたもんで、動転しちゃってね」

「電話して話をしてやれよ。話し相手がいるようだし、一番近いドームがあんただ。あんたが直接聞いてないのは意外だったな」

だってオレが訊かなかったもんな、とハーブ・アッシャーは思った。

「法律だからな、え？」と食品屋。

「法律って何が？」

「ドーム人が困っている場合には最寄りの住民が――」

「ああそうだった」とアッシャーはうなずいた。「オレの場合、これまでそういうことが一度もなかったから。だって――うんまあそうだ、法律だもんな。忘れてたよ。法律も指摘するよう彼女が言ったのかい？」

「いや」と食品屋。

食品屋が出発してから、ハーブ・アッシャーはライビス・ロミーのドームのコードを調べて、送信機にそれを入力してから、ためらった。壁の時計は一八時三〇分を指していた。四十二時間周期のこの時点では、高速エンターテイメントのシーケンスを受領することになっていた。

CY30Ⅲにあるスレーブ衛星から発する音声テープとビデオテープ信号だ。それを保存してから、通常スピードで再生して、自分自身の惑星におけるドームシステム全体に適した素材を選ぶことになっていた。

ログを見てみた。ザ・フォックスが二時間のコンサートをやっている。リンダ・フォックス。あんたとその、昔ながらのロックと現代ストレングと、ジョン・ダウランドのリュート音楽の合成版。まったく、オレがあんたのライブコンサートの中継を転写しなかったら、惑星上のドーム人みんながここに押し寄せて殺されちまうぜ。緊急事態を除けば——そして緊急事態なんか起こりはしない——オレはそれで給料もらってるんだからな。惑星間の情報トラフィック、オレたちを故郷と結びつけて人間らしく保っている情報だ。テープドラムは回さないと。

アッシャーはテープ通信を高速モードで開始させ、モジュールのコントロールを受信にあわせて、人工衛星の運用周波数にロックインさせると、ビジュアルスコープの波形を確認して、搬送波が歪みなしで入ってきて、さらに受信したものの音声が書き取り装置にパッチされていることを確かめた。

リンダ・フォックスの声が、頭上にマウントされたドライバの列から流れてきた。ヘコープが示す通り、歪みもない。雑音もない。クリッピングもない。全チャンネルのバランスも取れている。メーターがそれを示していた。

ときどき、彼女の声を聞くと涙が出る。涙といえば今も出そうだ。

この地の到るところを彷徨《さまよ》う
私の一族

頭上を通る世界で
私は愛する。
重さのない精霊たちよ
私に奏でて。
あなたたちの偉大さに乾杯したい
私の一族

そしてリンダ・フォックスのボーカルの背後に、彼女のトレードマークであるビブロリュート。ザ・フォックス以前はだれも、ダウランドがあれほど美しく見事な作曲に使ったあの十六世紀の楽器を復活させようとは思いつかなかったのだった。

訴えようか？　恵みを求めようか？
祈ろうか？　証明しようか？
地上の愛をもって
天の喜びを目指そうか？
世界はあるの？　月はあるの？
失われたものがいまだに残る場所は？

純なる心のために見つけましょうか？

こうした古いリュート曲のリマスター版は、オレたちを結び合わせてくれるんだ、とハーブ・アッシャーは思った。何か新しいものだ、慌てて落とされたかのようにちりぢりに飛ばされた人々のための。あっちこっちに、バラバラに、ドームの中、悲惨な世界の背や、人工衛星や箱船にいる人々――圧制的な移住の力の被害者となり、それがいつ終わるともしれない人々のため。

いまやザ・フォックスはアッシャーのお気に入りの一つを歌っていた。

愚かで惨めな人、あたしが導く
盲目の航海を。
聖なる希望に必要なのは

ここでいきなり雑音。ハーブ・アッシャーは顔をしかめて悪態をついた。次の一節が消えてしまった。チクショウめ。

ザ・フォックスは再びそのくだりを繰り返した。

愚かで惨めな人、　あたしが導く
盲目の航海を。
聖なる希望に必要なのは

またもや雑音。消えた部分の歌詞は知っていた。こう続く。

もっと大きな獲物

腹立たしげにアッシャーは音源に信号を送り、送信の過去十秒を繰り返すように指示した。音源はこちらに言われた通りに巻き戻して一時停止すると、信号を再送してその四行を繰り返した。今度は、不気味な雑音にもかかわらず最後の行が聞こえた。

愚かで惨めな人、　あたしが導く
盲目の航海を。
聖なる希望に必要なのは
あなたのおケツ。

「うわ、何だ！」とアッシャーは叫んで、テープ送信を停止させた。いまのは空耳か？

「あなたのおケツ」？

ヤアだ。受信をおかしくしてるんだ。今に始まったことじゃない。

数カ月前にこの干渉が始まったとき、地元のクレムどもが説明してくれたのだ。かつて人間がCY30-CY30B星系に移住する前の日々、原生人たちはヤアという山の神を信仰しており、その神のおわすところは、ハーブ・アッシャーのドームが建っている小山なのだそうだ。

受信されたマイクロ波や精神電子信号はときどきヤアに操作されてしまい、アッシャーは頭にきていた。そして信号を受信していないとき、ヤアは画面を点灯させて、きわめて微かだが明らかに意識的な情報のかけらを流し続けていた。ハーブ・アッシャーは時間をかけて装置をいじり、この干渉を閉め出そうとしてきたが、うまくいかなかった。マニュアルを参照してシールドを作ってみたが、役に立たない。

でもヤアがリンダ・フォックスの曲を台無しにしたのはこれが初めてだった。これはアッシャーにしてみれば、一線を越えるいたずらだった。

というのも正直な話として、それが健全なことかどうかはさておき、アッシャーはもうザ・フォックスに依存しきっていたからだ。

アッシャーは長いこと、ザ・フォックスといっしょの妄想生活を活発に描き続けていた。

リンダ・フォックスといっしょに地球のカリフォルニアに住んで、南部地方のビーチタウン（それ以上は具体的にならない）にいるのだ。ハーブ・アッシャーはサーフィンをして、ザ・フォックスはアッシャーを崇拝している。まるでビールのコマーシャルの中にいるかのようだ。友人たちとビーチでキャンプをする。女の子たちは上半身素っ裸でうろつく。携帯ラジオはいつも、二十四時間コマーシャルなしのロック専門局を流している。

だが、最も重要なのは真にスピリチュアルなものだった。ビーチのトップレスの娘たちは単に――まあ不可欠ではないがすてきだった。でもその全体がきわめてスピリチュアルなのだ。入念なビールのコマーシャルがここまでスピリチュアルになれるというのは驚異だった。

そしてその頂点にあるのがダウランドの歌だ。宇宙の美しさはそこに配置された星にあるのではなく、人の心、人の声、人の手が生み出した音楽にある。ビブロリュートが専門家によって複雑なボードでミキシングされたものと、フォックスの声。生き続けるために何が必要か、オレはわかってるんだ、とアッシャーは思った。オレの仕事が喜びだ。これを転写して、放送して、それで給料がもらえる。

「こちらザ・フォックスよ」とリンダ・フォックス。

ハーブ・アッシャーがビデオをホロに切り替えると、立方体が出てきて、その中からリンダ・フォックスが微笑《ほほえ》みかけた。一方で、ドラムはすさまじい勢いで回転し、何時間分もの映像を永久保存してくれている。

「あなたはザ・フォックスといっしょよ」と彼女は宣言した。「そしてザ・フォックスも

あ・な・た・と！」そう言って、その強い輝く目からの視線でアッシャーを釘付けにした。

ダイヤモンドの顔は野性的で賢く、野性的で真実。これぞザ・フォックス。オレに話しかけてるんだ。アッシャーも笑い返した。

「やあ、フォックス」とアッシャー。

「あなたのおケツ」とザ・フォックス。

＊

ふん、これで甘ったるい弦楽も、果てしない『屋根の上のバイオリン弾き』も説明がつく。ヤアのせいだ。ハーブ・アッシャーのドームは古代の地元神に侵入され、その神様は明らかに人間の入植者と、それについてきた電子活動に恨みを抱いている。オレの食事にはすべてムシが入ってるし、受信にはすべて神様がいるってわけだ、とハーブ・アッシャーは思った。この山から退去すべきだな。どのみち、なんともみすぼらしい山じゃないか――実はちょっとした丘に毛が生えた程度だ。ヤアに返してやろうぜ。原生人たちは、再び神様に焼いた山羊肉を捧げはじめればいいんだ。ただし原生種の山羊はみんな死んじゃって、それと共に儀式も消えたからなあ。

いずれにしても、送られてきた送信は台無しだった。再生するまでもなくわかった。ヤアは録音ヘッドに着く前に信号に細工してる。今に始まったことではないし、その汚染は常にテープに残った。

だからクソ食らえってことで、隣のドームにいる病気の娘にでも電話してみるか、とアッシャーはつぶやいた。

気乗りもせずに彼女のコードをダイヤルした。

こちらの信号に反応するのに、ライビス・ロミーはえらく手間取ったので、自分のボードの信号検知器をにらんですわっている間にアッシャーはつい考えた。彼女、もうくたばったか？　それとも連中がきて強制連行したかな？

マイクロスクリーンがぼんやりとした色を表示しはじめた。視覚ノイズでしかない。だがいきなり彼女が現れた。

「起こしちゃったかな？」とアッシャー。彼女は実に緩慢で、不活発に見えた。ひょっとしたら鎮痛剤でも使ってるのかも、とアッシャーは思った。

「いいえ、尻に一発打ってたところだったんです」

「なんだって？」とアッシャーは飛び上がった。またヤアがオレに悪さをして、信号に小細工をしてるのか？　でも、彼女は本当にそう言ったのだった。

ライビスは言った。「化学療法なんです。あまり調子がよくなくて」

でも何という偶然だろう。あなたのおケツと尻に一発打ってた、とは。オレ、不気味な世界にいるみたいだ。物事が変な振る舞いを見せてる。

「ちょうどすっごいリンダ・フォックスのコンサートを録画したんだよ。数日したら放送するから。それで元気が出るよ」

彼女のちょっとむくんだ顔は何の反応も見せなかった。「こんなドームにはまったままだなんて、残念ですよね。お互いに訪問できたらいいのに。食品屋さんがちょうどきてたんです。実は薬を持ってきてくれて。効き目はあるんだけど、吐き気が出ちゃうんですよ」

ハーブ・アッシャーは、電話しなけりゃよかったと思った。

「なんとかこっちにこられませんか？」とライビス。

「携帯空気がないんだ。まったく」もちろん真っ赤なウソだった。

「あたし、持ってます」とライビス。

アッシャーはパニック状態になった。「でもあなた病気だし――」

「そっちのドームまで行けますよ」

「あなたの局はどうするの？　データが送られてきたら――」

「ポケベルがあるから持ってくれればいいわ」

すぐにアッシャーは言った。「ＯＫ」

「少しでもだれかといっしょに腰をおろせるって、あたしにはとても大事なんです。食品屋さんは三十分ほどはいてくれますけど、それが限界でしょう？　何の話をしてくれたと思います？　CY30Ⅳで、ALSの一種が流行してるんですって。ウイルスらしいんです。この状態すべてがウイルスよ。ああ神様、ALSになんかなりたくない。これってマリアナ型みたいよ」

「伝染するの？」とハーブ・アッシャー。

彼女は直接は答えなかった。「あたしの病気は治せます」。明らかに、こちらを安心させたいのだ。「ウイルスが出回ってるようなら……そっちには行くのはよす。いいのよ」とうなずいて、手を伸ばして送信機を切ろうとした。「横になってもっと寝るわ。この病気だとなるべく寝たほうがいいんですって。明日またお話ししましょうね。おやすみなさい」

「こっちにおいでよ」とアッシャー。

彼女の顔が輝いた。「ありがとう」

「でもポケベルは絶対忘れないで。どうも虫の知らせで遠隔計測の確認がいろいろ――」

「ああ、遠隔計測の確認なんかクソ食らえよ！」とライビスは悪意をこめて言った。「このろくでもないドームにふん詰まってるのはもううんざりなの！　テープドラムが回ったりちっちゃいメーターだのゲージだのクソだの見てるだけだと、ムシになっちゃいそうな気分にならないの？」

「故郷に帰ったほうがいいんじゃない？　ソル星系に」

「いいえ」という彼女は落ち着きを取り戻していた。「化学療法についてMEDの言う通りにして、このろくでもない多発性硬化症を退治してやるの。故郷には帰らない。そっちに行って、ご飯を作ってあげる。料理はうまいのよ。お母さんはイタリア人で父はチカーノだったから、作る物はすべて辛くするんだけど、ここだと香辛料が手に入らないのよ。でもいろいろな合成調味料でそれを何とかする方法も見つけたわ。いろいろ実験してたのよ」

ハーブ・アッシャーは言った。「オレが送信するコンサートで、ザ・フォックスはダウランドの『訴えようか』の編曲版を歌うんだ」

「訴訟の歌なの？」

「ちがうよ。『訴える』というのは語りかけるとか誘惑するという意味の訴えるだよ。愛の話なんだ」そう言ったところで、彼女がこちらをからかっているだけだと気がついた。

「ザ・フォックスをどう思ってるかわかる？　使い回しの感傷主義ね。これって最悪の感傷よ。だって独自のものですらないんだもの。それにザ・フォックスの顔って逆さまみたいに見える。口が意地悪そう」

「オレは好きだね」とアッシャーはこわばった調子で言った。腹が立ってきて、激怒しつつあるのが感じられた。あんたを助けなきゃいけないのかよ。あんたの病気をうつされる危険までおかして、かわりにザ・フォックスを侮辱されなきゃいけないのか？

「ビーフ・ストロガノフとパセリ麺を作ってあげるわね」とライビス。

「こっちは大丈夫だから」とアッシャー。

ためらいつつ、彼女は低い消え入りそうな声で言った。「じゃあ、あたしがこないほうがいいですか？」

「いやその――」

ライビスは言った。「あたし、とっても怖いんですよ、アッシャーさん。十五分たったらあたし、神経毒素の注射の副作用で吐くんです。でも一人になりたくない。ドームを手放したくないし、一人きりもいやなんです。気に障ったんならごめんなさい。ただあたしから見ると、ザ・フォックスはひどいと思えて。論外のメディア人格。単なる流行り物。もうこれっきりにしますね。約束しますから」

「ポケベルは――」と言いかけて、言い直した。「食事を作るなんて、手間じゃないかな、大丈夫？」

「いまのほうが今後よりも元気なのよ。これからどんどん衰弱する一方だから」

「いつまで？」

「それは知りようがないわ」

アッシャーは思った。あんたは死ぬんだ。オレも知ってるし、あんたもわかってる。あえて口にすることはない。沈黙の共謀、盟約がそこにあった。死にゆく女性がオレに夕食を料理したがっている。喰いたくもない夕食を。絶対に断らないと。オレのドームから閉め出しておかないと。弱き者の固執だ。連中の恐ろしい力。強き者に対して立ちふさがるほうがずっと簡単だ！

「ありがとう。いっしょに夕食を食べられるのは実にうれしいよ。でもこっちにくる間ずっと、無線の接続は切らないでおいてくれよ――そっちの無事がわかるように。約束だよ？」

「ああ、ええ。そうでないと――」彼女はにっこりした。「発見されるのは一世紀も後で、鍋やフライパンや食料や、合成香辛料といっしょに凍りついてることになるわ。そっち、実は携帯空気があるんでしょう？」

「いや、本当にないんだよ」そして、向こうがこちらのウソなどお見通しなのもわかった。

第3章

食事は香りもよく味もよかったが、途中でライビス・ロミーは席を立ってふらふらとドームの——アッシャーのドームの——中央マトリックスにある洗面所に向かった。聞かないようにした。自分の知覚系を操作してその音を聞かないようにしたうえ、認知系を操作してそれが何だか認識しないようにした。洗面所で彼女は激しく嘔吐し、叫び声をあげ、アッシャーは歯を食いしばって皿を押しやると、いきなり立ち上がってドーム内オーディオシステムを稼働させた。ザ・フォックスの初期アルバムをかけたのだ。

またきて!
甘い愛がいまや招く
汝の恵みが繰り返し
私に喜びをもたらす……

ち尽くした。

「ひょっとしてミルクとかない？」とライビスは、洗面所の入り口に真っ青な顔をして立

だまってアッシャーはミルク、あるいはこの惑星でミルクと称される代物をコップに注いで渡した。

ライビスはミルクのコップを持ちながら言った。「抗嘔吐剤はあるんだけれど、持ってくるのを忘れちゃったのよ。あたしのドームにはあるんだけれど」

「持ってきてあげてもいいけど」とアッシャー。

「MEDが何て言ったと思う？」という彼女の声は非難のこもった重たいものだった。

「この化学療法で髪の毛が抜けたりはしないって。でもはやくも髪がたくさん――」

「わかったから」とアッシャーは割り込んだ。

「わかったって？」

「悪かった」

ライビスは言った。「気を悪くしたのね。食事は台無しであなたは――何と言っていいのやら。抗嘔吐剤を持ってきていれば、こんなことに――」そして黙った。「次回は持ってくるわ。約束する。これ、ザ・フォックスのアルバムであたしが好きな数少ない一つよ。あの頃の彼女は本当に上手かったわよね？」

「そうだね」とアッシャーはつっけんどんに言った。

「リンダ・ボックス」とライビス。

「なんだって？」

「箱《ボックス》のリンダ。妹とあたしは彼女をそう呼んでたわ」と彼女は微笑もうとした。

「頼むから自分のドームに帰ってくれないか」

「あら。それじゃあ――」彼女は髪をなでつけたが、その手は震えていた。「いっしょにきてくれない？　今は一人では帰り着けないと思うの。本当に弱ってるから。本当に気分が悪いの」

アッシャーは考えた。オレをいっしょに連れて帰るつもりか。それが狙いだな。それをやろうとしてるんだ。一人じゃ帰らない。オレの精神を連れて帰る気だ。自分でもそれは承知だ。自分の飲んでる薬の名前と同じくらいはっきりそれがわかってるし、その薬を嫌っているのと同じくらい、ＭＥＤと自分の病気を嫌ってるのと同じくらい、オレのことも嫌ってる。すべて憎悪だ、この双太陽の下にあるものすべてに対して。あんたのことはわかってるんだ。理解できるんだ。この先どうなるかもわかる。いや、もうすでにそれが始まっている。

そして、それについてあんたを非難する気はない。でもオレはザ・フォックスを離さない。ザ・フォックスのほうがあんたより長持ちする。そしてオレも。あんたに、オレたちの魂を活気づける輝くエーテルを撃ち落とさせたりはしない。

オレはザ・フォックスを離さないし、ザ・フォックスはオレを腕にかき抱いてオレを離さない。オレたち二人──決して引き離せない。ザ・フォックスのオーディオテープもビデオテープも何十時間分もあるし、そのテープはオレ一人のためでなく万人のためなんだ。それを殺せると思うのか、とアッシャーはつぶやいた。これは前例があることだ。弱者の力は不完全な力。最後に負ける。だからこその呼び名だ。弱いと呼ばれるのは理由あってのことだ。

「感傷」とライビス。

「ふーん」とアッシャーはバカにしたように言った。

「しかも使い回し」

「それと入り交じったメタファー」

「彼女の歌詞が？」

「オレの考えてること。本当に腹が立ったときオレがミックスするのは──」

「はっきり言っとくわ。一つだけ。生き残りたいなら感傷的ではいられないのよ。すごく厳しくないと。怒らせたならごめんなさい、でもそれは変えられないのよ。あたしの人生なんだから。いつか、あたしのような立場になるかもしれないわね。そうすればわかるわ。あたしを判断するのはそれからにして。もしいつかそんなことになればだけど。一方で、あんたがこのドーム内オーディオシステムでかけてる代物はゴミクズよ。あたしにとってはゴミクズでしかあり得ないの。わかる？　あたしのことは忘れてくれていいわ。ドームに送り返してよ。たぶんそこがあたしの居場所なんだから。でもあたしと少しでもつきあう気なら――」

「はい、わかったから」

「ありがとう。もう少しミルクをもらえる？　オーディオのボリューム下げて、食事をすませましょう。いい？」

アッシャーは驚愕した。「きみはそれでも相変わらず食べようと――」

「食べようとするのを諦めた生物――と生物種――はみんな、もう残ってないのよ」と彼女はよろよろとテーブルにつかまりつつすわった。

「大したもんだ」

「いいえ。あなたこそ大したもんだわ。あなたのほうがつらいはず。わかってるのよ」

「死とは――」とアッシャーは口を開いた。

「これは死じゃないわ。これが何だかわかる？　あなたのオーディオシステムから流れているものと比べたら？　これは生命なの。ミルクをお願い。本当に要るのよ」

追加のミルクを持ってきつつ、アッシャーは言った。「きみはたぶん、エーテルを撃ち落としたりはできないんだな。輝くものだろうとそうでなかろうと」

「そうね。だってそんなものは実在しないから」

「きみ、いくつ？」

「二十七歳」

「自発的に移住したの？」

ライビスは言った。「だれにわかるもんですか。いま人生のこの時点で、自分の昔の考え方は再現できないわ。基本的には、移住にはなにかスピリチュアルな部分があると感じたのよ。移住するかさもなければ聖職につくか。育ちは科学遺外使節団だったんだけど——」

「党か」とハーブ・アッシャー。いまだに古い名前である共産党で考えてしまう。

「でも大学では教会の仕事に関わるようになったの。自分で決断したのよ。物質的な宇宙よりも神様を選んだの」

「じゃあカトリックなんだ」

「CIC、ええそう。あなた、禁止されてる用語を使ってるわね。自分でもわかってるんでしょうけど」

「オレにとっては何のちがいもないよ。教会とは何ら関わりがないからね」

「C・S・ルイスでも貸してあげましょうか」

「遠慮しとく」

「あたしがかかってるこの病気のせいで、疑問に思ったんだけど——」そこでライビスは口を止めた。「すべては究極の姿をもとに体験しないとダメよ。それ自体として見れば、あたしの病気は邪悪に思えるけれど、でもあたしたちには見えない、もっと高い目的に奉仕してるんだわ。見えないか、あるいはまだ見えないだけなのかもしれないけど」

「だからこそオレはC・S・ルイスを読まないんだ」

ライビスはアッシャーをぼんやり見つめた。「クレムどもが異教の神を信仰してたって本当？　それもこの小さな丘にいる神様を？」

「どうやらそうらしいよ。ヤアっていう神様」

「ハレルヤ」とライビス。

「え？」とアッシャーは驚いた。

「『ヤアを讃えよ』って意味なのよ。ヘブライ語で言うとハレルヤ」

「じゃあヤアウェなの？」

「その名前は絶対に口にしないのよ。それは聖なる四字よ。複数ではない単数のエロヒムが『神様』という意味で、後で聖書の中で聖なる御名はアドナイといっしょに登場して『主なる神』という意味になるわ。エロヒムでもアドナイでもいいし、両方いっしょに使ってもいいけど、でも決してヤアウェと言ってはいけない」

「いま言ったじゃん」

ライビスはにっこりした。「不完全な人間ですもの。殺すなら殺せば」

「いまの話、全部信じてるの？」

「単なる事実として述べてるだけよ。歴史的事実」と彼女は身振りつきで述べた。

「でも信じてはいるの？　というか、神様を信じてるの？」

「ええ」

「きみの多発性硬化症も神の意志なの？」

ためらってから、ライビスはゆっくりと言った。「神様はそれを容認はしたわ。でも、神様はあたしを癒やしているはずだと信じてる。何かあたしの学ぶべきことがあって、こうすることでそれが学べるのよ」

「もっと楽な教え方はなかったのかね？」

「なかったらしいわね」

ハーブ・アッシャーは言った。「ヤアはオレと通信してるんだ」

「ダメよ、ダメ。それはかんちがいよ。もともとヘブライ人たちは、異教の神様は実在するけど邪悪なんだと思ってたのよ。後には、異教の神々は存在しないことに気がついたの」

「受信する信号やテープを使うんだ」とアッシャー。

「本気？」

「もちろん本気」

「クレムども以外の生命形態がいるってこと?」

「オレのドームがあるところには、確かにいるよ。CBへの干渉という形になってるけれど、でも意識があるものだ。選択的だからね」

ライビスは言った。「そのテープをどれかかけてよ」

「いいよ」とハーブ・アッシャーはコンピュータ端末に向かってキーを叩いた。一瞬後に正しいテープが演奏された。

愚かで惨めな人、あたしが導く
盲目の航海を。
聖なる希望に必要なのは
あなたのおケツ。

ライビスはゲラゲラ笑った。「ごめんなさいね」と笑いながら言う。「いまのはヤアがやったこと? 母船かフォーマルハウトあたりの小利口なだれかじゃなくて? だって、まさにザ・フォックスそのものの声だったじゃない。あの声の調子がってことよ。歌詞じゃなくて。歌い方が。だれかにからかわれてるのよ、ハーブ。神様の仕業じゃないわ。クレムどもかもね」

「クレムを一人ここにこさせたんだよ」とアッシャーは苦々しげに言った。「最初に入植したとき、神経ガスを使って駆逐しとくべきだったと思う。神様に出くわすなんて、死んだ後のことだと思ってた」

「神様は歴史と国々の神様よ。自然の神様でもある。もともとヤアウェは、たぶん火山の神様だったそうよ。でもときどき歴史に入ってきて、その最高の例が、ヘブライ奴隷たちをエジプトから連れ出し、約束の地へ向かわせるよう介入したときよ。ヘブライ奴隷たちは羊飼いだったので、自由に慣れていたんだわ。煉瓦を作らされるなんて、かれらにはひどいことだったのよ。それにファラオは同時に藁集めもさせたし、しかも一日あたりの煉瓦生産割当も達成しなきゃならなかったわ。もうあらゆる時代に共通の原型的な状況よ。神様が人々を奴隷状態から引き出して自由へと導くの。ファラオはあらゆる時代のあらゆる専制者を表してるんだわ」その声は平静で理性的だった。アッシャーは感嘆した。

「じゃあ生きている間に神様に出会うこともあるんだね」

「例外的な状況ではね。もともと神様とモーゼは、人が友人と話すように話し合ったのよ」

「それがどこでおかしくなったわけ？」

「おかしいって何が？」

「いまではだれも神様の声が聞こえない」

ライビスは言った。「あなたは聞こえるじゃない」

「聞いてるのはオレのオーディオとビデオのシステムだ」

「何もないよりはましよ」とライビスはアッシャーをじっと見た。「なんだか不満そうね」

「オレの人生を邪魔してるんだよ」

「あたしだってそうでしょう」

これに対しては何ら答えが思いつかなかった。その通りだったからだ。

「いつもはずっと何してるの？　寝床に転がってザ・フォックス聴いてるの？　これは食品屋さんが言ってたことよ。本当なの？　大した人生には思えないけど」

アッシャーは怒りを覚えたが、疲れた怒りだった。自分のライフスタイルを擁護するのはうんざりだった。だから何も言わなかった。

「最初に貸してあげるのは、C・S・ルイス『痛みの問題』にしようかな。あの本でルイスは――」

「『沈黙の惑星を離れて』は読んだよ」とアッシャー。

「気に入った？」

「まあまあ」

ライビスは言った。「それと読んでほしいのが『悪魔の手紙』。うちに二部あるから」

アッシャーは内心で思った。あんたがゆっくり死ぬのを見物するだけで、それで神様についで学べないものかね？　そしてこう言った。「なあ、オレ、本当に科学遺外使節団の一員なんだ。党のね。わかる？　それがオレの決断なんだ。そっち側がオレの立場だ。苦痛と病気は根絶すべきものであって、理解すべきものじゃない。死後の世界なんかないし、神様もいない。せいぜいがこのクソッタレな山でオレの装置に小細工してる、イオン圏じみた異様な妨害くらいだ。死んだときにまちがっていたのがわかったら、知らなかったと言って、育ちが悪いせいにするから。それまでは、このヤアとやりとりするより、ケーブルにシールドをつけて干渉をなくそうとしてみるほうがいい。生け贄に捧げる山羊もないことだし、どのみち他にやることもあるし。ザ・フォックスのテープが台無しになったのは頭にくるんだ。オレにとっては大事だし、一部は二度と手に入らない。とにかく、神様は美しい曲に『あなたのおケツ』なんてせりふを挿入したりしない。オレの思いつくような神様ならね」

ライビスは言った。「あなたの注意を引こうとしてるのよ」

「『おい、話があるんだ』とでも言ってくれたほうがいい」

「これはどうやら表に出たがらない生命形態なのね。ヒトと同じ姿はしてない。考え方もあたしたちとはちがう」

「害獣だ」

ライビスは考え込んで言った。「あなたを守るために出現方法を変えているのかもよ」

「守るって、何から?」

「それ自身から」突然彼女は大きく身震いした。明らかに苦痛を感じている。「ああチクショウ! 本当に髪の毛が抜けてるわ!」そして立ち上がった。「ドームに戻って、もらったカツラをつけないと。最悪だわ。いっしょにきてくれない? お願い!」

髪の毛が抜けつつある人物が神様を信じられるとは思えないな、とアッシャーは思った。

「無理だよ。どうしても無理。すまない。携帯空気がないし、装置についてないといけないし。本当なんだ」

不幸そうにこちらを見つめてライビスはうなずいた。明らかに言い分を信じてくれたようだ。ちょっと後ろめたく思ったが、それ以上に、彼女が帰ってくれるので圧倒的な安堵を覚えていた。彼女に対応するという重荷から逃れられるのだ。少なくとも一時的には。そしてうまくいけば、その安堵が永続的になるかもしれない。もしお祈りをするとすれば、彼女が二度とこのドームに入ってきませんように、というものだ。彼女が生きている限り。

彼女がドームに戻る道のりのためにスーツを着用するのを見ていると、心地よいリラックスした気分に包まれた。そして、ライビスとその意地の悪い言葉の攻撃が去り、再び自由になったら、ザ・フォックスのテープ集の中でどれを再生しようかと自問を始めた。真の自分になれる自由、不死の美しさ愛好家としての自分になれる自由だ。あらゆるものが目指す美と完成の究極、リンダ・フォックスだ。

＊

その晩、眠っていると、ある声が優しく呼びかけた。「ハーバート、ハーバート」

目を開けた。そして母船だと思って「待機状態じゃありません」と言った。「第九ドームがアクティブです。寝させてください」

「ごらん」とその声。

見た――すると、通信装置すべてを統括する制御ボードが炎上していた。「なんてこった」と言って、緊急消火器を作動させる壁のスイッチに手を伸ばした。でもそこでハッと気がついた。実に不可解なことだが、制御ボードが炎上しているのに、焼け落ちてはいないのだ。

炎にクラクラして目が痛くなった。目を閉じて腕で顔を覆った。「だれだ？」

声が言った。「エヘヤエだ」

「なんと」とハーブ・アッシャーは驚愕して言った。山の神様が公然と、電子インターフェースなしに自分に話しかけている。自分が無価値だという不思議な感覚がハーブ・アッシャーを襲い、かれは自分の顔を覆い隠した。「何の用です？　というか、もう遅いし。いまは寝る時間なんだ」

「もう寝るな」とヤア。

「今日は大変だったんです」ハーブ・アッシャーは怯えていた。ヤアが言った。「あの病に苦しむ娘の世話をするよう命じる。ひとりぼっちだ。彼女の傍らにはせ参じないと、お前のドームもその中の装置も、さらにお前が所有するそれ以外のすべても焼き払う。お前が目覚めるまで炎で焼いてやる。お前は目覚めていない、ハーバートよ、まだ目覚めてはいないが、私がお前を目覚めるよう仕向ける。寝台から立ち上がり、彼女を助けに行くようにしてやる。後にお前と彼女にその理由を話そう。だがいまのお前はまだ知ることになっていない」

「だれかとおまちがえではないでしょうか。MEDと話をすべきだと思いますよ。かれらの責任なんだから」

その瞬間、きつい臭気が鼻についた。そして呆然と見つめる目の前で、制御ボードが床まで焼け落ち、小さな灰の山となった。

なんてこった、とアッシャーは思った。

「今度携帯空気について彼女にウソをついたら、修繕できないほどの被害をお前に与えてやろう、ちょうどこの設備が今や修繕不可能なように。さて今度はお前のリンダ・フォックスのテープを破壊しようか」。すぐに、ハーブ・アッシャーがビデオテープやオーディオテープをしまってある戸棚が燃えはじめた。

「お願いです」とアッシャー。

炎が消えた。テープは無傷だった。ハーブ・アッシャーは寝台から立ち上がり、戸棚に近づいた。手を伸ばして戸棚に触る――そしてすぐに手を引っこめた。戸棚は燃えそうなほど熱かった。

「もう一度触ってみろ」とヤア。

「触るもんですか」とアッシャー。

「主なる神を信じるのだ」

そこでまた手を伸ばしたが、今度は戸棚は冷たかった。そこでテープの入ったプラスチックの箱に指を走らせた。そっちも冷たかった。「こいつはいったい」とアッシャーは呆然として言った。

「どれかテープを再生してみろ」とヤア。

「どれを？」

「どれでも」

そこで適当にテープを選んでデッキに入れた。そしてオーディオシステムをつけた。

テープは無音だった。

「オレのザ・フォックスのテープを消したんですか」

「その通りだ」とヤア。

「永遠に？」

「お前が病に苦しむ娘の傍らにはせ参じ面倒を見るまで」

「今すぐですか？　たぶん寝てますよ」

ヤアは言った。「彼女はすわって泣いている」

自分が無価値だという感覚がハーブ・アッシャーの内部でふくれあがった。恥じてかれは目を閉じた。「すみません」

「手遅れではない。急げば間に合うように彼女のところに着ける」

「『間に合う』って、どういう意味です？」

ヤアは答えなかったが、ハーブ・アッシャーの脳裏にはホログラムにも似た画像が表れた。カラー映像で深みがあった。ライビス・ロミーは青いローブを着て台所のテーブルに向かっていた。テーブルの上には薬のびんと水の入ったコップがあった。落胆した様子で、げんこつにあごを載せている。そのげんこつには、しわくちゃのハンカチが握られている。

「スーツを着てきます」とアッシャー。スーツ格納室のドアを開けると、スーツ――ほとんど使っておらずずっとほったらかし――が床に転がり落ちた。

十分後、かさばるスーツを着たアッシャーはドームの外に立っていた。ランプが目の前に広がる凍結メタンの上を照らしている。スーツ越しにさえ寒さが感じられたので身震いした――でもこれは妄想にちがいないと気がついた。というのもスーツは完全断熱だからだ。なんという体験だろう、と斜面を歩いて下りつつアッシャーはつぶやいた。真夜中に眠りから覚まされ、設備は焼き払われ、テープは消され——大半が完全に消されている。

斜面を歩いて下ると、メタン結晶がブーツの下で割れた。ハーブはライビス・ロミーのドームが発する自動信号にホーミングしている。この信号が導いてくれる。頭の中の映像、自殺しようとしている娘の映像か。ヤアが起こしてくれてよかった。彼女なら本当にやっただろう。

それでもまだ怯えており、だから斜面を下りつつ、自分に共産党の行進曲を歌った。

自由のために戦うべく
家を離れざるを得ず。
血まみれのマンザナレス近く
マドリード防衛の戦いを導いた
死んだハンスは人民委員
死んだハンスは人民委員。
心と手であなたに誓おう
銃に再び装弾しつつ
決してあなたを忘れない

敵も決して許さない
ハンス・ベイムラー、われらが人民委員
ハンス・ベイムラー、われらが人民委員。

第4章

斜面を下りるにつれて、ホーミング信号が強くなっているのが手の中のメータでわかった。彼女はオレのドームにくるのに、この丘を上ったのか、とハーブ・アッシャーは気がついた。オレが出かけたがらないものだから、彼女が上り坂を上るはめになったんだ。病気の子に苦労させて、一歩一歩、腕にいっぱい物資を抱えて上らせたのか。オレ、地獄で焼かれるな。

でも、まだ間に合うと気がついた。

ヤアは、彼女のことをまじめに考えるよう仕向けたんだ、とアッシャーは気がついた。オレはとにかく彼女とまじめに向き合ってなかった。まるで彼女の病気がでっちあげだと思っていたかのようだった。相手をしてほしいから、作り話をしているかのように。オレってずいぶんひどい人間だな、とアッシャーは自問した。だって何といっても、彼女が病気で、本当に病気で、お芝居なんかじゃないのは本当に知ってたんだから。オレは眠ってたんだ。そして眠っている間に、女性が死につつあった。

そしてヤアのことを考えて身震いした。たぶん装置は修理してもらえるはず。ヤアが焼き払った装置だ。そんなにむずかしくない。母船に連絡して、メルトダウンが起きたと伝えればいいだけだ。そしてヤアは、ザ・フォックスのテープも元に戻すと約束した——まちがいなく、ヤアにはそれができるんだろう。でもオレ、あのドームに戻ってあそこで暮らさなきゃいけないんだ。あんなところ、住めないよ。無理だ。不可能。

ヤアはオレのために何か企んでる、と思った。それに気がつくと怖くなった。ヤアはオレに何でもさせられる。

ライビスはかれを平然と迎えた。確かに青いローブを着ていたし、しわくちゃのハンカチも持っていたし、そして目が泣きはらして赤くなっているのも見えた。「入ってよ」と彼女は言ったが、アッシャーはすでにドームの中にいた。彼女はちょっとぼんやりしているようだった。「あなたのことを考えてたの。すわって考えてた」

台所のテーブルには、薬のびんがあった。満杯だ。

「ああ、あれね。眠れなかったので、睡眠薬でも飲もうかと思って」

「しまえよ」とアッシャー。

彼女はおとなしく、薬びんを洗面所の戸棚に戻した。

「きみに謝らないと」

「謝ることなんかないわ。何か飲む？　今何時？」と彼女は振り向いて壁の時計を見た。

「どうせ起きてたし。あなたに起こされたわけじゃないのよ。なにやら遠隔計測データが送られてきたの」と彼女は自分の装置を指さした。点灯していて、何か活動が起こっているのがわかった。

「いや、オレ、空気あったんだよ。携帯空気が」

「知ってたわ。みんな携帯空気はあるもの。すわってよ。お茶を淹れてあげる」と彼女はストーブ横のあふれた引き出しを引っかき回した。「どこかにティーバッグがあるはず」

いまや初めて、こちらのドームの状態に気がついた。ショックだった。汚れた皿、鍋やパンやコップにさえ腐った食べ物があふれ、汚れた服がそこら中に散らかり、ゴミとがらくただらけ……アッシャーは困惑してあたりを見回し、片づけようと申し出るべきか迷った。そして彼女の動きは実にのろく、どう見ても実に疲れ切っている様子だった。突然、彼女はもともと思わせようとしたよりもはるかに病気が重いのだと直感的に気がついた。

「豚小屋よね」と彼女。

「疲れてるんだろ」

「まあ、毎日毎日腹の中身を吐き出すと衰弱するわよね。ティーバッグがあったわ。しまった、使用済みか。あたし、一回使ったら干して再利用するの。一回なら大丈夫だけど、ときどき同じティーバッグを何度も何度も使ってるのに気がつくわ。新しいのを探してみるわね」と彼女は引っかき回し続けた。

テレビ画面が映像を映していた。アニメのホラー番組だ。巨大な痔がふくれあがり、怒ったように脈打っている。「何を見てるの？」とアッシャーは尋ねた。アニメから目をそらした。

「新しいメロドラマをやってるのよ。こないだ始まったばかりで。『ナントカの魅惑』っていうんだけど、忘れちゃった。ナントカって、人名かモノの名前よ。ホントにおもしろいのよ。何度も放送してるの」

「メロドラマが好きなの？」

「気晴らしにはなるから。ボリューム上げて」

アッシャーはボリュームを上げた。アニメの痔にかわり、メロドラマが再開した。高齢のヒゲ男、それも異様に毛深い老人が、目玉の飛び出したクモ類と格闘している。蜘蛛たちは明らかに、老人の頭を食いちぎろうとしている。「そのやくたいもない大アゴをこっちに向けるんじゃねえ！」と老人は、手足をばたつかせながら言った。レーザー光線の光が画面に広がった。ハーブ・アッシャーは、通信装置がヤアに燃やされたのを再び思い出した。不安のあまり心臓がどきどきするのがわかった。

「見たくないんなら――」とライビス。

「そうじゃないんだ」。ヤアの話をするのはむずかしい。できるかどうかもわからない。「何かが起きたんだ。何かがオレを起こした」と目をこする。

ライビスは言った。「ここまでの粗筋を教えてあげる。エリアス・テートは――」

「エリアス・テートって？」とアッシャーは割り込んだ。

「あのヒゲの老人よ。そうそう、番組のタイトルを思い出したわ。『エリアス・テートの魅惑』よ。エリアスは、サイクロン2のアリ人間たちの手中に落ちたの――といっても、実際には手はないんだけど。それですっごく邪悪な女王がいて、名前は――忘れちゃった」と考えこむ。「ハドウィラブ、だったかな。そうそう、それよ。とにかく、ハドウィラブはエリアス・テートを殺そうとするの。ホントにひどい女王なのよ。いずれ出てくるから。目が一つしかないの」

「そりゃすごい」とアッシャーは、興味が持てずに言った。「ライビス、話を聞いてくれ」

こちらの言うことが耳に入らなかったかのように、ライビスはダラダラと続けた。「でもエリアスには、エリシャ・マクヴェインっていう友達がいるのよ。親友同士で、いつも助け合ってるの。まるで――」とアッシャーを見て「あたしたちみたいなものね。ほら、助け合ったりして。あたしは夕食を作ってあげて、あなたは心配してくれてここまできたでしょ」

「オレがきたのは、行くように命令されたからだ」

「でも心配はしたでしょう」

「うん」

「エリシャ・マクヴェインはエリアスよりずっと若いのよ。すっごいかっこいいの。とにかく、ハドウィラブは――」

「ヤアに遣わされたんだ」

「何を使わされたの？」

「ここに遣わされたんだ」心臓はまだドキドキしていた。

「あらそうなの？　それはおもしろいわね。とにかく、ハドウィラブはとっても美しいのよ。気に入るはず、というか、肉体的には気に入るはず。そうねえ、こう言ったほうがいいかな。彼女は客観的に見た目は魅力的なんだけど、スピリチュアルには迷子なのね。エリアス・テートはいわば、彼女にとって外部にある良心ってところ。紅茶には何を入れるの？」

「オレが言ったこと――」と言いかけたアッシャーだったが、諦めた。

「ミルクでいい？」とライビスは冷蔵庫の中身を調べ、ミルクのカートンを取り出して、コップに少し注いで味見して、渋い顔をした。「酸っぱくなってるわ。チクショウ」と彼女はミルクを流しに捨てた。

「オレが言ってることは重要なんだ。丘の神性が夜中にオレを起こして、きみが困ってると言ったんだ。オレの設備の半分を焼き払ったんだぜ。ザ・フォックスのテープも全部消したんだ」

「母船からもっと送ってもらえばいいでしょ」

アッシャーは彼女をじっと見つめた。

「なぜじろじろみてるの？」とライビスはすばやく、ローブのボタンを調べた。「どこか乱れてたんじゃないわよね？」

頭以外はね、とアッシャーは思った。

「砂糖は？」と彼女。

「わかった。オレ、母船の最高司令官に連絡するよ。これは一大事だもんな」

ライビスは言った。「そうすれば。最高司令官に連絡して、神様が話しかけてきたと伝えて」

「きみの装置を使っていい？　ついでにこっちの設備溶解も報告するから。それが証拠になる」

「ならないわ」

「ならない？」アッシャーは困惑して彼女をにらんだ。

「それは帰納的な論理で、あてにならないわ。結果から原因へ合理的に遡ることはできないわ」

「いったい何を言ってるんだ？」

平静にライビスは言った。「設備の溶解は、神様の存在の証明にはならないわ。ほら、記号論理で書いてあげるから。ペンが見つかればね。探してくれる？　赤いの。ペンの本体がであって、赤ペンじゃないのよ。昔は——」

「ちょっと待った。ちょっとだけ待ってくれよ。考えさせて。な？　頼むから」自分の声が大きくなるのが聞こえた。

「だれか外にいる」とライビス。彼女が指さしたインジケータは、激しく点滅している。

クレムがゴミを盗んでるんだわ。あたし、ゴミは外に出しておくのよ。だって——」

「そのクレムをここに入れろ。オレがそいつに話をしてやる」とアッシャー。

「ヤアのことを？　へえ、そんなことをしたら、やつらはあなたの小さな丘にお供え物を持ってやってきて、昼も夜もヤアにお伺いをたてるようになるわ。まったく落ち着かなくなるわよ。寝床にねそべってリンダ・フォックスを聴くのもできなくなっちゃうのよ。お茶が入ったわ」とカップ二つに熱湯を注いだ。

アッシャーは母船にダイヤルした。一瞬後、船の交換手回路につながった。「神との接触を報告したい。最高司令官に直接話したいんだ。一時間前に神が語りかけてきた。原生人の神様でヤアという」

「少々お待ちください」と間があってから、船の交換手回路が言った。「こちらって、リンダ・フォックスの人だったりしますか？　第五ステーションの？」

「そうだけど」

「ご要望の『屋根の上のバイオリン弾き』のビデオテープがあります。あなたのドームに送信しようとしたんですが、受信多重装置がどうも故障中のようです。修繕の手配はしたので、間もなくそちらに向かいますから。テープはオリジナルのキャストで、トポル、ノーマ・クレイン、モリー・ピコン――」

「ちょっと待った」とアッシャー。ライビスに腕を捕まれたのだ。「どうかした？」

「人間が外にいるの。見たのよ。何とかして」

母船の交換手回路にアッシャーは言った。「かけなおす」そして通話を切った。

ライビスは外部の投光器をつけていた。ドームのポートから、アッシャーは奇妙な光景を目にした。人間だが、標準スーツは着ていない。その人物はかわりに、なにやらローブのようなものを着ている。えらく重たいローブと、革製のエプロンだ。ブーツは使い古した感じで、かなり修繕をしたような感じがした。ヘルメットすら骨董品に見えた。なんだこりゃ、とアッシャーは自問した。

「あなたがいてくれて助かったわ」とライビスは、寝床脇のロッカーから銃を取り出した。「撃ってやる。入るように言って。拡声器を使うの。あなたは絶対にどいててね」

こいつらみんなイカレポンチだ、とアッシャーは思った。「入れなければいいだけだろう」

「ふざけんじゃないわよ！　あいつ、あんたが消えるまで待つだけよ。入るよう言って。あたしを強姦して、それからあたしもあなたも殺す気よ。こっちが先に殺らないと。あいつが何だかわかる？　あたしにはわかったわ。あの灰色のローブは見覚えあるから。あれは野の乞食よ。野の乞食って知ってる？」

「野の乞食なら知ってるよ」とアッシャー。

「あいつら、犯罪者よ！」

「叛逆者だよ。もうドームを持っていないんだ」とアッシャー。

「犯罪者」とライビスは銃の撃鉄を起こした。

笑うべきか、がっかりすべきかわからなかった。ライビスは、青いバスローブとふわふわのスリッパ姿で、義憤を全身にたぎらせて立っている。髪にはカーラーをたくさんつけており、顔は義憤で真っ赤にふくれあがっている。「あんなやつに、ドームのまわりをうろつかれたくないの。あたしのドームなのよ！　ええい、あんたが何もしないなら、母船に連絡して警官隊を送ってもらうから」

外部拡声器をつけて、アッシャーは呼びかけた。「おい、外にいるあんた」

野の乞食は顔をあげ、目をぱちくりさせると、手で光を遮って、それからポート越しにアッシャーに手を振った。しわくちゃで年季の入った毛深い老人が、アッシャーに向かって笑いかけている。

「あんた、何者だ？」とアッシャーは拡声器に言った。

老人の唇が動いたが、もちろんアッシャーには何も聞こえなかった。ライビスの外部マイクが切れているか、故障しているのだ。アッシャーはライビスに言った。「頼むから撃たないでくれよな、いいね？　あいつを入れるから。だれだかわかったような気がするんだ」

ゆっくりと慎重に、ライビスは銃を下ろした。「入ってきて」とアッシャーは拡声器に言った。ハッチ機構を操作すると、中間膜がするする下りてきた。大股で力強く、野の乞食がその中に入った。

「だれなの？」とライビス。

「エリアス・テートだよ」とアッシャー。

「あら、じゃああのテレビドラマは、ドラマじゃないのね」と彼女はテレビの画面のほうを見た。「精神電子情報送信を傍受してたんだ。たぶん差し込むケーブルをまちがえてたのね。やだなあ。まあ、仕方ないけど。あまりに放送が多すぎるとは思ってたのよ」

メタン結晶を払い落としつつ、エリアス・テートが荒々しく毛深く灰色の姿を現した。外の冷気から屋内に入れて喜んでいる。すぐにヘルメットと巨大なローブを脱ぎはじめた。

「気分はどうだね」と男はライビスに尋ねた。「すこしはよくなったか？　このとんま野郎はしっかり面倒を見てくれてたか？　さもないと、ひどい目にあわせてやるところだが」

嵐の中心であるかのように、男のまわりを風が吹いた。

＊

白いフロック姿の少女にエマニュエルは言った。「新入りなんだよ。どこにいるかわかんない」

竹がそよいだ。子どもたちは遊んだ。プラウデット氏は、エリアス・テートといっしょに立って少年と少女を見守った。「あたしを知ってる？」と少女はエマニュエルに言った。「知らない」とエマニュエル。知らないのだ。それなのに、見覚えがあるような気がした。少女の顔は小さく白くて、長い黒髪をしている。その目だ、とエマニュエルは思った。目が老いている。叡智の目だ。

小さな声で少女はエマニュエルに言った。「『いまだ海がないときにあたしは生まれた』」しばらく待ってエマニュエルを観察した。反応がないか探していたのだろうか？エマニュエルにはわからなかった。「『はるか過去の時代に形成された。原初に、地球そのものよりはるか昔に』」

プラウデット氏が、叱責するように少女に呼びかけた。「その子に名前を言いなさい。自己紹介するんだ」

「あたしジーナ」と少女。

「エマニュエル、この子はジーナ・パラスだよ」とプラウデット氏。

「この子、知らない」とエマニュエル。

「二人でぶらんこで遊んでおいで。テートさんと私はお話があるからね。さあ、行きなさい。ほら」

エリアスは少年のところにやってきてかがみこんだ。「いま、あの女の子は何て言ったんだ？　あのジーナとかいう少女。何を言ったんだ？　わしには聞こえんかった」怒っているようだが、エマニュエルは老人の怒りには慣れっこだった。絶えず怒りが噴出するのだ。

「耳が聞こえなくなってきたんだね」とエマニュエル。

「ちがう、あの子が声を落としよった」とエリアス。

「はるか昔に言われていないようなことは何も言っていません」とジーナ。

困惑して、エリアスは視線をエマニュエルから少女のほうに移した。「あんたの国籍は？」と少女に尋ねた。

「いきましょ」とジーナはエマニュエルの手を取り、先導した。二人はだまって歩き続けた。

「ここ、すてきな学校なの？」とやがてエマニュエルは少女に尋ねた。

「まあまあよ。コンピュータは旧式だけど。それに政府が何でもかんでも監視するわ。コンピュータは政府のコンピュータよ。それは頭に入れておいて。テートさんは何歳？」

「すごく年寄り、四千歳くらいかな。行っては戻ってくるんだ」

「前にあたしと会ってるわね」とジーナ。

「会ったことない」

「記憶が抜けてるのね」

エマニュエルは、少女がそれを知っていることに驚いた。「うん。でもエリアスは、それがいつか戻るって」

「お母さんは死んだの？」

エマニュエルはうなずいた。

「お母さんが見える？」とジーナ。

「ときどきは」

「お父さんの記憶を探りなさいよ。そうすれば時間逆行でお母さんといっしょになれる」

「かもね」

「あなたのお父さんは全部保存してるから」

エマニュエルは言った。「怖いんだよ。衝突のせいで。あの衝突はわざと起こされたんじゃないかと思う」

「もちろんわざとよ、でもやつらの狙いはあなただったのよ。やつらは自分ではそれに気がついてなかったけど」

「今でもぼくを殺そうとするかも」

「絶対に見つからないから」とジーナ。

「なぜわかるの？」

「だってあたしは、知る者だから。あなたが思い出すまであたしが知っておくのよ、そして思い出してからもあなたといっしょにいる。あなたもずっとそれを望んでたのよ。あたしはずっと、あなたの傍らにいたの。あなたの寵姫《ちょうき》にして喜びで、常にあなたのいるところで遊んでいたわ。そしてあなたが終えたとき、それがあたしの主な喜びだったの」

エマニュエルは尋ねた。「君、何歳？」

「エリアスより年上」

「ぼくより年上？」

「いいえ」とジーナ。

「ぼくより年上に見える」

「それはあなたが忘れたから。あたしはあなたが思い出すようにするためにいるけれど、それはだれにも言ってはだめよ、エリアスにさえもね」

エマニュエルは言った。「エリアスには何でも話すんだ」

「あたしのことは別よ。あたしのことは話さないで。それは約束してくれないと。だれかにあたしの話をしたら政府にばれるわ」

「コンピュータを見せて」

ジーナは大きな部屋に案内した。「ここにあるわ。何でも尋ねていいけれど、改変した答えしか返ってこないわ。だませるかも。あたし、コンピュータをだますのが好き。すっごくバカなんだもん」

エマニュエルは彼女に言った。「魔法が使えるんだね」

そういわれてジーナは微笑した。「なぜ知ってるの？」

「君の名前。その意味を知ってるんだ」

「ただの名前よ」

「いや。ジーナは君の名前じゃない。君の正体だ」

「それが何なのか言ってみてよ。でもこっそりとね。だってあたしが何なのかを知っているなら、記憶の一部が戻ってきてることになるから。でも気をつけて。政府は聞いてるし見てるわ」

「まず魔法をやってよ」とエマニュエル。

「ばれちゃうわ。政府にばれちゃう」

部屋を横切って、エマニュエルはウサギの入ったかごの横で立ち止まった。「いや、これじゃダメだ。君がなれる他の動物はここにいないの？」

「気をつけて、エマニュエル」とジーナ。

「鳥だ」とエマニュエル。

「猫よ。ちょっと待って」とジーナは動きを止めて唇を動かした。すると猫が入ってきた。外からで、灰色の縞模様の雌猫だ。「あの猫になろうか？」

「ぼくが猫になりたい」とエマニュエル。

「猫が死ぬわ」

「猫は死ねばいい」

「なぜ？」

「そのために創られたんだから」

ジーナが言った。「昔、屠畜されようとしていた仔牛が、保護を求めてラビのところへきて、ラビの膝の間に頭を突っ込んだのよ。ラビはこう言ったの。『行け！　このためにお前は創られたのだ』、つまりは『お前は屠畜されるために創られた』ってことよ」

「それで？」とエマニュエル。

ジーナは言った。「神はそのラビを長いことひどく苦しめたのよ」

エマニュエルは言った。「わかった。君に教わった。ぼくは猫にはならない」

「じゃああたしが猫になるわ。そしてあたしはあなたとちがうから猫は死なない」そう言うとジーナはしゃがんで膝に手を置き、猫に呼びかけた。エマニュエルはそれを見つめ、やがて猫はエマニュエルのところにやってきて、話がしたいと言った。抱き上げると、猫は前足を少年の顔にあてた。その前足を使って、ネズミは頭にくるし邪魔だけれど、どれでも猫はネズミを始末したいとは思っておらず、なぜかといえばいかに頭にくる存在とはいえ、ネズミには何か魅力的なところがあって、頭にくるよりも魅力が大きいからだというう。だから猫はネズミを探し出すが、別にネズミに敬意はない。猫はネズミがいてほしいとは思うが、それでも猫はネズミを軽蔑しているのだ。

このすべてを、猫は少年の頬に前足を当てることで通信した。

「わかった」とエマニュエル。

ジーナが言った。「いまネズミのいるところをどこか知りませんか?」

「君は猫なんだな」とエマニュエル。

「いまネズミのいるところをどこか知りませんか?」と少女は繰り返した。

「君はある種、機械的な存在なんだ」とエマニュエル。

「いまネズミのいる――」

「自分で見つけるしかないよ」とエマニュエル。

「でも手伝ってください。ネズミを私のほうに追い立ててくれるとか」少女は口を開けて歯をむきだした。少年は笑った。

頬に当てられた前足はさらに思考を伝えた。プラウデット氏がこの建物に入ってきている、と。猫にはその足音が聞こえたのだ。あたしを下ろして、と猫は伝えた。

エマニュエルは猫を下ろした。

「ネズミはいますか?」とジーナ。

「やめて。プラウデットさんがきた」とエマニュエル。

「あら」とジーナはうなずいた。

プラウデットさんが部屋に入ってきた。「エマニュエル、ミスティを見つけてくれたんだね。すてきな小動物だと思わないか? ジーナ、どうかしたのか? なんで私を見つめてるんだ?」

エマニュエルは笑った。ジーナは猫から自分をふりほどくのに苦労していた。「プラウデットさん、気をつけて。ジーナに引っかかれますよ」

「ジーナじゃなくて、ミスティだろう」とプラウデットさん。

「ぼくの脳障害はそういう種類のものじゃない。普通の――」とエマニュエルは言いかけて口を止めた。ジーナがやめてと言っているのが感じられたのだ。

「この子、あまり名前は得意じゃないんです、プラウデットさん」とジーナ。彼女はいま、何とか猫から自分をふりほどき、ミスティは困惑してゆっくり歩み去った。明らかにミスティは、突然自分が同時に二カ所にいた理由を理解できずにいた。

「私の名前を覚えてるかね、エマニュエル？」とプラウデットさん。

「おしゃべりさん」とエマニュエル。

「そうじゃない」とプラウデットさんは言った。そして顔をしかめた。「でも『プラウデット』というのはドイツ語で『おしゃべり』の意味ではあるがね」

ジーナが言った。「あたしがエマニュエルにその話をしたの。その名前のことを」

プラウデットさんが立ち去ってから、エマニュエルは少女に言った。「鈴を呼び出せる？　踊りのために？」

「もちろん」と言ってから少女は赤面した。「今のはひっかけね」

「でも君もひっかけが好きなんだろう。いつもトリックばかり。ぼくは鈴を聞きたいけど、踊りたくはない。でも踊りを見たいな」

ジーナは言った。「いつかまたの機会にね。じゃあ、何かを思い出しはしたのね。踊りのことを知ってるんなら」

「たぶん思い出したと思う。エリアスにお父さんに会いに連れて行ってくれと頼んだんだ。お父さんの保存されてるところに。どんな具合か見たかったんだ。もしお父さんの姿を見れば、ずっとたくさん思い出すかもしれない。写真は見たんだけれど」

ジーナが言った。「踊りよりもっと、あたしから欲しいものがあるんでしょう」

「君の時間の力について知りたい。君が時間を止めて逆転させるのを見たい。それが最高のトリックだ」

「それについては、あなたのお父さんと相談してと言ったでしょう」

「でも君、できるんだろ。いまここで」とエマニュエル。

「やる気はないわ。あまりにいろいろ乱れが生じるから。絶対に元通りにおさまらないのよ。同期がいったんずれたら――まあ、いつかやってあげるわ。衝突以前の時間に連れ戻せる。でもそれが賢明かどうかわからないわ。衝突をもう一度生きることになって、もっとひどくなりかねないんだもの。あなたのお母さんは、とっても重い病気だったわよね。どのみち生き延びられなかったはずよ。そしてあなたのお父さんは冷凍停止状態からあと四年で抜け出すわ」

「それ、確かなの?」とエマニュエルは興奮して言った。

「あなたが十歳になったときに会えるわ。いまはあなたのお母さんといっしょよ。初めて二人が会ったときへと時間逆行するのが好きなのね。あなたのお母さん、とってもだらしなかったのよ。だから、ドームを片づけてあげなきゃいけなかったの」

「『ドーム』って何?」とエマニュエル。

「ここにはないわ。外宇宙のためのものよ。入植用の。あなたが生まれたところよ。エリアスがその話をしたのは知ってるわ。どうしてもっとエリアスの話を聞かないの?」

「エリアスは人間だ。人類なんだ」とエマニュエル。

「ちがうわよ」

「人間として生まれた。それからぼくが――」エマニュエルは口を止め、すると記憶の断片が蘇ってきた。「エリアスには死んでほしくなかった。そうだろう？　だからかれを一気に連れ去った。かれと――」エマニュエルは考え込み、頭の中で言葉を形成しようとした。

「エリシャ」とジーナ。

「二人がいっしょに歩いていて、ぼくはかれの一部を引き揚げ、その一部をエリシャに送り返した。だからかれは決して死ななかった。エリアスが、という意味だよ。でもこれはかれの本当の名前ではない」

「それはかれのギリシャ名ね」

「じゃあ、ぼくも少しは覚えているのか」とエマニュエル。

「もっと思い出すわ。つまりね、あなたは脱抑止刺激を設定して、それが――えーと、適切なときがきたら思い出させてくれるようにしてあるのよ。その刺激が何か知っているのはあなただけ。エリアスも知らない。あたしですら知らない。あなたが、あなたの正体だったときに、あたしから隠したのよ」

「ぼくは、いまあるがままのぼくだ」とエマニュエル。

ジーナは実務的に言った。「そうね、ただし記憶障害があるけど。だからちょっとちがうわ」

「そうなんだろうね。でも君はぼくに思い出させられるって言ったよね」

「思い出すにもいろいろあるのよ。エリアスは少し思い出させられるし、あたしはもっと思い出させられる。でもあなたを本来の姿で存在させられるのは、あなた自身の脱抑止刺激だけなのよ。その言葉は……もっとあたしのほうに身をかがめて。この言葉を聞くのはあなただけでないと。いいえ、書くことにする」とジーナはちかくの机から紙と、長いチョークを取って、一語だけ書いた。

HAYAH

この言葉を見下ろして、エマニュエルは記憶がやってくるのを感じたが、それもたった一ナノ秒のことだった。一瞬で——ほとんど一瞬のように——それは去った。

「ハヤアハ」と声に出してみた。

「それが聖なる発話よ」とジーナ。

「うん、知ってる」その単語はヘブライ語で、ヘブライ語根だった。そして聖なる御名そのものがこの言葉からきていた。エマニュエルは広大で恐ろしい畏怖を感じた。怖くなった。

「怖がらないで」とジーナは静かにいった。

「怖いよ。だって一瞬、ぼくは思い出したから」とエマニュエル。自分がだれだか、わかったんだ、と少年は思った。

＊

でも、また忘れた、少年と少女が外の校庭に出るころには、もはやわからなくなっていた。だがそれでも――不思議だ！――自分がわかったことはわかっていた。わかって、ほぼ一瞬でまた忘れたことを。まるで自分の中に二つの精神があり、一つは表面にあって一つは深みにあるかのようだ。表面にあるものは傷害を負っていたが、深いほうにはない。だがそれなのに、深いものは口がきけない。閉ざされている。永遠に？　いいや。いつの日か、刺激がくる。自分自身の装置が。

たぶん思い出せないほうがいいのだろう。あらゆることを意識に呼び覚ませるなら、あらゆるものの基盤を思い出せるなら、政府に殺されただろう。獣の二つの頭がある。宗教的なものは、フルトン・スタトラー・ハームス枢機卿で、科学的なものは、N・ブルコウスキーという。でもこれは幻影にすぎない。エマニュエルにとって、キリストイスラム教会や科学遺外使節団は、現実の一部ではなかった。その背後に何があるか知っていた。エリアスが話してくれたのだ。だがエリアスに尋ねなくても、どのみちわかったはずだ。少年はいつでもどこでも敵を見分けられる。

ただ不思議だったのはジーナという少女だった。この状況の何かがどうもおかしい。でも、少女はウソはついていない。ウソがつけないのだ。だませるようには彼女を作っていない。正直さ——それが彼女の根本的な性質だった。彼女には尋ねるだけでいい。

一方で、彼女がジンの一人だろうとは思った。当の彼女自身が、踊ることは認めたのだ。その名前はジアナからきており、ときには少女が使っているように、ジーナという形で登場した。

彼女に近づき、背後でとても近づいたところで立ち止まって、耳に囁いた。「ダイアナ」

即座に少女は振り向いた。そして振り向きざま、彼女が変わるのが見えた。鼻が変わり、少女ではなく、成人した女性が金属の仮面をかぶっている。その仮面が押し戻されて、彼女の顔が見えた。ギリシャ人の顔だ。そして仮面は、戦闘の仮面なのがわかった。これはパラスだ。いま見ているのはジーナではなく、パラスだ。だが、どっちも彼女についての真実を語ってはいないのはわかっていた。これは単なる映像でしかない。彼女が身にまとう形相だ。それでも、金属の戦闘仮面には驚いた。その映像、それがいまや薄れ、そして自分以外のだれもそれを見なかったのがわかった。他の人には絶対に見せないものだ。

「どうして『ダイアナ』と呼んだの？」とジーナ。

「だってそれが君の名前の一つだから」

ジーナは言った。「いつか、エデンの園に行きましょうね。動物たちを見に」

「それはいいね。園はどこにあるの？」

「園はここにあるのよ」

「ぼくには見えない」

「あなたが作った園よ」とジーナ。

「思い出せない」頭痛がした。両手を頭の横にあてた。お父さんみたいだ。お父さんも、ぼくがやるようなことをしていた。でも、あの人はぼくのお父さんじゃない。

ぼくにはお父さんがいない、と少年はつぶやいた。

全身が苦痛に満ちた。孤立の苦痛だ。突然ジーナは消え、校庭も、建物も、都市も――すべてが消えた。それを蘇らせようとしたが、蘇らない。時間はまったく経過しなかった。時間すら廃されてしまった。ぼくは完全に忘れ去ったんだ、と少年は気がついた。そして、ぼくが忘れ去ったから、すべてが消えた。ジーナ、ぼくの寵姫にして喜びすら、今のぼくに思い出させることはできない。ぼくは空虚に戻ったんだ。

低いつぶやくような音が、空疎の表面をゆっくりと、深遠を横切ってきた。熱が見られる。この波長変換だと熱は光として現れたが、鈍い赤い光でしかなく、陰気な光だ。それは醜く思えた。

お父さん、あなたはいない。
少年の唇が動き、一つの単語を唱えた。

HAYAH

世界が蘇った。

第5章

エリアス・テートは、ライビスの汚れた服の山にドシンとすわった。

「本物のコーヒーはあるか？　母船が売りつける、あのお笑いでしかない代物じゃなくて」と言って顔をしかめる。

「あるんだけど、どこにあるかわからないの」とライビス。

「しょっちゅう吐いてるのか？」とエリアスは、ライビスを見据えて話しかけた。「毎日とか？」

「ええ」彼女は驚愕してハーブ・アッシャーをちらりと見た。

「妊娠してるんじゃ」とエリアス・テート。

「化学療法中だからよ！」ライビスは語気荒く言い、顔が怒りでどす黒くなった。「胃の中身をぶちまけてるのは、あのろくでもない神経抗毒剤とプレドノフェリックの――」

「コンピュータ端末に訊いてみるがいい」とエリアス。

沈黙が流れた。

「あんたはだれだ？」とハーブ・アッシャー。

「野の乞食だ」とエリアス。

「どうしてあたしについて、そんなに詳しいの？」とライビス。

「わしはあんたといっしょになるためにきた。これからは付き添う。端末に相談してみろ」

コンピュータ端末にすわってライビスはMEDスロットに腕を突っ込んだ。「こういう言い方はなんだけど、あたし処女なのよ」とエリアスとハーブ・アッシャーに言う。

「出て行け」とハーブ・アッシャーは静かに老人に言った。

「MEDが検査結果を出すまで待っとれ」とエリアス。

ライビスの目に涙があふれた。「ちくしょう、こんなのひどいわ。多発性硬化症《MS》なのに、今度はこれ？　MSだけじゃ不足だとでもいうの？」

ハーブ・アッシャーに向かってエリアスは言った。「彼女は地球に戻らにゃいかんのだ。当局もそれを認める。病気が十分な法的根拠になる」

いまやMEDチャンネルにロックしたコンピュータ端末に向かって、ライビスはしどろもどろで言った。「あたし、妊娠してる？」

沈黙。

端末が答えた。「妊娠三カ月です、ロミーさん」

立ち上がって、ライビスはドームのポートに歩み寄り、メタンのパノラマをじっと眺めた。だれも何も言わなかった。

「ヤアのしわざね、そうなんでしょう」やがてライビスが言った。

「そう」とエリアス。

「ずっと前から計画されてたことね」とライビス。

「そう」とエリアス。

「そしてあたしのMSは、地球に戻る法的な口実なのね」

「入管を通過するためだ」とエリアス。

ライビスは言った。「そしてあなたはこれを全部知ってるのね」そしてハーブ・アッシャーを指さした。「この人が父親だって言うのね」

「そう」とエリアスは言った。「そして同行する。わしもじゃ。あんたはシェヴィー・チェイスのベセスダ海軍病院に入院するんじゃ。身体状態が深刻だから、緊急軸上フライト、高速フライトで行く。なるべく早く出発したほうがいい。すでに書類は揃ってる。地球への移送を依頼するのに必要な法的書類じゃ」

「ヤアがあたしを病気にしたの？」とライビス。

ちょっとためらってエリアスはうなずいた。

ライビスは激怒して言った。「ちょっとどういうことよ？　何かのクーデター？　赤ん坊を密輸――」

それを押しとどめて、エリアスが低く厳しい声で言った。「ローマ時代の第十フレテンシス軍」

「マサダ」とライビス。「CE七三年だったっけ？　確かそうだったわ。第五ステーションに山の神性がいるってクレムに聞いてからそう思いはじめたの」

エリアスは言った。「フレテンシスは負けた。第十軍団は精鋭一万五千兵で構成されとった。だがマサダは二年近くも持ちこたえた。そしてマサダに立てこもっていたのは、ユダヤ人が千人以下、しかも女子供を含めてだった」

ハーブ・アッシャーに向かってライビスは言った。「マサダが陥落したとき、生き残ったのは女子供が七人だけだったの。ユダヤ教徒の要塞だったのよ。生き残りは水道管に隠れていたんだわ」そしてエリアス・テートにはこう言った。「そしてヤアウェが地球から追い出されたのね」

「そして人類の希望もついえ去った」とエリアス。

ハーブ・アッシャーは言った。「いったいあんたら、何の話をしてるんだ？」

「ある大失敗の話だ」とエリアス・テートは手短に答えた。

「つまりかれ――ヤア――はまずあたしを病気にして、それから――」彼女は口を止めた。

「ヤアはもともとこの星系から出発したの？　それともここに追いやられたの？」

「追いやられたんじゃ。いまは地球のまわりにゾーンがある。邪悪のゾーンだ。それでヤアが帰れない」

「神様が？　神様が帰れないって？」とライビス。そしてエリアス・テートを見た。

「地球の人々は知らんのじゃ」とエリアス・テート。

「でもあなたは知ってる。そうだろ？　あんたはどうしてそんなことをいろいろ知ってるんだ？　なぜそんなにいろいろ知ってる？　あんた、何者だ？」

エリアス・テートは言った。「我が名はエリヤ」

＊

三人は紅茶を飲みながらすわったままだった。ライビスの顔は、苦虫をかみつぶしたような厳しさで、怒りの表情を見せていた。ほとんど何も言わなかった。

エリアス・テートが言った。「何がいちばん頭にきてるんだ？　ヤアが地球から追い出され、敵に打ち負かされたということか、それとも自分がヤアを体内に抱えて地球に戻らねばならないということなのか？」

彼女は笑った。「自分のステーションを離れることよ」

「栄誉を与えられたんだぞ」とエリアス。

「病気という形の栄誉よ」とライビス。コップを唇に運ぶとき、手が震えていた。

「子宮の中に抱えているそれがだれだか認識しとるのか？」とエリアス。

「もちろん」とライビス。

「特に感激もしとらんようじゃな」とエリアス。

「あたしにはあたしなりの人生の計画があったのよ」とライビス。

「この件についてずいぶん狭い見方をしてるんじゃないか」とハーブ・アッシャーは言った。エリアスもライビスも、軽蔑したような目つきで、まるで邪魔をされたかのようにこちらを見た。

手を伸ばしてライビスはアッシャーの肩を叩いた。「いいのよ。あたしだってわかってないんだから。なぜあたしが？　MSで倒れたときにそう自問したわ。いったいなんだってあたしなのよ、ってね。いったいなんだってあなたなの？　あなただって自分のステーションを離れないといけないのよ。それに加えて、ザ・フォックスのテープも全部おいて。いいそれと昼も夜もずっと寝台に転がって、装置を自動にしたまま何もしないのともお別れなのよ。まったく。ふん、ヨブの言った通りなのかもね。神様は、愛する者たちをつらい目にあわせるんだわ」

エリアスが言った。「わしら三人は地球に旅をするんじゃ。そこであんたは息子エマニュエルを産む。ヤアはこの時代の始まりのときにこれを計画した。マサダでの敗北以前、神殿の崩壊以前に。自分の敗北を予見して、その状況を正すべく行動したんじゃ。神様たって敗北することもあるが、一時的なものでしかない。神様の場合、治療法は病気よりも偉大なんじゃ」

「Felix Culpa」とライビス。

「その通り」とエリアスは同意した。そしてハーブ・アッシャーに説明した。「いまのは『喜ばしい失敗』という意味で、墜落、原初の墜落を指すもんでな。墜落がなければ生まれ変わりもなかった。キリストの誕生もなかった」

「カトリックの教義よ。それがあたし個人に当てはまるとは思ったこともなかったけど」とライビスは放心したように言った。

ハーブ・アッシャーは言った。「でもキリストは悪の力を制圧したんじゃないの？『わたしは既に世に勝っている』と言っているよ」

ライビスは言った。「それは、どう見てもかれがまちがっていたようね」

エリアスが言った。「マサダが陥落したとき、すべては失われた。神様はCE一世紀には歴史に入ってこなかった。歴史を離れたのだ。キリストの任務は失敗じゃった」

ライビスは言った。「あなた、とても年寄りなのね。何歳なの、エリアス？ ほとんど四千歳くらいかしら。あなたは長期的な見方ができても、あたしは無理だわ。いまのキリスト第一の到来については今までずっと知ってたの？ 二千年も？」

「神様は最初の墜落を予見したように、イエスが受け入れられないのも予見しとったんじや。起こる前に神にはあらかじめ知られていたのじゃよ」

ライビスは言った。「神様は、これについてはいま何を知ってるの？　あたしたちはどうするの？」

エリアスは黙っていた。

「知らないのね」とライビス。

「これは――」エリアスはためらった。

「この最後の戦い、これはどっちが勝つかわからないのね。そうでしょう？」

「最後には、神が勝つ。神は絶対的な予見力をお持ちじゃ」とエリアス。

ライビスは言った。「知ることはできる。でもだからといってそれは――ねえ、あたし本当に気分が悪いの。夜も遅いし、病気だし疲れ切ってるし、まるで……」と彼女は身振りをした。「あたしは処女で、しかも妊娠しているなんて。入管の医者たちは絶対に信じてくれないわよ」

ハーブ・アッシャーは言った。「たぶんそれがポイントなんだろう。だからこそ、オレがきみと結婚していっしょに行くことになってるんだよ」

「あんたなんかと結婚なんかしないわよ。ろくに知りもしないのに」とライビスはアッシャーを見つめた。「ふざけないでよ。あなたと結婚、ですって？　ＭＳにかかってて妊娠もしてるのに――ちくしょう、あんたたち二人とも、どっか行って一人にしてくれない？

本気よ。どうして機会を見てセコナックスのびんを飲み干さなかったのかしら？ でもそんな機会はなかったわね。ヤアが見てたんだから。ヤアは落ちる雀ですら見るのよね。忘れてた」

「ウィスキーはある？」とハーブ・アッシャー。

「あら結構な話よね。あんたは飲んだくれていいけど、あたしはどうなの？ MS持ちでおなかに何やら赤ちゃんがいて？ のんきに」――と彼女はエリアス・テートを憎しみをこめてにらんだ――「あなたの考えをテレビで視覚的に拾っていて、それを妄想じみた愚かさのおかげで、フォーマルハウトの作家たちが夢見たおかしなメロドラマだと思ってたんだ――純粋な作り話だって。蜘蛛に頭を食いちぎられる？ あんたの無意識の妄想ってそんなものなの？ そんなあんたがヤアウェのスポークスマンですって？」そこで彼女は真っ青になった。「聖名を口にしちゃったわ。ごめんなさい」

「キリスト教徒はしょっちゅう口にしとるぞ」とエリアス。

「でもあたしはユダヤ教徒だから。ユダヤ教徒になってるはずよ。それでこんな目にあってるんだから。キリスト教徒ならヤアはあたしを選んだりしなかった。セックスを一度でもしてたら――」そこで彼女は口を止めた。「聖なる装置は不思議な粗暴さを持ってるのね。ロマンチックじゃない。残酷だわ。本当に」と彼女は終えた。

「それはあまりに懸かっているものが大きいからじゃ」とエリアス。

「懸かっているものって何？」とライビス。

「宇宙が存在するのはヤアがそれを忘れないからなのじゃ」とエリアス。

ハーブ・アッシャーとライビスはエリアスをじっと見つめた。

「ヤアが忘れたら宇宙は消滅する」とエリアス。

「忘れたりするの？」とライビス。

「まだ忘れてはおらん」とエリアスは持って回った言い方をした。

「つまり忘れることもあり得る、と。つまりこのすべてはそのためのものなのね。あなたがいま説明した通り。わかったわ。つまり――」と彼女は肩をすくめ、考え深げに紅茶をすすった。「だったらあたしはそもそもヤアがいなければ存在しなかったわけね。何一つ存在できない」

エリアスは言った。「神の名前は『存在するものすべてを存在させる者』という意味なんじゃ」

「悪も含めて？」とハーブ・アッシャー。

「聖著にこうある」とエリアス。

「日の昇るところから日の沈むところまで
人々は知るようになる

わたしのほかになにもないことを
わたしが主、ほかにはいないことを。
光を造り、闇を創造し
平和をもたらし、災いを創造する者。
わたしが主、これらのことをするものである」

「どこにそんなのがあったかしら？」とライビス。

「イザヤ書四五」とエリアス。

『平和と災い』」とライビスは繰り返した。「『幸福と災厄』」

「ではそのくだりを知っとるんじゃな」とエリアスはライビスに問いかけた。

「なかなか信じられないわ」と彼女。

「一神教であるぞ」とエリアスは厳しい口調で言った。

「そうね。そうなのよね。でも粗暴だわ。あたしに起こっていることは粗暴。そしてまだまだ先があるんでしょう。逃れたいけれど、逃れられない。もともとだれもあたしの意見は聞かなかった。いまもだれも聞いてくれない。ヤアは何が先にあるかを予見するけれど、あたしは予見できないし、もっともっと残酷さと苦痛と嘔吐があることしかわからない。神様に奉仕するって、毎日ゲロを吐きつつ注射するみたいなことなのね。何か檻の中の病気のラットだわ。神様はあたしをそんなものに仕立てたのよ。あたしは信頼も希望もなく、神様には愛もなく、力しかない。神は力の症状であって、それ以外のものじゃない。もう勝手にしてよ。もうお手上げ。どうでもいい。やらなきゃいけないならやるけど、それであたしは死ぬし、自分でもわかってるのよ。文句ある？」

男二人はだまっていた。彼女を見ず、お互いも見なかった。

やっとハーブ・アッシャーが言った。「今晩、きみの命を救ってくれたじゃないか。オレをここに派遣することで」

「それにクレドポップ五つがつけば、カフが一杯大当たりってわけね。まったく、もともとあたしを病気にしたのは神様なのよ！」

「そしてきみをずっと導いてる」とハーブ。

「何を目指して？」とライビス。

「無数の生命を救わんがため」とエリアス。

「エジプトと煉瓦造りたちね。繰り返し繰り返し。なぜ救いが続かないの？　なぜ立ち消えちゃうの？　最終的な解決策ってないの？」

「これぞその最終的な解決策なんじゃ」とエリアス。

「あたしは救済される人には含まれてないわ。途中で取りこぼされたのよ」とライビス。

「まだそんなことにはなっとらん」とエリアス。

「でもそうなるのよね」

「かもな」エリアス・テートの表情は読めなかった。

三人がすわっていると、低いつぶやくような声がこう言った。「ライビス、ライビス」

ライビスはくぐもった叫びをあげて見回した。

「恐れるな。お前は息子の中で生き続ける。お前は今も死ぬことはなく、時代の終わりにいたるまででも死んだりはしない」

静かに、顔を手に埋めて、ライビスは泣き出した。

*

その日の後で、学校が終わると、エマニュエルはヘルメス的変成をもう一度試してみて、自分のまわりの世界を理解しようとしてみた。

まず、体内生物時計を加速して、思考がますます急速になるようにした。自分が線形時間のトンネルを猛スピードで抜けるのを感じ、その軸に沿っての移動速度はすさまじいものになった。まず、したがって、エマニュエルは漠然とした漂う色を見て、それから突然、下領域と上領域との間の通路をふさぐ監視者、つまりグリゴンに出会った。グリゴンは裸の女性のトルソとして現れ、あまりに近くて手を伸ばせば触れるほどだった。その先は、上領域の速度で進みはじめたので、下領域は何かモノであることをやめ、かわりにプロセスとなった。それは上領域の時間スケールで言うと、三一五〇万対一の比率で付着する層として発達していった。

その時点でエマニュエルは、下領域を――場所としてではなく――すさまじい速度で並びかわる透明な画像として見るようになった。そうした画像は空間の外の形相が下領域に送り込まれて現実になったものだった。いまやヘルメス的変成まではあと一歩だった。

最後の画像が凍りつき、時間はエマニュエルにとっては止まった。目を閉じても、身の回りの部屋が見えた。飛行は終わった。自分を追い求めたものを逃れたのだ。これはつまりエマニュエルの神経発火が完璧で、松果体が視覚コンジットの枝を通じて運ばれてきた光の存在を認識したということだ。

しばらくそのまますわっていた。とはいえ「しばらく」というのはもはや何の意味もなかったが。それからだんだん、変成が生じた。自分の外に、自分自身の脳のパターン、紋様が見えた。自分の脳でできた世界の中にいるのであり、生きた情報があちこちに、生きている輝く赤い川のように運ばれている。したがって、手を伸ばして自分自身の思考にもともとの性質のまま、それが思考になる前の形に触れることができた。部屋はその炎で満たされ、自分自身の外部にある自分の脳の容量は、莫大な空間に広がっていた。

一方エマニュエルは外部世界を取り込み、自分の中に包含した。いまや宇宙は自分の中にあり、自分自身の脳は外側のあらゆるところにあった。脳は莫大な空間に広がり、宇宙よりもはるかに大きくなった。したがって、自分自身である万物の広がりがわかり、そして世界を自分の内部に組み込んだので、それを知っておりそれを支配できるようになった。

　エマニュエルは気を静めて落ち着き、すると部屋の輪郭、コーヒーテーブル、椅子、壁、壁の絵が見えるようになった。自分の外に残り続けている外宇宙のゴーストだ。すぐさまテーブルから本を手に取って開いた。そこに書かれていたのは、自分自身の思考が、いまや印刷された形になったものだった。印刷された思考は、空間化された時間軸に沿って配置されており、その軸に沿ってのみ運動が可能となっている。自分の思考が各時代ごとにホログラムのように見えた。直近のものが表面に近く、古いものは低く底のほうに、何層にも連続して重なっている。

　外の世界はもはやまばらな幾何学形態、もっぱら正方形になっており、黄金比の長方形が戸口になっている。エマニュエルはそれを眺めた。戸口の外にある光景以外は何も動かない。そこでは母が子供時代に知っていた、もつれあった古いバラの茂みと農園の中を幸福そうに駆けていた。母はにっこりして目は喜びに輝いていた。

　では自分の内側に取り込んだ宇宙を変えよう、とエマニュエルは思った。幾何学形態に意識を向けて、それがちょっと物質で満たされるのを許した。向かいで、エリアスお気に入りのみすぼらしい青い安楽椅子が、垂直から歪みはじめた。その外形線が変わった。それを導く因果律を奪ったので、カフの染みがついたみすぼらしい青い安楽椅子でいるのをやめてしまい、ヘップルホワイト様式の食器棚になって、その中に白陶器の皿やカップや受け皿が並んでいる。

エマニュエルは、ある種の時間単位を復活させた——そしてエリアス・テートがやってきて部屋の中をうろつき、入ってきて立ち去るのを見た。線形の時間軸に沿って付着性のレイヤーがラミネートして順番にあわさるのを見た。ヘップルホワイト様式の食器棚は、短いレイヤー群の間はそのままだった。その受動的な、またはオフ状態、または停止状態を維持した。そしてそれから今度は能動的、オン、または活動状態に移されて、永続的なファイロゴンの世界に加わり、いまやそれ以前にあった、そのクラスのものすべてに参加するようになった。エマニュエルの投影された世界脳において、ヘップルホワイト様式の食器棚と白陶器の食器は、永遠に真の現実に組み込まれた。これはもうそれ以上の変化は被《こうむ》らないし、エマニュエル以外のだれもそれを見ることはない。それは他のみんなにとっては、過去のことだった。

エマニュエルはその変成を、ヘルメス・トリスメギストスの祭文で完成させた。

Verum est ... quod superius est sicut quod inferius et quod inferius est sicut quod superius, ad perpetrando miracula rei unius.

その意味は以下の通り。

真実とは上にあるものが下にあるもののようであり、下にあるものは上にあるもののようであり、一なるものの奇跡を達成するのである。

これはエメラルドのタブレットであり、モーゼの姉マリア・プロフェティッサにテフティ（トート神）自ら渡したものだ。テフティは最初にあらゆる被創造物に名前を与え、その後ヤシの木の庭園から追放されたのだった。

下にあるもの、自分自身の脳、ミクロコスモスが、いまやマクロコスモスになり、そして自分の内部でミクロコスモスとして、マクロコスモス、つまり上にあるものが含まれている。

ぼくはいま全宇宙を占めているんだ、とエマニュエルは気がついた。ぼくはいまやあらゆる場所に等しくいる。したがってぼくは最初の人間であるアダム・カドモンになったんだ。三つの空間軸に沿った移動はもはやエマニュエルには不可能だ。なぜならもはや、行きたいところすべてにすでにいるからだ。自分にとって、あるいは変成する現実にとって唯一可能な運動は時間軸に沿ってのものとなる。エマニュエルはファイロゴンの世界をすわって眺めた。何十億ものファイロゴンが過程にあり、絶えず育って己を完成させており、あらゆる変成の根底にある弁証法に動かされている。それを見るのは快かった。ファイロゴンの相互接続ネットワークの光景は、見るだに美しかった。これはピタゴリアスのコスモスであり、万物の調和的なおさまりであり、そのそれぞれが正しい形で組み合わさりそれぞれ決して消失しない。

いまぼくはプロティノスの見ていたものを見ているんだ、とエマニュエルは認識した。でもそれ以上に、ぼくは自分の中の分裂していた領域を再び結び合わせたんだ。ぼくはシェキナをエン・ソフに回復させたんだ。だがそれもほんのしばらく、局所的にやっただけだ。ミクロ形態でだけ。ぼくがこれを離せば、すぐに元の状態に戻る。

「考えてただけ」とかれは声に出した。

エリアスが部屋に入ってきながらこう言った。「マニー、何をしてる？」

因果律が逆転した。ジーナにできることをやったんだ。時間を逆行させた。エマニュエルは喜びで笑った。そして鈴の音が聞こえた。

「チンヴァットを見たよ。狭い橋。渡ろうと思えば渡れた」とエマニュエル。

「それはやってはいかん」とエリアス。

エマニュエルは言った。「鈴はどういう意味？　ずっと遠くで鳴ってる鈴」

「遠くの鈴が聞こえるときは、サオシャントがそこにいるということだ」

「救世主だね。だれが救世主なの、エリアス？」

「それはお前自身でなければ」とエリアス。

「ときどき思い出すのがいやになるよ」

まだ鈴が、実に遠くでゆっくり鳴っているのが聞こえた。砂漠の風に吹かれているんだ、とエマニュエルにはわかっていた。砂漠そのものが語りかけているのだ。砂漠は、鈴を使って、エマニュエルに思い出させようとしていた。エリアスにかれは言った。「ぼくはだれ？」

「わしには言えない」とエリアス。

「でも知ってるんでしょ」

エリアスはうなずいた。

「あっさり言ってくれたらいろいろとても簡単になるのに」とエマニュエル。

「お前が自分で言わねばならん。時がくればお前はそれを知って口にする」とエリアス。

「ぼくは——」と少年はおずおずと言った。

エリアスは微笑んだ。

＊

声は自分自身の子宮から発せられていた。しばらくは恐ろしく思い、しばらくは悲しかった。ときには泣いたし、嘔吐感は続いた——決して止まらなかった。聖書にはこんなことは書いてなかったと思うわ。マリアがつわりで苦しんでいるところなんか。むくみと妊娠線も出るんでしょうね。聖書にはそれも書いてなかったはず。

どっかの壁の落書きとしては気が利いてる、と彼女は内心で思った。**処女マリアに妊娠線**。彼女は合成ラムとグリーンビーンズのちょっとした食事をこしらえ、一人でテーブルについて、ドームの窓から風景を落ち着かずに眺めた。本当に、ここ片づけないと、と気がつく。エリアスとハーブが戻ってくる前に。そうだ、やらなきゃいけないことを一覧表にしよう。

何よりも、あたしはこの状況を理解しないと。かれはすでにあたしの内部にいる。すでに起こったのよ。

別のカツラがいるわね。旅行のために、もっといいやつ。もっと長いブロンドのカツラにしてみようかな。まったくろくでもない化学療法だわ。病気で死ななくてもこの治療法で死ぬことになる。治療のほうが病気よりもひどいのね、と彼女は苦々しく思った。ほらごらん、さっきの話を逆転させてやったわよ。神様、あたし気分が悪いわ。すると、冷えた合成食物の皿を手にしたとき、変な考えがやってきた。これがクレムどもの手口だったら？　人間は連中の惑星を侵略して、いまや連中が反撃してるのよ。人間の考える神様がどんなものかを理解したんだわ。そしてその考えを真似《シミュレート》してるのよ！

あたしのもシミュレーションならよかったのに、とライビスは思い巡らせた。

でもそれはさておき。連中は人間の心を読んだり本を調べたりしたのよ——具体的にどうやったかはさておき——そして人間をだますわ。だからあたしの中にあるのはコンピュータ端末かなんか、ラジオのすごいやつみたいなものよ。入管で何を言われるか目に浮かぶようだわ。「何か申告するものは、お嬢さん?」「ラジオだけです」。ほう、そのラジオとやらはどこに? 何も見当たりませんが? ええ、すっごくよく見ないと。いえちがうわね、と彼女は思った。入管じゃないわ。税関のほうよ。このラジオの申告価格は、お嬢さん? これはなかなか答えにくいわね、と彼女は内心で答えた。とても信じてもらえないかもしれないけど——唯一無二のものなのよ。そこらでお目にかかるようなもんじゃないわ。

たぶんお祈りしたほうがいいわね、と彼女は思った。

「ヤア、あたしはというと、弱くて病気で怖いし、本当にこんなのに関わり合いたくないのよ」。密輸品だわ。密輸品を持ち込もうとしてるのよ。「こちらにきてください。全身検査をしますから。女性担当官がいまきます。すわって雑誌でも読んでてください」ひどすぎると言ってやらないとね。「まあ驚いたわ」と驚いたふりをしないと。「あたしの中に何かがあるって? ご冗談でしょう。いいえ、どうやってそんなところに入ったのか、見当もつきません。世の中、不思議なこともあるもんだわねえ」

奇妙な眠気に襲われた。一種の入眠状態だが、それでもすわって反射的に食べ続けてはいた。体内の胎児が目の前にある光景を描き出したのだ。自分とはまったくちがう心が作った光景だ。

ライビスは気がついた。連中はこういう見方をするんだわ。この世の権力を握る連中は。連中の目を通じて彼女が見たのは、化け物だった。キリストイスラム教会と科学遺外使節団――かれらの恐れは、ライビスの恐れとは似ていなかった。ライビスの恐れは、自分に必要とされる努力と危険についてのものだった。でも連中は――連中がビッグヌードルに相談するのが見えた。ビッグヌードルは地球の情報を処理するＡＩシステム、政府があてにしている巨大人工知能だ。

ビッグヌードルはデータを分析して、何か邪悪なものが入管をすりぬけて地球に密輸されたと当局に告げる。連中の狼狽、嫌悪感が感じられた。宇宙の主を連中の目を通して見るのは驚異的だわ。主を異質なものとして見るなんて。万物を造った主が異質だなんてことがあり得るのかしら。ならば連中は神の御姿に似せて造られていないのね、とライビスは気がついた。ヤアはあたしにそれを告げようとしていたんだ。人は神の御姿をしているのだと、ずっと思ってきた――ずっと教わってきたわ。好きになるよう呼びかけてるみたいなもんだわ。すると連中は本当に自分たちを信じてるんだ！　本当に理解してないんだ。

宇宙からの怪物よね。絶えず警戒していないと、その怪物が現れて入管をすりぬけると思ってるのか。そこまで狂ってるのか。そこまでピント外れなのか。そうしたらあたしの赤ちゃんを殺すわね。あり得ないけれど本当。そして、自分たちが何をしでかしたか、連中に理解させることは決してできない。サンヘドリンもイエスについて同じように考えたわ。今度もまた狂信者たち。ライビスは目を閉じた。

連中は安手のホラー映画の中にいるんだわ。小さな子どもを恐れるなんて、何かおかしいわ。小さな子どもを、どんな子だろうと、不気味でひどい存在として見るなんて。こんな洞察はいらないわ、と彼女はつぶやき、嫌悪で身をひるませた。消して頂戴、お願い。もう十分に見たから。

理解したわ。

だからこそこれをやらなければいけないのね、と彼女は思った。連中があいう見方をしているから。祈って、意志決定して、自分の世界をシールドして——敵対的な侵入を排除する。連中にとってこれは敵対的な侵入なんだわ。イカレてるのよ。自分たちを創った神を殺す。理性的な存在はだれもそんなことはしない。キリストは人の罪をきれいにぬぐい去るために十字架で死んだんじゃない。連中が狂ってたから十字架にかけられたんだわ。連中はいまあたしが見ているようなものを見ていたんだ。狂気の光景だわ。

連中は、自分が正しいことをしているつもりなのよ。

第6章

少女ジーナは言った。「あげたいものがあるの」

「プレゼントだね？」とエマニュエルは信じ切って手を差し出した。

ただの子どものオモチャだった。情報スレート、どんな若者でも持っているようなものだ。エマニュエルは刺すような失望を感じた。

「これ、あなたのためにあたしたちが造ったのよ」とジーナ。

「あたしたちって？」エマニュエルはスレートを調べた。こういうスレートを自動工場が何十万台も造り続けている。どのスレートも共通のマイクロ回路が入っている。「プラウデットさんも、こういうのを一台くれたよ。学校につながってるんだ」

ジーナは言った。「あたしたちのは作りがちがうのよ。持っていて。プラウデットさんには、これがもらったやつだと言っておいて。あの人には見分けがつかないわ。ね？ブランド名だって入れておいたのよ」と彼女は指でＩＢＭの文字をなぞった。

「これ、本当はＩＢＭ製じゃないんだ」

「絶対ちがうわね。つけてみて」

エマニュエルはスレートのタブを押した。スレート上の淡い灰色の画面に、輝く赤字で単語が一つだけ現れた。

VALIS

「これがいまのところあなたへの問題ね。『ヴァリス』ってのが何かを突き止めること。スレートは第一クラス水準でこの問題を投げかけてるわ……つまり必要ならもっとヒントがもらえるってこと」

「マザー・グース」とエマニュエル。

スレート上のVALISという単語が消えた。今度はこんな表示になった。

ヘパイストトス

「キュクロプス」とエマニュエルは即座に言った。

ジーナは笑った。「これに負けないくらい素早いのね」

「何につながってるの？ ビッグヌードルじゃないよね」エマニュエルはビッグヌードル

が嫌いだった。

「それが教えてくれるかもよ」とジーナ。

スレートは今度はこう表示した。

シヴァ

「キュクロプス」とエマニュエルは即座に言った。「トリックだな。これはダイアナの軍団に造られたんだ」

即座に少女の微笑が消えた。

「ごめん。もう今後一度たりとも口に出しては言わないよ」とエマニュエル。

「スレートを返してよ」少女は手を伸ばした。

エマニュエルは言った。「これがぼくに返すように言ったら返す」そしてタブを押した。

ノー

「わかったわ。持っていていいわよ。でもあなた、これが何だか知らないわね。理解してない。軍団がこれを造ったんじゃない。タブを押して」

またもエマニュエルはタブを押した。

創造のはるか前

「ぼく――」エマニュエルは口ごもった。

「戻ってくるわよ。これを通じて。使って。エリアスにも言わないほうがいいと思う。わかってくれないかもしれないから」とジーナ。

エマニュエルは何も言わなかった。これは自分自身で決めるべきことだった。他人に自分の判断をさせないことが重要だった。それに基本的には、エリアスを信用していた。ジーナも信用できるだろうか？　自信がなかった。彼女の中には無数の天性があるのが感じられ、大量のアイデンティティがあるのだ。最終的には、どれが本物かを探し出すだろう。そこにあるのはわかっていたけれど、トリックでそれが隠れていた。だれだろう、こんなトリックをするのはだれだ、とエマニュエルは自問した。トリックスターになっているのはどんな存在？　かれはタブを押した。

踊り

これに対して、エマニュエルは肯定のうなずきをした。踊りは確かに正解だった。内心で彼女が踊っているのが見える。軍団みんなといっしょに踊る脚の下で草が燃え、焼け焦げており、人々の心は惑っている。ぼくを惑わせることはできない、とエマニュエルはつぶやいた。君が時間をコントロールしてもね。だってぼくも時間をコントロールするから。ひょっとして君以上に。

＊

その晩夕食で、エマニュエルはエリアス・テートとヴァリスについて話し合った。

「観に連れて行ってよ」とエマニュエル。

「すごく古い映画だぞ」とエリアス。

「でも少なくともカセットを借りることはできるでしょう。図書館から。『ヴァリス』ってどういう意味？」

エリアスは言った。「巨大活性諜報生命体システム。映画はほとんど作り話だ。二十世紀後半にあるロックシンガーが造った。そいつの名前はエリック・ランプトンだが、マザー・グースと名乗っておった。映画にはミニのシンクロニシティ音楽が使われとって、今日まであらゆる現代音楽にかなりの影響を与えとる。映画の情報の相当部分は音楽によりサブリミナルに伝えられとる。舞台は別のアメリカでフェリス・F・フレマウントなる人物が大統領になっておる」

エマニュエルは言った。「でもヴァリスって何なの？」

「みんなが現実だと思い込むようなホログラムを投射する人工衛星だ」

「じゃあ現実生成機なんだね」

「そうだ」とエリアス。

「ほんとうに正真正銘そうなの？」

「いいや。ホログラムだと言ったろう。そいつはみんなに見せたいものを何でも見せられるのでな。それが映画全体の論点となる。幻影の力を検討した映画なんだ」

自室に戻り、エマニュエルはジーナがくれたスレートを手に取ってタブを押した。

「何をしておる？」とエリアスが背後にやってきた。

スレートには一語だけ。

ノー

「そいつは政府につながっとるぞ。そんなもん使ってどうする。プラウデットのやつ、きっとこの手の代物をよこすと思っとった」そしてエリアスは手を伸ばした。「よこしなさい」

「持ってたいんだ」とエマニュエル。

「あきれたもんだ。ＩＢＭとモロに書いてあるではないか！　そいつが何を教えてくれると思っとるんだ？　真実を教えるとでも？　政府がだれであろうと真実を告げたことなんぞあるか？　お前の母親を殺し、父親を冷凍生命停止状態にした連中だぞ。いいからよこしなさい」

「これが取り上げられたら、また別のをくれるだけだよ」とエマニュエル。

「それもそうだな」とエリアスは手を引っ込めた。「だがそいつの言うことを信じるんじゃないぞ」

「ヴァリスについてはあなたがまちがってるって」

「どうまちがっとるというんだ？」

エマニュエルは言った。「単に『ノー』と言っただけだよ。それ以外は何も」そしてまたタブを押した。

あなた

「そいつはいったい全体どういう意味だ？」面食らってエリアスは言った。

「知らない」とエマニュエルは正直に言った。こいつを使い続けよう、と思った。

それからこう思った。こいつはぼくをだましている。飛び跳ねる明かりのように道沿いに踊り、ぼくを先導して、遠くへ、どんどん深く暗闇の中へと連れて行くんだ。そして暗闇があたり一面を覆ったら、飛び跳ねる明かりはパッと消える。お前のことは知ってるぞ、とエマニュエルはスレートに思考を向けた。お前のやり口は知ってる。ぼくは従わない。お前がぼくのほうにくるんだ。

そしてタブを押した。

ついてきて

「だれ一人として戻ってこないところへか」とエマニュエル。

＊

夕食後、エマニュエルはホロスコープでしばらく遊び、エリアスの最も貴重な持ち物を研究した。聖書がホログラム内の深さのちがうレイヤーとして表現されたもので、それぞれのレイヤーは別々の時代に対応している。これにより聖書全体の構造は、三次元的な宇宙となり、どんな角度からでも眺めてその内容を読み取れるようになる。観察軸の傾きに応じて、ちがったメッセージが抽出できるのだ。それにより、聖書は無数の知識を生み出し、それが絶え間なく変化する。それは不思議に満ちた芸術作品となり、見ても美しく、脈打つ色彩が驚異的なほどだ。その全体に赤と黄金が脈打ち、そこに青の筋が走っている。

色彩の象徴するものは任意ではなく、中世初期のロマネスク絵画にまで遡る。赤は常に父なる神を表す。青は息子の色だ。そして黄金はもちろん、聖霊の色だ。緑は選ばれた民の新しい生命を表す。紫は服喪の色、茶色は耐えて苦しむ色。白は光の色、そして最後に黒は、暗闇の力の色であり、死と罪の色だ。

こうした色彩はどれも、時間軸に沿って聖書が形成するホログラムには見られるものだ。テクストの部分との関連で複雑なメッセージが形成され、並び変わり、再形成される。エマニュエルはホログラムを眺めて飽きることがなかった。少年にとってもエリアスにとってもそれはマスターホログラムであり、他のあらゆるホログラムを超えるものだからだ。キリストイスラム教会は聖書を色彩コード化されたホログラムに変換するのをよしとせず、その製造販売を禁じた。このためエリアスはホログラムを自分で承認なしで造った。

オープンホログラムだった。新しい情報をそこに入れることもできる。エマニュエルはそれを不思議に思ったが何も言わなかった。秘密を感じ取ったのだ。エリアスには答えられないので、こちらからも尋ねなかった。

だができることもあって、ホログラムにつながったキーボードに聖書のいくつか重要な用語をタイプすると、ホログラムはそのすべての空間軸に沿って、引用の観点に沿って並べられるようになる。つまり聖書の全テクストが、そのタイプした情報との関連に集中されるのだ。

「何か新しいものを入力したらどうなるの？」とある日エリアスに尋ねてみた。

エリアスは厳しい口調で言った。「絶対にそれはやるな」

「でも技術的には可能でしょう」

「そういうことはしないものだ」

それについて少年はしばしば考えてみた。

もちろん、なぜキリストイスラム教会が聖書を色彩コード化されたホログラムに変換するのを認めないかはわかっていた。時間軸、つまり真の深さの軸をだんだん傾けて、連続するレイヤーを相互に重ね合わせる方法を学んだら、垂直のメッセージ――新しいメッセージを読み出せるようになる。そうすれば、聖書との対話に入ることになる。聖書が生き物になるのだ。二度と同じ形にはならない、知覚力ある生命体と化す。キリストイスラム教会はもちろん、聖書とコーランを永遠に凍結させておきたい。聖書が教会の下から逃れたら、その独占も失われる。

重ね合わせが決定的な要因だ。そしてこの高度な重ね合わせはホログラムでしか実現できない。だがかつて、はるか昔には、聖書がまさにそのように解読されていたのをエマニュエルは知っていた。エリアスはこれについて尋ねても、多くを語ろうとはしなかった。

少年はこの話題をあきらめた。

一年前に、きわめて恥ずかしい事件が教会で起こった。エリアスは少年を、木曜朝のミサに連れて行ったのだ。少年は堅振を受けていなかったので、聖餐を受けられなかった。他の信徒たちが聖体拝領台に集まる間、エマニュエルは身をかがめて祈っていた。司祭が聖杯を信徒から信徒へと運び、聖餅を葡萄酒につけて「お前のために流された我が主イエスキリストの血――」と言っているとき即座に、エマニュエルは教会のベンチのその場で立ち上がり、明瞭かつ平静にこう述べた。

「血はそこにはないし肉体もそこにはない」

神父は手を止めてだれが言ったのかを見ようとした。

「あなたにはその権限がない」とエマニュエルは言った。そしてそれを言い終えると、背を向けて教会から出て行った。エリアスが追いかけると、車の中でラジオを聞いていた。

車を運転して帰宅する途中でエリアスは言った。「あれはやってはいかん。連中にああいうことを言うんじゃない。お前についての調査ファイルが作られてしまう。それは避けねばならん」エリアスはカンカンだった。

エマニュエルは言った。「ぼくは見たんだ。ウエハースとワインしかなかった」

「それは偶有のことだろう。外的な形相だ。だがその本質は――」

「目に見える外見以外の本質はなかったよ。司祭が司祭でなかったので奇跡は起こらなかった」とエマニュエルは答えた。

その後二人はだまって車を進めた。

「化体の奇跡を否定するのか？」その晩、少年を寝かしつけつつエリアスは言った。

「それが今日起こったということは否定するよ。あの場所ではね。あそこには二度と行かない」とエマニュエル。

「わしが求めるのは、お前がヘビのように賢く、ハトのように無垢になることなんだ」とエリアス。

「あの人たちはぼくに何の力も及ぼせないよ」とエマニュエル。

「連中はお前の——」

エマニュエルはエリアスを見つめた。

「お前を破壊できる。もう一度事故を仕組むこともできる。来年はお前を学校に入れねばならん。ありがたいことにお前の脳障害のおかげで、一般校にはやらなくていい。あてにしているのは、連中が——」エリアスは口ごもった。

エマニュエルがそれを引き取った。「——ぼくについて何かちがうことを見ても、すべて脳障害のせいにしてくれることだ」

「その通り」

「脳障害も仕組まれてたの？」

「わしは――そうかもな」

「なかなか便利そうだよ」でも、とエマニュエルは思った。自分の名前さえわかったらなあ。「どうしてぼくの名前を言ってくれないの？」とエマニュエルはエリアスに言った。

「お前の母親は言った」エリアスは謎めかして言った。

「お母さんは死んだよ」

「お前が自分で言うことになる。いずれはな」

「ぼくは短気なんだ」そこで奇妙な考えが浮かんだ。「お母さんはぼくの名前を言ったから死んだの？」

「かもな」とエリアス。

「じゃああなたが言わないのはそのせい？　言ったら死ぬから？　それでぼくは死なない」

「それは通常の意味での名前ではない。命令なんじゃ」

こうしたことがすべて心にとどまった。名前ではなく命令である名前。動物に命名したアダムを思い出させた。それについて考えてみた。聖書にはこうある。


……そして人のところへ持ってきて、人がそれぞれをどう呼ぶか見ておられた……

「神様は、人がそれをどう命名するか知らなかったの？」とある日エリアスに尋ねた。

エリアスは説明した。「言語は人にしかない。人しか言語を生み出せんのじゃ。また——」とエリアスは少年を見た。「人が生き物に名前を与えるときに、人は生き物に対する支配を確立したんじゃ」

名付けたものをコントロールできるのか、とエマニュエルは気がついた。だからだれもぼくの名前を口にできないのか。だれもぼくをコントロールすべきでないから——そしてすることもできないから。「じゃあ神様はアダムとゲームをしたのか。人が正しい名前を知っているか確かめたかったんだ。人を試していたんだ。神様はゲームが大好きだ」

「それについてわしに答えられるものかどうか」とエリアス。

「別に質問はしてない。言っただけ」

「通常、神について言われることではないわな」

「では神様の性質はわかっているんだね」

「神の性質はわかってなどいない」

エマニュエルは言った。「神様はゲームと遊びを楽しむ。聖書には神様が休息したと書いてあるけど、ぼくなら神様は遊んだというな」

これを聖書のホログラムに入れて追記したかったけれど、それはすべきではないと知っていた。それでホログラム全体はどう変わるだろう？　トーラに神様が楽しいスポーツを楽しむと追加したら……それができないというのは奇妙なことだな、とエマニュエルは思った。だれかが追記しないと。聖書に、絶対に書いておかないと。いつの日か。

*

苦痛と死について学んだのは醜い死にかけの犬を通じてだった。車に轢かれて、道端に転がり、胸は潰され、口からは血まみれの泡を吹いている。かがみこむと、犬はガラス玉のような目でこちらを見つめたが、その目はすでに来世を見ていた。

犬が何を言っているか理解するため、手をその短い尻尾に当てた。「この死をお前に割り当てたのはだれ？　お前は何をしたの？」と犬に尋ねた。

「何もしてない」と犬は答えた。

「でもこれ、かなり残酷な死に方だよ」

「それでもオレは何も咎を負っていない」と犬は語った。

「殺したことは？」

「もちろんある。オレのあごは殺すようにできている。小動物を殺すよう構築されているんだ」

「食べるために殺したの、遊びで殺したの？」

「楽しくて殺す。ゲームだ。オレが遊ぶゲームなんだ」と犬は語った。

エマニュエルは言った。「ぼくはそんなゲームは知らない。なぜ犬は殺し、なぜ犬は死ぬの？　どうしてそんなゲームがあるの？」

「そんなチマチマした話はオレには無意味だ。オレは殺すために殺す。死なねばならないから死ぬ。必然性だ、最終のルールであるルールなんだ。あんたもそのルール通りに生きて殺して死ぬんじゃないのか？　もちろんそのはずだ。あんただって生き物なんだから」

「ぼくは望む通りにする」

「自分にウソをついてるな。望む通りにできるのは神様だけだ」

「じゃあぼくは神様だ」

「あんたが神様なら、治してくれ」

「でもお前は法の下にある」

「あんたは神様じゃない」

「法は神様のご意志なんだよ、犬」

「だったらあんた、自分で言ったわけだな。自分で自分の質問に答えたわけだ。さあ死なせてくれ」

死んだ犬の話をエリアスにすると、エリアスはこう言った。

行け、見知らぬ人よ、そしてラケダイモンに告げてくれ

ここで、彼女の命令に従い、われわれは倒れたと

「これはテルモピレーで死んだスパルタ人についてのものなのじゃ」とエリアス。

「なぜそんな話をするの?」とエマニュエル。

エリアスは言った。

通りすがったあなた、スパルタ人たちに告げてほしい
ここで、かれらの法に従ってわれわれが横たわると

「つまり犬がってことか」とエマニュエル。

「犬が、ということだ」とエリアス。

「ドブの死んだ犬とテルモピレーで死んだスパルタ人とには何のちがいもないんだ」エマニュエルは理解した。「何一つ。なるほど」

「なぜスパルタ人たちが死んだのか理解できれば、すべてが理解できる」とエリアス。

通りすがるあなた、一瞬止まってほしい
ここにいるわれわれはスパルタの法に従った

「犬のための二連詩はないの？」とエマニュエル。

エリアスは言った。

通行人よ、これを日誌に書いてくれ
スパルタ人と同じ目に犬もあったと

「ありがとう」とエマニュエル。

「犬が最期に言ったのは何だったね？」とエリアス。

「犬は『さあ死なせてくれ』と言ったよ」

エリアスは言った。

Lasciatemi morire!
E chi volete voi che mi conforte
In cosi dura sorte,
In cosi gran martire?

「それ、何？」とエマニュエル。

「バッハ以前に書かれた音楽で最も美しいものじゃよ。モンテヴェルディのマドリガーレ『アリアンナの嘆き』じゃ。意味は、

死なせてください！
そしてこのひどい不幸の
こんな悲しい責め苦の中で
だれが私を慰められるとお思いでしょう？

「じゃああの犬の死は芸術だったんだね。世界で最高の芸術。少なくとも高踏芸術により讃えられ、記録された最高のもの。ぼくは胸がつぶされて死にかけた醜い老犬に、高貴なものを見るべきなんだろうか？」

「モンテヴェルディを信じるなら、その通り。そしてモンテヴェルディを崇拝する者たちにとっても」

「いまの哀歌には続きがあるの？」

「あるが、ここでの話には当てはまらない。テセウスはアリアドネを捨てた。これは報われない愛なのだ」

「どっちが畏怖すべきなんだろう、ドブの中の死にかけた犬か、ふられたアリアドネか?」

エリアスは言った。「アリアドネの苦しみは想いの中にしかないが、犬のやつは本物だ」

「じゃあ犬の苦しみのほうがひどいのか。そちらのほうが悲劇として大きいのか」。エマニュエルは理解した。そして、奇妙なことだが、安堵を感じた。死にかけた醜い老犬のほうが、古代ギリシャからの古典人物より価値が高いというのはよい宇宙だ。傾いたバランスが自ら矯正されるのが、万物を計る天秤がつり合うのが感じられた。宇宙の正直さを感じ、己の混乱が消えるのを感じた。だがもっと重要なこととして、犬は自分の死を理解した。なんと言っても、犬はモンテヴェルディの音楽を聴いたこともないし、テルモピレーの石碑にある二連詩を読んだこともない。高踏芸術は、死を生きる者よりは死を見る者のためにある。死にゆく生き物にとっては、一杯の水のほうがもっと重要なのだ。

「お前の母親はある種の芸術形態を毛嫌いしておった。特にリンダ・フォックスは大嫌いだった」とエリアス。

「リンダ・フォックスを何かかけてよ」とエマニュエル。

エリアスはテープ送信機にオーディオカセットを入れ、エマニュエルと二人で耳を傾けた。

　ああ泉よ、そんなに速く流れないで
　何が

「もういい。消して」とエマニュエル。手で耳を覆った。「最悪だ」と身震いする。

「どうかしたのか。お前がこんなに機嫌を損ねたのは初めてじゃないか」とエリアスはエマニュエルに腕をまわしてかかえ上げると抱きしめた。

「あいつはお母さんが死にかけているときにあれを聴いてたんだ！」エマニュエルはエリアスのヒゲ面を見つめた。

　思い出したぞ。ぼくは自分がだれか思い出しつつあるんだ。

「どうかしたか？」とエリアスは少年をきつく抱きしめた。

　始まったんだ、とエマニュエルは気がついた。ついに。あれはぼくが――ぼく自身が――用意した信号の最初のものだった。それがいずれ発射されるとわかっていたんだ。

　二人はお互いに見つめ合った。少年も男も何も言わなかった。震えながら、エマニュエルはヒゲの老人にしがみついた。自分が倒れるのを許さなかった。

「恐れるな」とエリアス。

　エマニュエルは言った。「エリヤ。あなたは最初にやってくるエリヤだ。大いなる恐ろしい日の前に」

エリアスは少年を抱きしめて、やさしくゆすりながら言った。「その日、お前は何一つ恐れることはない」

「でもかれは恐れる。ぼくたちが憎んでいるあの敵は。そいつの時が満ちた。いまのぼくのように、先に何があるかを知っているので、ぼくはかれのために恐れるんだ」とエマニュエル。

「聞きなさい」とエリアスは静かに言った。

天より墜ちてまったのか、まばゆい明けの明星
地上に墜落し、国々に無力に横たわって！
お前は内心で、己が空を滑空すると考えた
神の星よりはるか上に玉座を据えようと
はるか北の奥地にある、神々の集う山にすわろうと
雲海のはるか上に登り、至高の者のようになろうとした。
だがお前は黄泉の国に引きずり下ろされ、深遠の深みに落とされた。
お前を見る者はお前を見つめ、眺めて考える……

「わかるか？　あいつはここにきておる。ここはあいつの場所なんじゃ、この小さな世界は、二千年前にここを自分の要塞にして、エジプトでやったのと同様に、ここの人々の牢獄を作り上げたんじゃ。二千年にわたり、人々は泣き続けたが何の反応も、何の助けもない。あいつがすべてを握っておる。みんなあいつが安全だと思っとる」

エマニュエルは老人をつかみながら、泣き出した。

「まだ怖いのか？」とエリアス。

エマニュエルは言った。「ぼくもみんなと共に泣く。お母さんと共に泣く。泣かなかった死にゆく犬と共に泣く。みんなのために泣くんだ。そして墜落したベリアルのために、まばゆい明けの明星のために。天から墜ちてすべてを始めたベリアルのために」

そしてエマニュエルは思った。ぼくは自分自身のためにも泣く。ぼくはお母さんだ。ぼくは死ぬゆく犬であり苦しむ人々だ。そしてぼくは、あのまばゆい明けの明星でもある……ベリアルでさえあるんだ。ぼくはそれであり、それがなってしまったものなんだ。

老人はエマニュエルをしっかり抱きしめた。

第7章

フルトン・スタトラー・ハームス枢機卿は、キリストイスラム教会《ＣＩＣ》を構成する壮大な組織ネットワークの大主教だが、なぜ愛人の経費をまかなえるだけの資金が、特別裁量基金にないのか、さっぱり見当がつかなかった。

床屋にゆっくり慎重にヒゲを剃らせつつ、かれは思った。わしはディードリーのニーズがどれほどのものか、あまりはっきりわかっていないのかもしれん。

もともと彼女は、てっぺんに着く前に完全に落ちきることなしに上昇することで、枢機卿に接近したのだった――これ自体、ＣＩＣの階級を一段ずつ上らねばならないので、なかなか容易ならぬ作業だ。ディードリーは当時、ＷＣＬＦ、つまり世界市民自由フォーラムの代表であり、いろいろ職権濫用をしていた――そして当時も何が起きたかわからなかったし、いまだにはっきりしていないのだが、とにかく二人は気がつくと同衾しており、いまや公式にディードリーは枢機卿の秘書長官になっていたのだった。

自分の仕事のため、彼女は二種類の給与を吸い上げていた。目に見えるものは仕事の給料で、もう一つは枢機卿が好き勝手に使える相当額のアカウントから支出されるものだ。これだけの大金がディードリーの懐に入ってからどこへ行くのかは、まるっきり見当がつかなかった。帳簿付けは昔から決して得意ではなかったのだ。

「この横の灰色の髪の毛に混じってる黄色は抜いたほうがよろしいんですよね」と床屋はびんの中身を振りながら言った。

「頼む」とハームスは言ってうなずいた。

「レイカーズはそろそろ負け続けから抜け出しますかねえ。だって、ほら何て言いましたっけ、あいつを獲得したじゃないですか。あの二メートル八十のやつですよ。もし連中があの――」

耳を叩きながらハームスは言った。「わしはニュースを聞いてるんだがね、アーノルド」

「ええまあ、そりゃわかりますがね、神父さん」と床屋のアーノルドは大主教の灰色がかった髪の毛に脱色剤をかけた。「でもお尋ねしたいことがあるんですよ、同性愛の神父についてです。聖書は同性愛を禁止してませんでしたっけ？　だったらなぜ神父が現役の同性愛者でいられるのかわからんのです」

ハームスが聞こうとしていたニュースは、科学遺外使節団最高行政官、ニコラス・ブルコウスキーの健康状態に関するものだった。夜を徹する荘厳な祈禱義勇団が正式に結成されたが、それでもブルコウスキーは衰弱し続けた。ハームスは秘密裏に、自分の個人医師を行政官の緊急状態対策専門家団に派遣していた。

ブルコウスキーは、ハームス枢機卿のみならず全元老院が知っていることだが、敬虔なキリスト教徒だった。福音派でカリスマ性の強いコリン・パッシム博士の影響で改宗することにしたのだ。パッシム博士はしばしば体内の聖霊の力を劇的に実証するため、信仰復興集会でしばしば宙を舞ってみせるのだった。

もちろんパッシム博士は、宙を漂ってフランスのメッツ市にある聖堂の巨大なステンドガラスをぶち破って以来、様子が一変していた。かつてはたまに舌がかり（法悦状態になってうわごとのような物言いをすること。狐憑き状態のようなもの）になるだけだったが、いまや常に舌がかり状態になったのだ。これを受けて、ある有名なテレビコメディアンは、英語＝舌がかり辞典を持ってこようと言い出した。そうすればみんなパッシム博士の言っていることがわかるから、と。これは敬虔な人々を実に憤慨させたので、ハームス枢機卿としてはいずれ、この毛嫌いされているコメディアンに破門の宣告を下してやろうと、どこかの卓上カレンダーに書き付けたほどだった。だがいつもながら、枢機卿はそんなつまらないことにまで手が回っていなかった。

ハームス枢機卿はほとんどの時間を秘密活動に費やしていた。聖アンセルム『プロスロギオン』（神の存在証明）を大人工知能システムのビッグヌードルに入力し、神の存在について長きにわたり否定されてきた、存在論的な証明を復活させようと図っていたのだった。
ハームスは、ずばりアンセルムの原典と、この議論のもともとの表現、時間に伴う添加物に汚されていないものに戻った。

理解されるものはすべて知性の中になくてはならない。そしてまちがいなく、だれにも想像もつかないほどに大いなる存在は、知性のみの内側に存在することはできない。なぜならそれが知性の中だけにあるのであれば、それはまた現実の中にあると考えることができ、するとこれはさらに大きな存在を考えることができるということになる。こうした場合、もしだれも想像できないほどに大きな存在というのが単に知性の中にあるだけなら（つまり現実の中にないなら）、その同じ存在は人がやはりもっと大きな（つまり知性と現実の双方の中に存在する）ものを想像できるものだということになる。これは矛盾である。結果として、だれも想像ができないほど大きな存在というのは、知性の中と現実の中の双方に存在しなければならないということは疑問の余地がなくなるのである。

しかしながら、ビッグヌードルはアクィナスやデカルトやカントやラッセルやその批判についてはすべて知っており、さらにこの人工知能システムは常識も持っていた。人工知能はハームスに、アンセルムの議論が成り立つものではないと告げ、何ページも何ページもにわたり、その理由を提示したのだった。ハームスの反応は、ビッグヌードルの分析を黙殺してしまい、ハートストーンとマルコムによるアンセルム擁護にしがみつくことだった。つまり、神の存在は論理的に必然であるか不可能である、というものだ。それが不可能であることは実証されていない――つまりそうした存在の概念は自己矛盾であることが証明されていないということ――以上、そこから必然的に神は存在すると結論するしかない、というものだ。

このげんなりするような議論にしがみついたハームスは、そのコピーを直通回線で病苦に苦しむ最高行政官に送り、この自分の共同支配者に新しい活力を注ぎ込もうとしたのだった。

「さてジャイアンツはどうですかね」と枢機卿の髪の毛の黄ばみを脱色しようと獅子奮迅の働きをしている床屋のアーノルドが言った。「あいつらも無視するわけにはいかんでしょうなあ。去年のエディ・タブの防御率を見てくださいよ。そりゃ腕が痛んでるとは言ってますがね、でも投手ってのはみんな腕が痛むもんなんですから」

大主教フルトン・スタトラー・ハームスの一日が始まったのだった。ニュースに耳を傾けつつ、同時に自分の聖アンセルムがらみの事業について思案し、アーノルドの野球統計をかわす――これが枢機卿にとって朝の現実との対決であり、定番作業なのだった。これをプラトン的な、活動フェーズの原型的な始まりにするものとして唯一残っているのは、ディードリーに対してその経費超過をとっちめるという義務的な——そして無駄な——試みだった。

その準備はもうできていた。新しい女の子がすでに控えているのだ。それを知らないディードリーは、いまやお払い箱になろうとしていたのだった。

＊

黒海に面したリゾート都市で、最高行政官は大主教に関するディードリー・コンネルの最新報告を読みながら、ぐるぐるとゆっくり歩き回っていた。行政官はまるで健康問題など思ってはいなかった。自分の「病状」に関するニュースがメディアに漏れ出るようにして、共同支配者が手前勝手なウソの網の目で身動きがとれなくなるようにしていたのだ。これにより、ディードリー・コンネルの日次報告について諜報部門スタッフの評価を検討する時間ができた。今のところ、行政官に親密に仕える人物すべての熟慮した意見として、ハームス枢機卿は現実との接点を見失ってしまい、イカレきった神学的探求に惑っているとのことだった——そうした探索の旅のせいで、枢機卿はますます、かれの公式の活動範囲である政治経済状況に関する一切のコントロールから遠ざかっていた。

インチキ報道のおかげで、釣りをしてリラックスし、日光浴をしながら、枢機卿を始末して、自分の手下をＣＩＣ大主教の地位に送り込む手立てを考える時間も与えられた。ブルコウスキーは元老院に科学使節団の一味を送り込んでいた。みんなしっかり訓練を受けて熱意もある。ディードリー・コンネルが枢機卿の秘書長官と愛人の地位を押さえている限り、ブルコウスキーは一歩先を行っているのだ。ハームスが科学使節団の上層部をだれも手なずけていないのはかなり確実だろうと思っていた。何か互恵的なアクセスを提供させられそうな人物はいない。ブルコウスキーには愛人はいなかった。家族人間で、太った中年の妻と、子供も三人いてみんなスイスの私立学校に入っている。さらにパッシム博士の熱烈なナンセンスへの改宗——飛行の奇跡はもちろん技術的に実現されたものだ——は戦略的なインチキで、枢機卿を自分の壮大な夢に深入りさせるためのものだった。

　行政官は、聖アンセルムによる神の存在に関する存在論的証明をビッグヌードルに裏付けさせようという試みはすべて承知していた。科学使節団《SL》の支配する領域で、この問題は物笑いの種になっていた。ディードリー・コンネルは高齢の愛人に対し、この高邁なる目標にもっともっと時間をかけるよう薦めろと指示していた。

　それでも、完全に地に足が着いているとはいえブルコウスキー自身も、いくつか未解決の問題を残していた——共同支配者からは隠している話題だ。科学使節団側の選択率が、若き基幹人員たちの間でここ数カ月ほど下がっているのだ。ますます多くの大学生が、科学系の学生ですらＣＩＣのほうに傾倒し、金づちと鎌のピンを投げ捨てて十字架を身につけるようになっていた。具体的には箱船エンジニアの不足が生じていて、結果としてSLの箱船衛星三つが、その住民と共に放棄されねばならなかった。このニュースはメディアには流れていない。というのも住民たちも死亡したからだ。世間に対しこの陰惨なニュースを遮蔽するため、残ったSL箱船の名称も変えられた。コンピュータの出力には、この誤動作は表示されなかった。状況は平常通りの見かけとなっていた。

少なくとも、コリン・パッシムは始末したぞ、とブルコウスキーは思った。アヒルの声をテープで逆回しにしたみたいなしゃべり方の人物は、まるで脅威にはならない。この伝道師は、当人の知らないうちに科学使節団の先進兵器にやられていたのだった。世界権力のバランスはこれで、ほんのわずかばかりSL側に傾いた。こうした細かいことが積み重なるのだ。たとえば枢機卿の愛人兼秘書として入り込んでいるSLエージェントの存在はどうだろう。これなくしては――

ブルコウスキーはすさまじい安心感を抱いた。歴史的必然性の弁証法的な力が自分の味方なのだ。いまから三十分後には、世界情勢を自分が掌握していると確信しつつ、浮遊ベッドに戻れる。

かれはロボット給仕に言った。「コニャックを。クルボアジェ・ナポレオンだ」

机の横に立って、ブランデーグラスを手のひらで温めていると、妻ガリナが部屋に入ってきた。「木曜夜は予定を入れないでね。ヤキール将軍がモスクワ兵団向けのリサイタルを予定しているの。アメリカの歌手リンダ・フォックスが歌うんですって。ヤキール将軍があたしたちにも出席しろって」

「もちろんだとも。リサイタル終了時に渡すバラを用意させてくれ」そしてブルコウスキーはロボット給仕二体に告げた。「従者にリマインダーを出すよう言っておいてくれ」

「リサイタルの途中で寝ないでちょうだいね。ヤキール夫人が傷つくから。前回のことは覚えてるでしょう」

「ペンデレッキーの醜聞ね」ブルコウスキーはよく覚えていた。『マニフィカト』の「全能者われに大いなる事を」の部分でずっといびきをかき続け、一週間後に諜報報告書で自分が何をしでかしたか読む羽目になったのだ。

「少なくともその筋の人々が知っている限りでは、あなたは信仰を回復したキリスト教徒なんですからお忘れなく。箱船三つの喪失の責任者はどうしたんでしたっけ？」とガリナ。

「みんな死んだ」とブルコウスキー。射殺させたのだ。

「替わりの人員をイギリスから雇えば？」

「自前のが間もなく揃う。イギリスが送ってよこす連中は信用できない。みんな金で動く。たとえば、あの歌手はいま、決断についていくらよこせと言ってる？」

ガリナは言った。「状況は混乱してるわ。諜報報告書は見たけど。枢機卿は、CIC支持の決断をさせるために大金を提示してるわよ。張り合わないほうがいいと思うわ」

「でも、あれほど人気のエンターティナーが進み出て、白い光を見てイエスを人生に受け入れたと言えば――」

「あなた自身がそうしたじゃないの」

「だがその理由はお前も知ってるじゃないか」とブルコウスキー。鳴り物入りで荘厳にイエスを受け入れたあと、いずれ自分がイエスを見捨てて、もっと賢明になってSLに復帰したと宣言するつもりなのだ。こうすれば元老院にひどい影響が生じて、願わくば枢機卿自身にも打撃を与えられる。大主教の士気は砕け散ってしまうはずだ、と心理学者たちは言う。枢機卿は、SLの関係者全員がいずれ、CICの各種事務所にやってきて改宗すると本気で思っているのだ。

「やっこさんが送り込んできた医者はどうするの？　何か面倒でも？」とガリナ。

ブルコウスキーは首を振った。「いや。偽造の医療報告で忙しいはずだ」。実は、枢機卿が派遣した医者に定期的に送られている医療情報は、偽造ではなかった。単にブルコウスキー以外の人物についてのものだというだけだ。本当に病気のSLの下位人物だ。ブルコウスキーはハームスの医師に、秘密を誓わせており、医師の倫理が問題なのだと主張したが、もちろんダフィー医師は行政官について詳細な健康報告を、機会があるごとに枢機卿の部下にこっそり送っていた。SLの諜報部門はいつもそれを傍受して、十分に深刻な状態が描かれているかどうか確認し、コピーしてから元に戻した。その医療報告はおおむねマイクロ波信号を通じて軌道上のCIC通信衛星に送られ、そこからワシントンDCに送信された。でもダフィー医師はたまに突然賢明さを発揮することがあって、報告書を単に郵送した。こっちはずっとコントロールがむずかしい。

相手が病人だと思って、しかもそれがキリストの側についたと思って、枢機卿はSL上層部の活動に対する警戒を解いていた。いまや枢機卿は、行政官がどうしようもなく無能だと思い込んでいた。

「リンダ・フォックスがSL側につかないって言うなら、脇に呼んで、いつかコンサート契約に向かうとき、自家用ロケット——彼女が自分で操縦する、あのかっこいいすてきなヤツ——が一瞬で大炎上しかねないぞ、と言ってやったらいかが？」

むっつりとブルコウスキーは言った。「それが、枢機卿が先にそれをやったんだよ。もし優しきキリストを人生に受け入れないなら、好き嫌いにかかわらず二塩化毒素を味わうことになるぞ、と彼女に伝えてるんだよ」

リンダ・フォックスに水銀を少しずつ与えて毒殺するという戦術はなかなか見事なものだった。死ぬはるか前に（死ぬかどうかはわからないが）彼女は帽子屋のように発狂する——文字通り帽子屋のように。というのも十九世紀のイギリスの帽子屋を、有名な心身異常状態にしたのは、フェルトの加工に使われた水銀による中毒だったのだ。

自分もそれを思いつけばよかったのに、とブルコウスキーはつぶやいた。諜報報告によれば、女性歌手はCICのエージェントに、イエス側につかないと枢機卿が何を企んでいるか聞かされて、ヒステリーを起こしたとのこと――ヒステリーと、一時的な低体温症、その後は次のコンサートで予定されていたにもかかわらず「千年の岩よ」を歌うのを拒絶した。

そうはいっても、カドミウムのほうが水銀よりいいかもしれない。そっちのほうが検出しにくいからな、とブルコウスキーは考えた。SL秘密警察は失脚者に対して微量のカドミウムをかなり前から使っていて、なかなかうまく行っていた。

「じゃあお金では彼女を動かせないわね」とガリナ。

「その可能性は捨てる必要はないな。ロサンゼルス大都市圏を所有したいというのが彼女の望みだから」

ガリナは言った。「でも彼女を破滅させたら、植民者たちが文句を言うわね。みんな彼女に依存しきっているし」

「リンダ・フォックスは人間じゃない。ある人々の一団であり、人の類型だ。彼女は電子装置、それもきわめて高度な電子装置が作るサウンドだ。彼女が消えても代わりはいる。いつだっている。タイヤと同様にスタンプ式に作れるんだ」

「それなら、あまり大金を持ちかけないことね」とガリナは笑った。

「彼女がかわいそうになるよ」とブルコウスキー。存在しないというのはどんな感じだろう？　いまのは矛盾だ。感じるとは存在するということだ。でも、彼女は感じたりしないのかもしれない。だって彼女が本当の意味では存在しないというのは事実だからだ。われわれなら当然知っていることだ。だって彼女を真っ先に想像したのはわれわれなんだから。

というか——ザ・フォックスを真っ先に想像したのはビッグヌードルだ。AIシステムが彼女を発明し、何をどう歌えばいいか教えた。ビッグヌードルが彼女のために手配をして……ミキシングまでやってのけた。そしてそのパッケージが大成功となったわけだ。

ビッグヌードルは植民者たちの感情的なニーズを正しく分析して、そのニーズに対応した調合を考案したのだった。AIシステムは継続的に調査を続けていて、フィードバックを得ていた。ニーズが変わると、リンダ・フォックスも変わった。それは閉じたループを構成している。もし突然、あらゆる植民者たちが消滅したら、リンダ・フォックスは一瞬で存在しなくなる。ビッグヌードルは彼女をキャンセルしてしまうだろう。シュレッダーに入れられた紙切れのように。

「行政官」と、ロボット給仕装置がブルコウスキーにスッと接近しつつ言った。

「何だ」と行政官はいらだたしげに言った。妻と話しているときに邪魔されるのは嫌いだったのだ。

ロボット給仕装置は言った。「鷹」

ガリナに向かい、ブルコウスキーは言った。「ビッグヌードルに呼ばれた。急ぎだ。ちょっと失礼」そして妻から足早に離れると、慎重に保護されたＡＩシステム端末のある、個人オフィス複合体へと入った。

端末は確かに点滅してかれを待っていた。

「兵に動きでも？」とブルコウスキーは、端末の画面に向かってすわりながら言った。

ビッグヌードルの人工的な声が、その特徴的な雰囲気を漂わせて言った。「いいえ。入管を通じて怪物の赤ん坊を密輸しようという陰謀です。植民者三人が関係。女性の胎児をモニタリングしました。詳細はまた追って」

「詳細がいつくるんだ？」とブルコウスキーは言ったが、ＡＩシステムはすでに切断されていたので聞く耳を持たなかった。ちくしょう、この機械はほとんど敬意を示してくれない。どうせ神の存在に関する存在論的な証明の脱構築で忙しいんだろう。

＊

フルトン・スタトラー・ハームス枢機卿は、いつもながら落ち着き払ってビッグヌードルからの報せを受け取った。「たいへんありがとうございました」とＡＩシステムがサインオフするときに枢機卿は言った。何か異質なものか、とつぶやく。神が存在すべきものとして決して意図しなかった代物ね。これは宇宙移民の真に恐るべき側面だな。送り出したものが戻ってくるのではない。不自然なものが戻ってくるのだ。

ふむ、殺させよう。でもその脳プリントは見てみたいものだ。そいつはどんな具合だろうか。卵の中のヘビか、と思った。女性の中の胎児。もともとの話の再現だ。巧妙な生き物だ。

主なる神が造られた野の生き物のうちで、最も賢いのは蛇であった。

創世記、第三章、第一節。以前起こったことは今回は起きない。今回はそいつ、邪悪なるものを破壊する。それが今回はどんな形相をまとっていようとも。

それに祈りを捧げよう、とかれは思った。

「失礼」とかれは、広大なラウンジの外で待っている訪問中の司祭たちで構成された小さな観客群に語りかけた。「しばらくチャペルにこもらねばなりません。深刻な事態が起こったもので」

すぐさま、かれは黙って陰気にひざまずき、部屋の遠い隅でろうそくが燃える中、その部屋と自分自身が神聖なものとなるのを感じた。

「天なる父よ、汝の道を知り、汝を真似られるよう教えたまえ。自分自身を守り、邪悪なものから自衛できるよう助けたまえ。邪悪なものの奸計を見通し理解できるようにしたまえ。その奸計は強大であり、その狡知もまた強力なのだから。そいつがなんであれ、追い出せるだけの力を与えたまえ――汝の聖なる力を貸したまえ」

答えは何も聞こえてこなかった。別に驚くことではない。敬虔な人々は神に語りかけるが、神が返事をしてくれたと思うのはキチガイたちだ。自分の答えは自分の内部から、自分自身の心からこなければならないのだ。だがもちろん、聖霊が導いてくれた。いつもそうなのだ。

自分の中で聖霊が、自分自身の性癖の形で、当初の洞察を肯定してくれた。「汝、魔女を活かすなかれ」という一節はその適用範囲として、密輸される突然変異も含んでいる。「魔女」は「怪物」と等しい。したがって自分は聖書の支持をもらっている。

そしていずれにせよ、自分は地上における神の代理人なのだ。

念のために、自分の巨大な聖書を調べて、出エジプト記二二章、第一七節を読み返した。

女呪術師を生かしておいてはならない。

そしてついでに次の節も読んだ。

すべて獣と寝る者は必ず死刑に処せられる。

そして註釈を読んだ。

古代の魔術は、犯罪と不道徳性と詐欺に満ちていた。そしてそれは、忌まわしい手口や迷信で人々を惑わしていた。それに先だって性的な放埒を禁じる手立てが行われ、その後には不自然な悪徳や偶像崇拝の糾弾が続いた。

ふむ、これは確かにここにも当てはまるな。忌まわしい手口や迷信。はるか遠い惑星で、非人間との交合により生み出された代物。そんなものにこの聖なる世界を侵略させはしないぞ、とかれはつぶやいた。我が同僚の最高行政官もまちがいなく同意してくれるはずだ。

突然、全身を啓示が襲った。われわれは侵略されておるのか！　と気がついたのだ。二世紀にわたり語られてきた代物だ。聖霊が告げているのは、それが起きたということなのか！

呪われたる汚物の生みし者め、とかれは思った。そして足早に主室に向かった。そこには行政官への直通——そして厳重に遮蔽された——回線があるのだ。

「赤ん坊の話か？」と接続が——一瞬で——確立するとブルコウスキーは言った。「今日はもう寝るところだったんだが。明日まで待てるだろう」

ハームス枢機卿は言った。「忌まわしきものがそこにおるのだ。出エジプト記二二章一

ずだ」

「神はこの第一世界に怪物をお望みにならない。改宗キリスト教徒のあんたならわかるは

「ビッグヌードルが地球に近づけやせんよ。入管の外周部で捕捉されるはずだ」

七節。『女呪術師──』」

「もちろんわかるとも」とブルコウスキーは憤って言った。

「ビッグヌードルにはどう指示すればいいだろう？」

ブルコウスキーは言った。「むしろビッグヌードルがわれわれに何を指示するかってことだろう。そうじゃないか？」

「祈ってこの危機を乗り越えねばならん。共に祈ろうではないか。頭を垂れなさい」とハームス。

「妻が呼んでる。祈りは明日にしよう。おやすみ」とブルコウスキーは回線を切った。

ああイスラエルの神よ、とハームスは頭を垂れて祈った。先送りとそれがもたらした邪悪からわれわれを守りたまえ。行政官の魂をこの苦行の時の緊急性に目覚めさせたまえ。

われわれは霊的に試されているのです、とかれは祈った。そうに決まっている。この悪魔的な存在を放り出すことでわれわれの価値を証明せねばならない。われわれをあなたにふさわしい存在にしてください、主よ。力の剣をお貸しください。汝が正義の馬にまたがるための、正義の鞍を……思考を終えられなかった。あまりに強烈すぎた。われわれを急

ぎ救いたまえ、と祈りを終えると、枢機卿は頭を上げた。勝利感が全身に満ちた。まるで何か殺すべきものを捕らえたかのように。追い詰めたのだ。そしてそいつは死ぬ。神に讃えあれ！

第8章

高速軸上フライトでライビス・ロミーは死にそうなほど気分が悪くなった。ユナイテッド・スペースウェイズ社は横一列の五シートを彼女にあてがって、体を伸ばして横になれるようにした。それでも、ほとんど口もきけないほどだった。横向きに寝て、あごまで毛布をかけている。

彼女を見下ろしつつ沈んだ声でエリアス・テートは言った。「ろくでもないつまらん法手続のおかげでこんなことに。あれでさんざん待たされなければ――」と顔をしかめる。ライビスの体内では胎児がいまや六カ月だが、大半の時間はじっとしていた。胎児が死んだらどうしよう？　とハーブ・アッシャーは自問した。神様の死……でもだれ一人として予想もしなかったような状況だ。そしてだれも、自分とライビスとエリアス・テート以外にだれもそれを知ることはない。

神様って死ねるの？　それもオレの女房といっしょに。

結婚式は明解で手短なもので、宇宙空間当局により執行された、宗教的道徳的な雰囲気はまったくないものだった。ハーブもライビスもかなり徹底した身体検査を受けるよう要求され、もちろん彼女が妊娠しているのがわかった。

「父親はあなた?」と医師が尋ねた。

「ええ」とハーブ・アッシャー。

医師はにやりとしてそれを調書に書き留めた。

「だから結婚しなきゃと思ったんです」とハーブ。

「よい心がけですな」。医師は高齢で身なりがよく、まったく事務的だった。「男の子なのはご存じですか?」

「ええ」とハーブ。まちがいなく知っていた。

「一つわからないことがあるんですよ。これは自然妊娠なんですか? まさか人工授精ってことはありませんよね? というのも処女膜が破れてないんですよ」と医師。

「本当ですか」とハーブ・アッシャー。

「珍しいことではありますが、例がないわけではありません。だから厳密にいうと奥さんはまだ処女なんです」

「本当ですか」とハーブ・アッシャー。

医師は言った。「奥さんはかなり病気ですよね。多発性硬化症で」

「知ってます」とかれは手短に答えた。

「治るとは限らないんですよ。それはご存じですよね。奥さんを地球に戻すのはすばらしい考えだと思うし、あなたが同行するのも心底賛成です。でもまったく無駄になるかもしれない。多発性硬化症は奇妙な病気なんです。神経繊維のミエリン鞘に固い斑点ができて、これがいずれは永続的な麻痺を生むんです。何十年も努力を集中して、やっと原因となる要因を二つ見つけました。ある微小組織があるんですが、一つ重要な要因として、一種のアレルギーが関連してるんです。治療の相当部分は免疫系を転換して――」医師は説明を続け、ハーブ・アッシャーはできるだけそれを聞こうとした。みんな知っていることだった。ライビスがすでに何度か話してくれたし、MEDから得た文献も見せてくれた。彼女と同じく、この病気についてはすでに権威になっていたのだ。

「水をもらえないかしら？」とライビスが頭を上げてつぶやいた。顔にはできものがあってふくれあがり、ハーブ・アッシャーも彼女の言っていることがやっとわかるくらいだった。

スチュワーデスがライビスに紙コップで水を持ってきた。エリアスとハーブが彼女の体を起こしてすわらせると、ライビスは紙コップを受け取った。腕も体も震えている。

「もうすぐだからね」とハーブ・アッシャー。

「神様、あたしそれまで保たないと思うの。スチュワーデスに、また吐きそうだって言って。あの洗面器を戻してくれって。まったく」ライビスは背を伸ばしてすわったが、顔は苦痛でこわばっている。

スチュワーデスは彼女の横にかがみこんで言った。「二時間で逆噴射ジェットの噴射を始めますから、それまで何とか我慢していただけ――」

ライビスは言った。「我慢、ですって？　自分の飲み物にすら我慢できないのに。あのコーラが汚染とかされてなかったのは確か？　かえって気分が悪くなったみたいよ。ジンジャーエールはないの？　ジンジャーエールを飲んだら、少しは――」彼女は悪意と怒りで呪詛の声をあげた。「ちくしょうめ。何もかもちくしょうめが。こんなことする価値はないわ！」とハーブ・アッシャーを見つめ、それからエリアスを見つめた。

ヤアよ、何かしてあげられないんですか？　彼女をこんなふうに苦しめるのはサディスティックです、とハーブ・アッシャーは思った。

内心で声が聞こえた。最初はそれがどういう意味か理解できなかった。言葉が聞こえたが、まるで意味が通らないようなのだ。声は「彼女を園に連れて行け」と言った。

園って何のことだ、とハーブは思った。

「彼女の手を握って」

ハーブ・アッシャーは手を下に伸ばし、毛布のしわの中を探って妻の手を握った。

「ありがとう」とライビスは、弱々しくかれの手を握りしめた。

いまや彼女の上にかがみ込んですわっていると、彼女の目が輝くのが見えた。その目の彼方に空間が見えた。そしてまるで何か空虚なものをのぞきこんでいるかのように、何か巨大な空間の広がりがそこにあるかのようだった。きみは何なんだ、とハーブは思った。中に宇宙があるじゃないか、きみの頭蓋骨の中に。ここのとは別の宇宙だ。鏡像反射ではなく、別の地だ。星や、群星が見えた。星雲や巨大なガス雲が見え、それがおぼろに、だが白い光を放って輝き、赤みがかった光ではない。まわりで風が吹きすさぶのが感じられ、何かがカサカサと音がする。葉か枝だな。植物の音だ。空気は暖かく感じられた。これには驚いた。新鮮な空気で、宇宙船のすえた循環空気ではないようだった。

鳥の声がして、見上げると青空。竹が見え、カサカサいう音は竹の間を風が吹き抜けるときにたてる音だった。柵が見え、子どもたちがいた。だが同時に、かれは妻の弱った手を握っていた。不思議だ、と思った。空気がとても乾燥していて、まるで砂漠から吹き寄せてきたようだ。茶色い巻き毛の少年が見えた。少年の髪は、ライビスの髪を思わせた――化学療法で失われ、脱けて消える前の髪だ。

ここはどこだろう。学校だろうか、とハーブは思った。

隣ではこうるさいプラウデット氏が、学校の財源不足や学校の問題についてどうでもいい話をしていた――ハーブは学校の問題になど興味はなかった。息子に興味があったのだ。息子の脳障害に。それについていろいろ知りたかった。

「私に理解できないのはですね、あなたが脾臓一つでなぜ生命停止状態に十年もされていたのか、ということです。いやはや、脾臓摘出手術なんて、よくある標準的な手術なんだし、しばしば移植に使える副脾だって――」

「障害のあるのは脳のどっち半球なんですか」ハーブ・アッシャーは割り込んだ。

「医療報告はすべてテートさんが持っています。でもコンピュータにいってプリントアウトを出してもらいましょう。マニーはちょっとあなたを怖がっているようですね、でもたぶんこれまで一度も父親を見たことがないからなんでしょう」

「プリントアウトを取ってきてくださいよ、それまでここで息子といっしょにいますから。怪我についてできる限りのことが知りたいんです」とハーブ。

「ハーブ」とライビスが言った。

ハッとして、ハーブは自分がどこにいるか気がついた。フォーマルハウトからソル系に向かう、ユナイテッド・スペースウェイズ社のXR4軸飛行フライト上だ。二時間で最初の入管係員たちが乗船して、事前検査を始める。

「ハーブ、たったいま、息子を見たのよ」と妻は囁いた。

「あの子が通うことになる学校だね」とハーブ・アッシャー。

「あたしはそこにたどりつくまで生き延びられないと思うの。そういう気がする……あの子もいたしあなたもいたし、ベチャベチャしゃべりまくるネズミじみた小男もいたけれど、あたしはどこにもいなかったから。探したのよ。探し続けた。この旅は本当にあたしを殺すけれど、息子は殺さないのね。あたし、そう言われたのよ。覚えてる？　ヤアはあたしが息子を通じて生き続けると言ったから、たぶんあたしは死ぬんだわ。っていうか、この体は死ぬけれど、でもあの子は助かるのよ。ヤアがそう言ったときあなたもいたっけ？　覚えてないわ。あたしたちがいたのは園よね、ちがう？　竹。風が吹いているのが見えた。風があたしに語りかけたの。まるで声みたいに」

「そうだね」とハーブ。

「昔は、砂漠に四十日と四十晩でかけたりしたのよ。エリヤもそれからイエスも。エリアス？」と彼女はあたりを見回した。「あなた、イナゴや野生のハチミツを食べて、人々に悔い改めろと呼びかけたのよね。アハブ王には、その都市には露も雨もないと告げたんだわ……主はそうおっしゃった。あたしの言葉によれば」彼女は目を閉じた。

ライビスは本当に気分が悪いんだ、とハーブ・アッシャーはつぶやいた。でも彼女の息子は見た。美しく野生で――それ以上の何か。引っ込み思案。とても人間的だ、とハーブは思った。あれは人間の子供だ。これはすべて、オレたちが思ってるだけなのかも。クレムどもがオレたちの知覚を曇らせて、信じて見て体験するがそれが本当のものではないのかも。お手上げだ。オレにはとにかくわからん、とかれは思った。

何か時間と関係あることだ。あの子は時間を変換できるようだ。いまのオレはこの船上にいるけれど、でもいまから何年も後の園に子供といっしょにいて他の子供たち、彼女の子供ともいっしょだ。真の時間は何だろう、とかれは自問した。船の中にいるこのオレかライビスに会う前にドームにいたオレか彼女が死んでエマニュエルが学校に入った後のオレか。そしてオレは何年ものあいだ冷凍生命停止状態だった。それはオレの脾臓と関係があるか、関係があったか、これから関係ができる。連中に撃たれたんだろうか、と思った。ライビスは病気で死んだがオレはどうして死んだんだ？　そしてエリアスはどうなった、あるいはどうなるんだ？

ハーブのほうに身を寄せてエリアスは言った。「話がある」。そして身振りでハーブ・アッシャーをライビスから遠ざけて、他の乗客からも遠ざけた。「ヤアのことは口にするな。これからは『エホバ』という言葉を使う。これは一五三〇年に考案された言葉じゃ。口にしてもかまわん。状況はわかるじゃろう。入管は精神電子的な傍受装置で心を読もうとするが、エホバがわれわれの心を曇らせるので、連中はほとんど何も得られん。だがここからは言いにくい部分になる。エホバの力はこの先だんだん衰える。ベリアルの領域が間もなく始まるんじゃ」

「わかった」とハーブ・アッシャーはうなずいた。

「あんたはもうみんなわかっとるんじゃな」

「ええ、これだけじゃありませんよ」。エリアスが教えてくれたことやライビスが語ったことから学んだのだ――そしてエホバも眠っている間に、鮮明な夢の形でかなり教えてくれた。エホバは全員を教えてきた。かれらならどうすればいいかわかる。エリアスは言った。「かれはわしらと共にあり、彼女の子宮からわしらに語りかけることができる。しかしきわめて高度な電子走査装置、監視装置がそれをみつける可能性はある。だからかれはわしらとの交信は最低限にとどめるはずじゃ」。そしてしばらく間を置いてから言った。「まったく交信しない可能性だってある」

「奇妙な発想ですね。当局は諜報収集回路が神様の考えを拾ったなんて思うかどうか」とハーブ・アッシャー。

エリアスは言った。「うむ。なんだかわからんじゃろうな。地球の当局のことは知っとる。四千年も、各種の状況でやりあってきたんだからな。各種の国で。各種の戦争で。オランダの独立戦争、三十年戦争ではエフモント伯爵といっしょだった。かれが処刑された日にもいた。ベートーヴェンも知っとった……『知っている』というべきではないかもしれんが」

「あなたがベートーヴェンだったんだ」とハーブ・アッシャー。

「わしの霊の一部が地球とかれに戻ったんじゃ」とエリアス。

粗野にして情熱的、とハーブは思った。人類の大義に心底献身。友人ゲーテと手を携えて歩き、二人でドイツ啓蒙主義に新しい命を吹き込む。「他にどんな人だったんですか？」

「歴史上の多くの人じゃ」

「トマス・ペインは？」

エリアスは言った。「わしらがアメリカ革命を仕組んだ。わしらの集団がな。あるときは神様の友《フレンズ・オブ・ゴッド》、あるときは一六一五年薔薇十字結社……わしはヤコブ・ベーメだったが、あんたは知らんだろう。我が霊は単独である人物に住みつくわけではない。生まれ変わりではないんじゃよ。我が霊が地球に戻って、神の選びたもうた人間と交接するのじゃ。いつもそうした人間はおるし、わしはそこへ行く。マルチン・ブーバーもそうした一人で、神よかれの高貴な魂を安んじたまえ。あの立派で穏やかな人物。アラブ人たちも、かれの墓に花を供えた。アラブ人たちですらかれを愛した」。エリアスは黙りこくった。「わしが自分を送り込んだ人物の一部は、わしよりも立派な人々じゃった。だがわしは戻ってくる力を持っとる。神がそれをわしに与えた――まあそれはイスラエルのためだったんだが。最も大事にしていた人々のために不死性を匂わせたわけだ。なあハーブ、話によれば神ははるか古代、ユダヤ人たちに与えるより前に、トーラを地球上のあらゆる人々に提供したんじゃが、あらゆる国民は何らかの理由でそれを拒絶したのだという。トーラ曰く『汝殺すなかれ』。そして多くの人々はこれに従って生きることができなかった。宗教と道徳を分けておきたかったんじゃ――宗教で欲望が抑えられるのを嫌ったわけだ。最後に神はそれをユダヤ人に提示すると、かれらは受け入れた」

「トーラが法なんですか？」とハーブ。

「法以上のものだ。『法』という言葉は不十分じゃ。キリスト教徒の新約聖書はトーラを指すのに『法』という言葉をいつも使うがな。トーラとは、神による聖なる開示の総体を指す。生きておる。天地創造以前からある。それは謎めいた、ほとんど宇宙的な存在なのだ。トーラは創造者の道具じゃ。それを使って創造者は宇宙を作った。トーラのために宇宙を作ったのじゃ。それは最高のイデアであり、世界の生ける魂だ。それなくしては世界は存在できないし、存在する権利もない。わしは十九世紀末から二十世紀半ばまで生きた、ヘブライの大詩人ハイーム・ナフマン・ビアリクを引用しておる。あんたもいつか読んで見るといい」

「トーラについて他に何か教えてもらえますか？」

「レシュ・ラキシュはこう言っとる。『意図が清らかであれば、トーラはその者にとって生を与える薬となり、生命へとその者を浄める。だがその意図が清らかでなければ、それは死を与える薬となり、死へとその者を浄める』」

二人はしばらく黙りこくった。

そしてエリアスは言った。「もう少し話そう。ある者が偉大なラビのヒレル——CE一世紀に暮らしておった——の元にやってきてこう述べた。『私が片足で立っている間にトーラをすべて教えてくれたら、改宗しましょう』。ヒレルは言った。『自分にとって嫌なことは、隣人にやってはならない。それがトーラのすべてだ。あとはその註釈だ。行ってそれを学ぶがよい』」そしてエリアスはハーブ・アッシャーににっこりした。

「その命令って、実際にトーラに書かれているんですか？　聖書の最初の五書に？」とハーブ・アッシャー。

「もちろん、レビ記一九章一八節。神はこうおっしゃっとる。『自分自身を愛するように隣人を愛しなさい』。これは知らなんじゃろ、え？　キリストの二千年近く前だ」

「じゃあ黄金則はユダヤ教からきてるのか」とハーブ。

「その通り。それも初期ユダヤ教からだな。黄金則は人々に神ご自身より提示されたのだ」

「まだまだ学ぶことが多いなあ」とハーブ。

エリアスは言った。「読め。『Cape,lege（普通の解説だとTolle, legeとなっている）』というのはアウグスティヌスが聞いた二語じゃ。ラテン語で『取って読め』という意味。あんたもそうしたまえ、ハーブ。聖書を取って読むのじゃ。あんたのためにそこにあるのだから。生きているのじゃ」

旅が続くにつれ、エリアスはさらにトーラの興味深い側面を明かしてくれた。トーラについて、ほとんどの人が知らない性質だ。

エリアスは言った。「こうした話を教えるのも、あんたを信用しとるからだ。これを伝える相手は慎重に選んでくれ」

トーラの読み方には四通りあり、その四つ目は隠されたもっとも深奥の面の研究となる。神が「光あれ」と言ったとき、それはトーラの中で輝く謎のことを言っていたのだ。これは天地創造そのものの原初的な光が隠されたものであり、それがあまりに高貴なものだったので、死すべき人間たちが使って台無しにしてはならなかった。そこで神はそれをトーラの核心に包み込んだのだった。これは尽きることのない光であり、グノーシス主義者たちが信じていた聖なる火花に関係しており、いまや被創造物すべての間に散乱している神の頭の断片で、それが——残念ながら——物理的な身体という物質的な殻に封じ込められているのだ。

最もおもしろいこととして、中世ユダヤ教神秘主義者の一部は、エジプトから出てシナイ山でトーラを受けたユダヤ人は六十万人いるという見解をとっていた。その後の各世代ごとに復活するこの六十万人の魂は継続的に生き続けた。それぞれの魂または火化はちがった形でトーラと関連している。したがって、トーラの異なった独自の意味が六十万通り存在するのだ。この発想は以下の通り。これら六十万人のそれぞれにとってトーラはちがっており、各人がトーラの中で独自の個別文字を持っており、その人の魂はその文字につながっているのだ。だからある意味で六十万のトーラがあることになる。

また、時間の中にはアイオン、つまり時代があり、最初のものは恩寵の時代で、二番目の現在は厳しい正義と制約の時代であり、次のいまだ到来していないものが慈悲の時代となる。三時代それぞれについて、ちがうトーラが存在する。だがそれでもトーラは一つしかない。原初的またはマトリックス式トーラが存在し、そこには句読点も単語の間の空白もない。それどころかあらゆる文字がごっちゃになっている。三時代それぞれで、文字は出来事の進展に伴い自らちがう単語を形成するのだ。

エリアスの説明によると、いまの時代、厳しい正義と制約の時代は、文字の一つである子音のシンに欠陥があったことで損なわれているのだという。この文字はいつも縦線三本で書かれていたが、実際には四本あるはずなのだという。だからこの時代のために作られたトーラは欠陥があった。中世ユダヤ教神秘主義者たちによるもう一つの見方は、アルファベットの文字が一つ、実は欠けているのだというものだった。このためにわれわれのトーラは肯定的な法だけでなく否定的な法も含んでいる。次のアイオンには、欠けた文字または透明な文字が回復され、トーラの中のあらゆる否定的な禁令は消えるという。したがってこの次のアイオン、またはヘブライ語で言えば次のシェミタにおいては、人類に対する禁令はなくなる。厳しい正義と制約にかわり自由がもたらされる。

この発想から出てくるのが、トーラには目に見えない部分があるという発想だ（とエリアスは語った）——いまのわれわれには目に見えないが、来《きた》るメシアの時代には見えるようになる。宇宙のサイクルがこの時代を必然的にもたらす。それは次のシェミタとなり、最初のシェミタときわめて似たものとなる。トーラは再び、そのゴチャゴチャのマトリックスから自らを再配置する。

コンピュータみたいだな、とハーブ・アッシャーは思った。宇宙はプログラミングされている――そして次に、もっと正しくプログラミングしなおされるわけだ。すげえ。

＊

二時間後、政府の公用宇宙船がこちらの船に接続して、しばらくすると乗客の間を入管エージェントたちがうろつき、検査を開始した。そして尋問も。

恐怖でいっぱいのハーブ・アッシャーはライビスを引き寄せ、そしてなるべくエリアスの近くにすわって、老人から強さを得ようとした。そして静かに言った。「エリアス、神様について知っている最も美しいことを話してくださいよ」。ハーブの心は内心で早鐘のように鳴っており、ほとんど息もできないほどだった。

エリアスは言った。「よしわかった。『ラビのユダは、他のラビを引用してこう述べた。

一日は十二時間から成る。最初の三時間は、聖なる者（神）、讃えられるべき神は、トーラ研究に専念している。第二の三時間で、自分の世界全体を裁くためにすわっている。世界が破壊されるべきだということに気がつくと、神は正義の玉座から立ち上がって、慈悲の玉座に座る。三時間の三つ目で、世界全体を巨獣からシラミまで養う。第四の三時間で、神はレヴァイアサンと戯れる。というのも聖書に『お造りになったレビヤタンもそこに戯れる』(詩篇、一〇四篇二六節)とあるから……三時間の四つ目で(他の人々によれば)神は学童を教える』」

「ありがとう」とハーブ・アッシャー。入管エージェント三人がいまやこちらに向かっており、その制服はまばゆくピカピカだ。そして武器を持っている。

エリアスは言った。「神ですら、宇宙の公式と設計図としてトーラを参照なさるのだ」。入管エージェントの一人が手を伸ばしてエリアスの身分証を求めた。老人は文書の束を渡した。「そして神ですら、それに反して行動なさることはできんのだ」

文書を検分して上級入管エージェントは言った。「エリアス・テート、か。ソル系に戻ってきた目的は?」

エリアスは言った。「この女性は重い病気でな。ベセスダの海軍病院に入院――」

「きみの目的を訊いたんだ、彼女のじゃない」そしてエージェントはハーブ・アッシャーを見下ろした。「きみはどなた?」

「彼女の夫です」とハーブは、身分証や許可証や書類を手渡した。

「伝染性ではないという認証を得ているんですね?」と上級入管エージェント。

ハーブは答えた。「多発性硬化症なので、特に――」

「病名を訊いたんじゃない。それが伝染性かと訊いたんだ」

「だから言おうとしていたところです。質問に答えようとしたんです」

「立って」

ハーブは立ち上がった。

「こちらへきてください」と上級入管エージェントは身振りで、通路をうしろからついてくるよう示した。エリアスも後に続こうとしたが、エージェントはきっぱりとそれを押し戻した。「あんたはいいから」

入管エージェントについて、ハーブ・アッシャーは一歩ずつ通路を通って宇宙船の奥に向かった。他に立っている乗客はいない。ハーブ一人が狙い撃ちされたのだ。

乗組員専用と書かれた小部屋で、上級入管エージェントはハーブ・アッシャーと向き合い、だまって見つめた。男の目玉はぎょろりと開かれ、まるで口がきけないかのようで、まるで言いたいことが言えないかのようだった。時間がたった。こいつ、何をしてるんだろう、とハーブ・アッシャーは思った。沈黙。凝視が続いた。

入管エージェントは言った。「わかった。降参だ。きみが地球に戻る目的はいったい何なんだ？」

「言ったじゃないですか」

「彼女は本当に病気なのか？」

「重病です。死にかけています」

「そんな重病なら旅行もできないはずだろう。つじつまが合わないぞ」

「治療のための設備があるのは地球だけで――」

「きみは今やテラ法の下にあるんだぞ」と入管エージェントは言った。「連邦職員に虚偽の情報を示したら懲役刑だ。諸君らをフォーマルハウトに送り返す。三人ともだ。これ以上時間がない。さっきまでいた、元の席に戻って、指示を待つように」

声が、中立的で感情のこもらない性別不詳の声、完全な知性のような声が、ハーブ・アッシャーの脳内で語った。「ベセスダで彼女の病気を調べたがっている」

ハーブは目に見えて飛び上がった。エージェントはそれを見据えた。

「ベセスダで、彼女の病気を調べたがってるんだ」

「研究？」

「微細生命体なんだ」

「感染しないと言ったじゃないか」

中立的な声が言った。「この段階ではまだ」

「この段階ではまだ」とハーブは声に出した。

「大流行を恐れているのか？」入管エージェントは唐突に言った。

ハーブ・アッシャーはうなずいた。

「席に戻って」とエージェントは苛立ったように、手で追い払う仕草をした。「これは当方の管轄外だ。ピンクの書式368は持ってるのか？　きちんと医師が記入署名したものか？」

「持ってます」これは事実だった。

「きみか、いっしょにいたあの老人のどちらかは感染してるのか？」

頭の中の声が言った。「ベセスダに行かないとそれはわからない」。突然ハーブは、その声の持ち主について内面で鮮明にかいま見ることができた。自分の心の中に相貌が見えた。女性で、穏やかだが力強い顔だ。その相貌から金属の仮面がうしろに押しやられ、賢明で落ち着きある目が露わとなっていた。美しい古典的な顔で、アテナイのようだ。ハーブは驚愕してよろめいた。これはヤアウェではあり得ない。これは女性だ。でもこれまで見たどんな女性ともちがっている。見覚えある女性ではない。これがだれだかわからなかった。彼女の声はヤアの声ではなかったし、これがヤアの相貌であるはずもない。これをどう解釈すればいいか見当がつかなかった。何も言えないくらいに困惑していた。自分に助言する役回りを引き受けたのはだれなんだろう？

「ベセスダに行かないとそれはわからない」と言うのがやっとだった。

入管エージェントは不安そうに動きを止めた。外面的な峻厳さが吹き飛んでいる。

女性の声がまた囁いた。そして今回は内心で彼女の唇が動くのが見えた。「一刻を争います」

「一刻を争います」とハーブ・アッシャーは言った。自分の声が耳障りに聞こえた。「隔離検疫されるべきじゃないのか？　他の連中といっしょだとたぶんまずい。他の乗客たちといっしょだと――専用船に乗せたほうがいい。手配しよう。そのほうがいい……そのほうが早く着く」

「なるほど」とハーブは言った。理性的に。

入管エージェントは言った。「私から一報入れておくので。この微細生命体の名前は？ウイルスか？」

「神経の髄鞘――」

「いや、それはいいから。席に戻ってください」と入管エージェントは後からついてきた。「まったく、商用船であなたたちを運ぼうというのをだれが思いついたか知りませんがね、いますぐ降りてもらうようにしますから。厳しい規定があるのに、それがここでは守られていない。ベセスダがあなたたちを待ってるんですって？　先に一報入れたほうがいいでしょうか？　それはもう手配済みですか？」

「もう向こうへの登録はすませてあります」。これはその通りだった。すでに手配はすんでいた。

「本当にとんでもない話だ、あなたたちを一般船に乗せるなんて。フォーマルハウトの連中はもっとしっかりしてくれないと」

「CY30-CY30Bです」とハーブ・アッシャー。

「いやどこでもいいんですけど。私は関わり合いになりたくない。この種の馬鹿なまちがいは——」入管エージェントは呪詛の言葉を述べた。「フォーマルハウトの馬鹿なだれかが、これで納税者の血税を何ドルか節約できるとでも思ったんだ——すわってくださいよ、船が準備できたら通知が行くように私からも確認しときますんで。おおむね——いやまったく」

ハーブ・アッシャーは身震いしつつ席に戻った。

エリアスがそれを見ていた。ライビスは目を閉じて横になっていた。何が起こっているかも気がついていなかった。

ハーブはエリアスに言った。「ちょっとお尋ねしますが、ラフロイグ・スコッチを飲んだことは？」

「いいや」とエリアスは怪訝そうな顔をした。

「最高のスコッチなんですよ。十年物でものすごく高価。蒸留所は一八一五年操業なんです。伝統的な銅の蒸留器を使ってるんですよ。蒸留は二回必要で——」

「あっちで何が起こったね？」とエリアス。

「最後まで聞いてくださいよ。ラフロイグはゲール語で『広い湾の隣にある美しい窪地』という意味なんです。スコットランドの西諸島にあるアイラ島で蒸留されてるんですよ。モルトになった大麦――それを泥炭の火、本物の泥炭の火で乾燥させるんです。いまやこの方法で作られているのはラフロイグだけです。泥炭はアイラ島でしかとれない。熟成はオークの樽でやるんです。驚異的なスコッチですよ。世界最高の酒。それは――」ハーブは口を止めた。

入管エージェントがやってきた。「船が着きましたよ、アッシャーさん。いっしょにきてください。奥さんは歩けますか？　手伝いが要りますか？」

「もうきたの？」とハーブは面食らった。そして、その船がずっと近くにいたのだと思い当たった。入管はしょっちゅうこの手の緊急事態に対応する準備をしてある。特にこの手の事態に備えてあるのだ。というかむしろ、連中がこの手の事態だと思ったことに備えてある。

ライビスの毛布を取りながら、ハーブはエリアスに言った。「金属の仮面をつけているのはだれですか？　その仮面を髪の上まで上げてるんですよ。それと鼻筋が通っていて、すごく力強い鼻なんです――まあいいや。手を貸してくださいよ」ハーブはエリアスといっしょにライビスを立たせた。入管エージェントは気遣うように見守った。

「知らんな」とエリアス

「だれか別の人がいる」とハーブは、二人でライビスを一歩一歩手助けしつつ言った。
「吐きそう」とライビスは弱々しく言った。
「しっかりして。もうすぐだから」とハーブ・アッシャー。

*

ビッグヌードルはフルトン・スタトラー・ハームス枢機卿と最高行政官に通知を出し、そして世界各国の首長に対して以下の謎めいた声明を印字した。

五十人軍の軍旗にかれらはこう書く。有害なるものの突撃は神の強力な行いにより潰え去り、それと共に五十人軍と十人隊の長の名も消える。彼らが戦いに出るとき、ウプソクスの上に書いて完全な前線を作る。その前線は千人の兵兵兵兵兵から成りそれぞれの前線は七、七、七人の深度で兵一人の背後に別の兵が次々に並び止まる繰り返し全員が磨いた青銅の盾を持つべしその盾は鏡にも似て

声明はそこで終わった。技術者たちはものの数分でAIシステムに群がった。
その判断——AIシステムはしばらく停止させねばならない。何か基本的な部分がおかしくなっている。それが処理した最後の筋の通った情報は妊娠女性ライビス・ロミー＝ア

ッシャー、その夫ハーバート・アッシャー、その同伴者エリアス・テートが第三環で入管の許可を受けて商用軸飛行宇宙船から政府所有の高速艇に移転され、ワシントンDCを目指しているというものだった。

もはやパルスしていない端末の前に立ってハームス枢機卿は思った。まちがいが生じたのだ、と。入管はかれらを阻止するはずで、飛行を助けるはずではなかった。まったく筋が通らない。そしていまや、主要データ処理を行う存在が失われてしまった。われわれはこれに完全に依存しているのに。

枢機卿は最高行政官に電話したが、下っ端に行政官はすでに寝ていると言われた。あのろくでなしめが、とハームスはつぶやいた。ばかものめ。連中を阻止できる停留地はあと一つ、ワシントンDCの正規入管だ。そして連中がここまで入り込めたなら——わが神よ、あの化け物は超自然力を駆使しております！

もう一度、最高行政官を呼び出した。「ガリナはいないのかね？」と言ってはみたものの、絶望的だというのはわかっていた。ブルコウスキーはあきらめたのだ。この時点で寝るというのはそういうことだ。

「ブルコウスキー夫人ですか？」とSL担当官は呆れた様子で言った。「もちろんお休みです」

「一般職員は？　執行官のだれかは？」

「行政官からかけ直させますので」とSL職員は告げた。明らかにブルコウスキーは、邪魔するなという命令を下しているのだ。

なんということだ！　ハームスは電話機構をたたきつけつつ思った。画面が消えた。

何かがおかしくなったのだ、とハームスは気がついた。あやつらはこんなところまで到達できたはずはないのだし、ビッグヌードルもそれがわかったのだ。AIシステムは文字通り発狂した。いまのは技術的な故障ではないぞ、と枢機卿は認識した。あれは精神的な朦朧状態なのだ。ビッグヌードルは何かを理解したがそれを伝えられなかった。それとも、あのAIシステムは実はそれを伝えていたのだろうか？　あのあほだら経はいったい何だったのだ？

そこで、まだ生き残っている最高のコンピュータ、カリフォルニア工科大のコンピュータに接続した。あの謎の文を送信してから、その出所を同定するよう指示したのだ。

カリフォルニア工科大のコンピュータは五分後にそれをつきとめた。


クムラン写本『光の息子たちと闇の息子たちとの戦争』（出所：ユダヤ教隠遁教団エッセネ派）

奇妙な、とハームスは思った。エッセネ派は知っている。多くの神学者たちは、イエスがエッセネ派だったのではと思っており、洗礼者ヨハネがエッセネ派だったという証拠はまちがいなく存在していた。この教団は世界がかなりすぐに終わると予想しておりハルマゲドンの戦いがCE一世紀に起こると思っていた。この教団はゾロアスター教の影響が強かった。

洗礼者ヨハネか、とハームスは回想した。キリストにより、マラキ書でエホバが約束したエリヤ再臨だと言われた人物か。

　見よ、わたしは大いなる恐るべき主の日が来る前に預言者エリヤをあなたたちに遣わす。彼は父の心を子に子の心を父に向けさせる。わたしが来て、破滅をもってこの地を撃つことがないように。

旧約聖書最後の一節だ。ここで旧約が終わり新約が始まる。

ハルマゲドン。闇の息子たちと光の息子たちの最終戦闘だ。エホバと――エッセネ派は邪悪な力を何と呼んだだろうか？　ベリアルだ。そうだった。連中はサタンをそう呼んでいた。ベリアルが闇の息子たちを率いる。エホバが光の息子たちを率いる。これが第七の戦いとなる。

六回の戦いがあり、三回は光の息子たちが勝ち、三回は闇の息子たちが勝つ。それでベリアルは権力の座にとどまる。だがそこでエホバが自ら、同点決勝とも言うべきものを率いるのだ。

彼女の子宮にいる怪物がベリアルなのだ、とハームス枢機卿は気がついた。われわれを打倒するために戻ってきたのだ。われわれの仕えるエホバを打倒するために。

聖なる力そのものがいまや妨害されているのだ、とハームスは宣言した。そしてすさまじい怒りを感じた。

枢機卿にしてみれば、この時点で瞑想と祈りが求められている。そして侵略者たちがワシントンDCに到着したときにそれを破壊する戦略が必要だ。

ビッグヌードルさえ故障していなければ！

不興げに、かれは個人チャペルのほうに歩いていった。

第9章

行政官は「船を潰そう。大した問題はない。事故が起こる。三人は——胎児を入れれば四人か——死ぬ」と言った。簡単に思えたのだ。

回線の向こう側でハームス枢機卿は「かわされるぞ。やり方はわからんがな」と言う。不興は消えていなかったのだ。

行政官は言った。「ワシントンDCはあんたの所轄だろう。船の破壊命令を出せ。今すぐにだ」

その「今」というのは八時間後だった。貴重な八時間もの間、行政官はぐっすり眠っていたのだ。ハームス枢機卿は共同支配者をにらみつけた。それともひょっとすると、ブルコウスキーは解決策を見つけようと格闘していたのだろうか、と枢機卿は急に思いついた。一睡もしていないかもしれない。いまの解決策はガリナっぽい感じだ。相談していたのだ、この二人は。チームとして活動していたのだ。

「なんとも味気ない解決策だな。実にあんたたちらしい回答だ、ミサイルを繰り出すとはな」

「ブルコウスキー夫人のお気に入りだよ」と行政官。

「そいつはご大層な。二人で徹夜して考案した挙げ句にそれかね？」

「徹夜なんかしとらん。ぐっすり寝たよ。もっともガリナは奇妙な夢を見たが。その一つを話してもらったんだが――お伝えする価値があると思う。ガリナの夢を聞きたいかね？ご意見たまわりたいんだよ、宗教的な色彩があるようだったんでね」

「どうぞ」とハームス。

「海に巨大な白い魚が横たわっている。水面近くに、クジラのようにね。友好的な魚なんだ。それがこちらに泳いでくる。というか、ガリナのほうに泳いでくる。いくつも閘門《こうもん》のついた運河があるんだ。大きな白い魚は、えらく苦労しながらどんどん運河に入ってくる。そしてついに海からかなり離れたところ、見物人の近くで捕まる。魚はわざとこれをやっている。自分自身を食べ物として人々に提供したがっているんだ。金属のノコギリが持ってこられる。木こりたちが木を切り倒すのに使う、二人式の帯ノコだよ。ガリナの話では、ノコギリの刃はひどい状態だったそうだ。人々はノコギリで、まだ生きている人魚から肉の切り身を取りはじめる。実に友好的な白い大魚から、次々に生きたままの切り身をノコギリで切り取るんだ。夢の中でガリナは『こんなのまちがってるわ、魚をあまりに傷つけすぎてるわ』と考えたそうだ」。ブルコウスキーは口を止めた。「どうだね。あんたはどう思う？」

ハームス枢機卿は言った。「魚はキリストで、自分の肉を人間に提供することで、人が永遠の生を得られるようにしているのだよ」

「そいつは大変結構なことだが、魚にとってはたまらないよ。ガリナは、そんなことをするのはまちがってると言うんだ。魚のほうから自分自身を提供したにしてもね。魚の苦痛が大きすぎた。そうそう、夢の中でガリナは思ったそうだよ。『大魚を苦しませないような、別種の食べ物を見つけないといけないわ』とね。それから何だかぼんやりしたエピソードがあって、彼女は冷蔵庫の中をのぞき込んでる。そこに水差しがあって、それが藁《わら》だか葦《アシ》だかでくるまれている……そしてバターの固まりみたいな、立方体になったピンクの食べ物がある。その包み紙に言葉が書いてあるんだが、ガリナには読めなかった。冷蔵庫は、どこか僻地の居留地にいる何か小集団の、共同所有物なんだ。何が起きたかというと、そこでの仕組みでは、この水差しとピンクの立方体は、居留地全体に帰属していて、自分が死の瞬間に近づいていることに気がついたときにだけ、その食べ物を食べ、水を飲むようになっているんだ」

「その水を飲んだらいったいどうなる――」

「そしたら後で戻ってくる。復活するんだ」

ハームスは言った。「それは二つの形式の元での主だ。聖別されたワインと聖餅だ。主のような」

「その居留地は、まったく別の時代に存在しているようだった。はるか昔に。まるで古代の血と肉だ。永遠の生の食べ物。『これは我が肉なり。取って――』」

ハームスは言った。「興味深いね。でもまだ目先の問題は残っている。化け物の赤ん坊をどうしたものか」

行政官は言った。「言った通り、事故を演出しよう。船はワシントンDCには着かない。到着予定はずばりいつなんだ？　時間はあとどのくらいある？」

「ちょっと待ってくれ」とハームスは、小さなコンピュータ端末の操作盤にあるキーを押した。そして「なんだと！」と叫んだ。

「どうした？　小ミサイルを発射するのは数秒ですむぞ。もうあのあたりにはいるんだろう」

ハームスは言った。「連中の船は着陸済みだ。あんたが寝ていた間に。すでにワシントンDCの入管で手続き中だ」

「寝るのは当然のことだろう」と行政官。

「化け物があんたを眠らせたんだ」

「眠るなんて生まれてこのかた、ずっとやってきたことだ！」そして怒った行政官はつけ加えた。「私がこのリゾートにきているのは休息のためだ。健康が優れないのでな」

「どうだか」とハームス。

「すぐに入管に通知しろ。今すぐ。連中を逃がすな。今すぐやれ」

ハームスは回線を切って入管につないだ。あの女、ライビス・ロミー＝アッシャーをこの手で捕まえて、首根っこをへし折ってやる、と枢機卿はつぶやいた。細切れに刻んでやる、胎児ともども。一行全員を切り刻んで、動物園の獣どものエサにしてやる。

ハームスはわれながら驚いてしまった。いまのは自分が本当に考えたことなのか？　己の思惟の熾烈さには驚きだ。わしは本当にあいつらを嫌っているのだな、と枢機卿は気がついた。激怒している。この危機の最中に、丸々八時間も熟睡したことで、ブルコウスキーにも激怒している。その力があれば、あいつも切り刻んでやるところだ。

ワシントンDCの入管責任者がフォーンに出ると、まっ先に尋ねたのは、女性ライビス・ロミー＝アッシャーとその夫とエリアス・テートがまだそこにいるか、ということだった。

「調べてみます、猊下」と局長は言った。そして間があいた。非常に長い間だ。ハームスはその秒数を、呪いと祈りを交互に繰り返すことで過ごした。そして局長が戻ってきた。

「まだ手続き中ですよ」

「足止めしろ。いかなる理由があってもそこから出すな。女は妊娠しておる。彼女に――だれのことかわかるな？　ライビス・ロミー＝アッシャーだ――彼女に、胎児の強制堕胎を行うと告げるんだ。理由はきみの部下たちが好き勝手にでっちあげて構わない」

「本当に彼女を中絶させたいのですか？　それともこれは何かの隠れ蓑――」

ハームスは言った。「一時間以内に中絶をさせるんだ。薬用塩類による中絶だ。胎児を殺したい。きみにも内密の話をしよう。これについてわしは最高行政官とも相談している。これは世界的な方針なのだ。その胎児は異常児だ。放射線による奇形だ。ひょっとしたら異種間共生による化け物じみた子供かもしれん。わかるか？」

入管局長は言った。「おや、異種間共生ですか。はい、局所的な熱で殺しましょう。腹壁から放射性の染料を直接そいつに注入します。医師のだれかに言って――」

「中絶させるか、彼女の胎内で殺すように言うんだ。とにかく殺せ。それも今すぐ殺せ」

局長は言った。「署名をいただく必要があります。これは上の承認なしではできません」

「書類を送れ」とハームスはため息をついた。

端末からページがジワジワ出てきた。ハームスはそれをつかみ、自分の署名が必要な下線部を見つけて、署名するとページをフォーン端末に戻した。

＊

ライビスと入管ラウンジにすわったアッシャーは、エリアス・テートがどこへ消えたのか不思議に思った。エリアスは便所に行くと言って姿を消したが、戻ってきていないのだ。

「まだ横になれないの?」ライビスがつぶやいた。

「もうすぐだよ。すぐに手続きが終わるから」。あまり声はあげなかった。ラウンジにはまちがいなく盗聴器がしかけられているからだ。

「エリアスはどこ?」とライビス。

「じきに戻る」

入管職員がやってきた。制服は着ていないがバッジをつけていて、二人のところにやってきた。「ご一行のもうお一方はどちらですか?」とクリップボードを調べた。「エリアス・テートさんという方ですか」

ハーブ・アッシャーは言った。「洗面所です。この女性の手続きをお願いだからすませていただけませんか。ひどく気分が悪いのはわかるでしょう」

職員は機械的な口調で言った。「女性には医療診察を受けてもらいます。手続きを終える前に、医学的な診断がいるんです」

「そんなのとっくにすんでます! もともと彼女の担当医がやったし、その後も――」

「標準の手続きなんです」と職員。

ハーブ・アッシャーは言った。「それがどうした。残酷だし無意味だ」

「すぐに医師がきます。女性の診断をしている間に、あなたの尋問もします。そのほうが時間の節約です。彼女は尋問しません。少なくともそれほど徹底的には。彼女の医学状態が深刻なのは承知しておりますから」

「まったく、見りゃわかるだろうに！」とハーブ。

職員は立ち去ったが、ほとんど一瞬で戻ってきて、深刻そうな顔をしている。「テートは洗面所にはいません」

「じゃあどこにいるかわかりませんよ」

「手続きを終えたのかもしれない。通過させたのかも」と職員は足早に立ち去りながら、手持ちトランシーバー装置で何か語りかけた。

エリアスは逃げおおせたらしいな、とハーブ・アッシャーは思った。

「こちらにお入りください」と声がした。白いスモック姿の女医だ。若くて眼鏡をかけ、髪は後ろで丸めている。足早に、ハーブ・アッシャーとその妻を、見た目も匂いも殺菌済みの短い廊下に案内して、診察室に通した。「アッシャーさん、横になってください」と言いながら医師は、ライビスを手伝って診察台に横にならせた。

「ロミー＝アッシャーです」とライビスは、痛々しそうに診察台に上がりつつ言った。

「抗嘔吐剤の静脈注射を早めにもらえませんか？　すぐに。というか、今すぐに」

医師は自分のデスクにすわりつつ、ハーブ・アッシャーに言った。「奥さんの病状から見て、どうして中絶しなかったんですか？」

「もうそういう話はとっくにしたはずなんですが」とかれは猛々しく言った。

「いまからでも中絶してもらうことになるかもしれません。奇形児が生まれてほしくありませんから。公共政策に違反することになります」

医師を怯えたように見つめてハーブは言った。「でもすでに妊娠六ヵ月なのに！」

「書類では五ヵ月になってますよ。法で認められた期間に十分におさまってます」

「母親の同意なしにはできないはずです」ハーブの恐怖がつのった。

「もう地球にお戻りですから、その決定はもはやあなた方が下すものではありません。医学評議会がこの問題を検討します」

ハーブ・アッシャーは、もう強制中絶が確実に行われるのを悟った。評議会が何を決めるか――いやすでに決めているかわかったのだ。

部屋の片隅で、パイプ経由の音源から、生ぬるい弦楽曲の背景音が聞こえよがしに流れていた。自分のドームでときどき聞こえていたのと同じ音だ、とハーブは気がついた。でもいまや音楽が変わり、ザ・フォックスの人気曲が流れはじめたのがわかった。医師がすわって医学書類に記入する間に、ザ・フォックスの声がかすかに聞こえてきた。それが落ち着きをもたらした。


またおいで！

甘き愛がいま招く
汝の慈悲が反復して
私のものたる喜びをもたらす

女医の唇が反射的に動いて、ザ・フォックスの有名なダウランド曲を歌っている。即座にハーブ・アッシャーは、スピーカーからの声はフォックスの声に似ているだけだと気がついた。その声はもはや歌っていない。語っていた。その微かな声ははっきりと言った。

中絶は起こらない。誕生が起こる。

デスクに向かった医師は、この変化に気がつかないようだった。ヤアが音声信号に細工したんだ、とハーブ・アッシャーは気がついた。見守っていると、医師が手を止め、目の前のページからペンを上げるのが見えた。
サブリミナルだ、と医師がためらうのを見て、ハーブはつぶやいた。彼女はいまでも、自分が有名な曲を聴いていると思っている。お馴染みの歌詞を。一種の呪文にかかっているんだ。まるで催眠術にかかったかのように。

歌が戻った。

「もう六カ月なら、法的には中絶させられません」と医師はためらいがちに言った。「アッシャーさん、何か手違いがあったようです。ここには五カ月と書いてあるんです。妊娠五カ月と。でもあなたが六カ月だと言うなら――」

「何なら調べてくださいよ。少なくとも六カ月はいってる。自分で判断してください」とハーブ・アッシャー。

「えーと――」医師は額をこすって顔をしかめた。目を閉じて、苦痛を感じているかのように渋面をつくる。「それでしたら無理に――」と彼女は口を止めて、まるで何を言おうとしていたか忘れたようだった。そして一瞬後にまた始めた。「それでしたら無理にそれを疑問視すべき理由もないかと」。そして机のインターコムのボタンを押した。

扉が開いて、制服姿の入管職員が立っていた。その一瞬後に、制服姿の税関エージェントもそこに加わった。

医師は入管職員に言った。「話はつきました。中絶を無理強いするわけにはいきません。月が進みすぎています」

入管職員は彼女をしっかりと見おろした。

「法律で決まってるんです」と医師。

税関エージェントが言った。「アッシャーさん、一つお尋ねしたいんですが。奥さんの税関申告書には、フィラクタリが二つとあります。フィラクタリとは何です？」

「知りません」とハーブ・アッシャー。

税関エージェントは言った。「あなた、ユダヤ教徒じゃないんですか？　ユダヤ教徒ならだれでもフィラクタリの何たるかを知ってます。じゃあ奥さんはユダヤ教徒であなたはちがうんですか？」

「えーと」とハーブ・アッシャーは言った。

「彼女はＣＩＣなんですけど——」そこで口を止めた。自分が一歩ずつ罠に近づいているのがわかったのだ。夫が妻の宗教を知らないなどということは絶対にあり得ない。連中は、オレを話したくない分野に追い込もうとしてるな、とかれはつぶやいた。そしてこう言った。「オレはキリスト教徒なんですよ。でも育ちは科学使節団で。党の青年団にも入ってたんです。でもいまは——」

「でもアッシャー夫人はユダヤ教徒だ。だからフィラクタリをお持ちなんですね。奥さんがつけているのを見たことないんですか？　一つは頭につけます。一つは左の腕に。小さな四角い革製の箱で、ヘブライ聖典の一部が入ってるんです。これについて何もご存じないとは、かなり奇妙に思えるんですが。奥さんと知り合ってどのくらいになるんです？」

「ずいぶん長いこと」とハーブ・アッシャー。

「本当に奥さんなんですか？」と入管職員が言った。「本当に妊娠六カ月なら——」とかれは、医師の机に転がっていた書類を少し調べた。「結婚なさったときにはすでに妊娠されていたんですよね。あなたが子供の父親ですか？」

「もちろん」とハーブ。

「あなたの血液型は？　いやここに書いてあるか」と入管職員は、記入済みの法的文書や医療書類をめくりはじめた。「どっかこのあたり……」

デスクの上のフォーンが鳴った。女医がそれに出て名乗った。「あなた宛てです」と女医は受話器を入管職員に渡した。

入管職員は、きわめて熱心に、一心に耳を傾けていた。何も言わずに聞いている。それから音声送信口を手で覆って、ハーブ・アッシャーに苛立ったように言った。「血液型は適合していたそうです。お二人の手続きは完了です、でもテートとは話をしたい。あの高齢の――」そこで口を止めて、またフォーンに耳を傾けた。

「ラウンジの公衆フォーンからタクシーを呼ぶといいですよ」と税関エージェントは言った。

「じゃあもう行ってもいいんですね」とハーブ・アッシャー。

税関エージェントはうなずいた。

「何かおかしいわ」と医師。彼女は再び眼鏡を外して、目をこすりながらすわっていた。

「もう一つ問題が残っている」と税関エージェントは女医に言って、身をかがめて彼女に文書の山を差し出した。

ハーブ・アッシャーとライビスが診察室から出ようとすると、入管職員が背後から呼びかけた。「テートがどこにいるかわかりますか?」

「いいえ」とハーブは言って、気がつくと廊下にいた。ライビスを支えながら、一歩ずつ廊下を下ってラウンジに戻った。「すわって」と言って、彼女を長椅子のうえにドサッと投げ出した。待っている数人がどんよりした目でこちらを眺めた。「フォーンしてくる。すぐ戻るから。細かいのある? 五ドル玉がいるんだけど」

「まったく。持ってないわよ」とライビスはつぶやいた。

「切り抜けたんだ」とハーブはライビスに声を抑えて言った。

「わかったわよ!」と彼女は怒ったように言った。

「フォーンしてタクシー呼ぶから」とポケットを探って五ドル玉を探しながら、ハーブの気分は高揚していた。ヤアが介入してくれたのだ。彼方からの弱々しい介入だったが、十分だった。

*

十分後、二人は荷物と共に黄色い飛行タクシーに乗って、ワシントンDC宇宙港から上昇し、ベセスダ＝シェヴィー・チェイスのほうに向かっていた。

「エリアスはどこ?」とライビスは苦労しつつ言った。

「連中の注意を引きつけてくれたんだ。おとりになった。オレたちから目をそらした」とハーブ。

「呆れた。じゃあもうどこにいるかもわからないのね」

突然、巨大な商用飛行車が無謀な速度でこちらのほうに突進してきた。

タクシーのロボット運転手は無念そうに叫んだ。すると巨大な飛行車はこちらに側面衝突した。一瞬で起こったことだった。強烈な振動波でタクシーはきりもみ状態で下降した。ハーブ・アッシャーは妻を抱きしめた——建物が巨大になり、そして何が起こったかわかった。疑問の余地なくはっきりわかった。畜生どもめ、と苦痛の中でハーブは思った。肉体的に痛んだ。そして認識で心も痛んだ。タクシーの警報ビーパーが鳴り響き——ヤアの保護だけでは不十分だったんだ、とタクシーがますます低く、しおれた落ち葉のように降下する中でハーブは思った。

弱すぎた。ここでは弱すぎた。

タクシーは、高層ビルのふちに当たった。

暗闇が訪れてハーブ・アッシャーは何もわからなくなった。

＊

かれは病院のベッドに横たわり、無数の装置に電線やチューブでつながれて、ほとんどサイボーグめいていた。

男の声が聞こえた。こう言っている。「アッシャーさん？　アッシャーさん、聞こえますか？」

うなずこうとしたが、動けなかった。

「かなり体内が損傷してます」とその声は言った。「私は医者のポープです。五日間も人事不省だったんですよ。手術はしましたが、脾臓が破裂していたので除去しました。それも手術のごく一部でしかありません。代わりの臓器がくるまで冷凍生命停止状態に――聞こえますか？」

「はい」とハーブ。

「――生命停止状態にしておきます。ドナーから代わりの臓器がくるまでです。待ち行列は大したことがないので、生命停止はほんの数週間ですむでしょう。どのくらいかかるかという具体的な数字は――」

「妻は」

「奥さんは亡くなられました。あまりに長いこと脳機能が失われていたんです。奥さんについては冷凍生命停止は無理でした。しても無駄でしたから」

「赤ちゃんは」

「胎児は生きています。奥さんの叔父さんのテートさんがきて、法的な後見人になりました。胎児は奥さんの体内から取り出して、人工子宮に入れてあります。あらゆる検査の結果を見ると、衝撃でもまったくダメージがなかったようで、奇跡的なことです」

陰気な思いでハーブ・アッシャーは、まさにその通り、と思った。

「奥さんは、子供の名前をエマニュエルにするようにと言い残されました」とポープ医師。

「知ってます」

意識が遠のく中で、ハーブ・アッシャーは考えた。ヤアの計画は完全に破綻したわけじゃない。ヤアは完全に破れはしなかった。まだ希望はある。

でもかなり限られている。

「ベリアル」とハーブはつぶやいた。

ポープ医師が身をかがめて聞き耳を立てた。「何ですって？　ベリアル？　連絡を取ったほうがいい方ですか？　お知らせしたほうがいい方でしょうか？」

ハーブ・アッシャーは言った。「すでに知ってるよ」

＊

キリストイスラム教会の大主教は、科学使節団の最高行政官に言った。「何か手違いがあった。連中は入管を突破したぞ」

「どこへ行ったんだ？　どこかにはいるはずだろう」

「エリアス・テートは、税関審査より前に姿を消していた。どこにいるか見当もつかん。アッシャー家はと言えば――」枢機卿はためらった。「最後に目撃されたのは、タクシーで出発するところだ。すまん」

ブルコウスキーは言った。「見つけ出すとも」

「神様の助けがあればな」と枢機卿は十字を切った。ブルコウスキーもそれを見て同じことをした。

「悪の力か」とブルコウスキー。

「左様。わしらが直面しておるものだ」と枢機卿。

「でも悪は最後には負ける」

「そう、その通り。わしはこれからチャペルに行く。祈るのだよ。きみも是非そうしたまえ」

片方の眉を上げて、ブルコウスキーは枢機卿を見た。その表情は読めなかった。複雑だったのだ。

第10章

ハーブ・アッシャーが目を覚ますと、得体の知れない事実を告げられた。冷凍生命停止は――数週間どころか――何年も続いていた。医師たちは、なぜ代わりの臓器を得るのにそんなにかかったか説明できなかった。どうしようもない状況だったとか。手続き上の問題とか。

ハーブは言った。「エマニュエルはどうなった？」

以前より歳を取り、白髪が増え、もっと威厳を増したポープ医師は言った。「だれかが病院に侵入して、あなたの息子さんを人工子宮から連れ出しました」

「いつ？」

「ほとんどすぐにです。うちの記録によれば、胎児は人工子宮にたった一日しかいなかった」

「だれの仕業かわかりますか？」

「ビデオテープによれば――うちは人工子宮を常時監視しています――高齢のヒゲ面の男

でした」そして間をおいてポープ医師は付け加えた。「外見から見て錯乱しています。息子さんがすでに死んでいる可能性がきわめて高いこと、それどころか死んで十年たってい て、死因は人工子宮から取り出されたことによる自然死か……あるいはあのヒゲの老人の行為だという可能性に直面する必要があります。その行為が意図的にせよ事故にせよ。警察は二人のどちらも見つけられませんでした。ご愁傷様です」

エリアス・テートか、とハーブは思った。エマニュエルを神隠しにあわせて安全にしたのだ。目を閉じると、圧倒的な感謝の念が感じられた。

「気分はどうですか」ポープ医師が尋ねた。

「夢を見ました。冷凍生命停止の人々に意識があるとは知りませんでした」

「意識なんてありませんよ」

「何度も何度も妻の夢を見た」。ハーブは苦々しい悲しみが頭上を漂ってから自分に降りかかり、満たすのを感じた。その悲しみはあまりに大きすぎた。「いつも自分が彼女と元のところにいるんだ。出会ったとき、出会う以前の時。地球への旅。ちょっとしたこと。ダメになった食べ物の皿……彼女はだらしなかったから」

「でも息子さんはちゃんといるんですよ」

「そうですね」。ハーブは、どうやってエリアスとエマニュエルを見つけられるか思案した。向こうがこっちを見つけるしかないな、と気がついた。

一ヵ月間、ハーブは病院にとどまり、強さを回復するために療法セラピーを受け、そして三月半ばの肌寒い朝に退院となった。スーツケースを手に病院入り口の階段を降りるハーブは、よろよろして怯えてはいたが、自由になれて嬉しかった。セラピー中ずっと、当局が一斉に自分に襲いかかってくるものと予想していたのだ。でもそうならなかった。なぜだろう、と思った。

飛行タクシーを呼ぼうとする人々の群れに混じって立っていると、片側の道はずれに、めくらの乞食が立っているのに気がついた。古風で白髪の巨漢で汚れた服装をしている。そしてコップを掲げていた。

「エリアス」とハーブ・アッシャー。

そちらに近づいて、旧友と対面した。どちらもしばらく何も言わず、そしてエリアス・テートは言った。「こんにちは、ハー、バート」

「ライビスも言ってたよ、あなたはよく乞食の姿を取るって」とハーブ・アッシャーは、老人を抱擁しようと腕を伸ばした。でもエリアスは首を振った。

「過ぎ越しの日でわしがここにおる。わしの聖霊の力は大きすぎる。わしに触れてはいかん。全身が我が聖霊なのじゃ、この瞬間には」

「あなたは人間ではないのか」とハーブ・アッシャーは畏怖を覚えた。

「わしは多くの人々なのじゃ。また会えてうれしいぞ。エマニュエルは、あんたが今日退院だと言っておった」

「あの子は大丈夫ですか？」

「見事なもんだ」

ハーブ・アッシャーは言った。「見ましたよ。一度、しばらく前に――」そこで口を止めた。「エホバが送ってくれた幻視で。オレを助けに送ってくれたんだ」

「夢を見たのか？」とエリアス。

「ライビスのことを。そしてあなたのことも。起こったことすべてについて。それを何度も何度も繰り返し生きたんです」

「でもいまのあんたは再び生きとる。よく戻ってきたな、ハーブ・アッシャー。やることはたくさんある」

「勝ち目はあるんですか？　本当の意味での勝ち目は少しでもあるんですか？」

エリアスは言った。「少年は十歳じゃ。連中の知恵を混乱させて、思考を乱しておる。連中に忘れさせたんだ。じゃが――」エリアスはしばらく沈黙した。「少年もまた忘れてしまった。あんたもこれからわかる。数年前に思い出しはじめた。ある歌を聴いて、記憶の一部が戻ってきたのだ。それで十分かもしれないし、不十分かもしれん。あんたがもっと記憶を回復させるかもしれん。少年はもともと、事故の前に自分をプログラミングしたのだ」

きわめておずおずと、ハーブ・アッシャーは尋ねた。「じゃあ、あの子は怪我をしたんですね？　事故で？」

エリアスは、重々しくうなずいた。

「脳障害ですね」とハーブ・アッシャー。友人の顔に浮かんだ表情が見えた。

老人は再びうなずいた。コップを手にした高齢の乞食だ。不死のエリヤが、過ぎ越しの日にここにいるのだ。いつも通りに。永遠の、人類を助けてくれる友人だ。ボロを着てみすぼらしく、そしてとても賢いのだ。

＊

ジーナが言った。「あなたのお父さんがくるんでしょう？」

二人はロッククリーク公園のベンチにすわっていた。凍りついた水面の近くだ。頭上の木々はむきだしの荒涼とした枝をさらしている。空気は冷たくなり、子供たち二人とも厚着をしている。だが頭上の空は晴れていた。エマニュエルはしばらく見上げていた。

「スレートは何て言ってるの？」とジーナ。

「スレートになんか訊くまでもない」

「あなたのお父さんじゃないのね」

エマニュエルは言った。「いい人だよ。お母さんが死んだのはあの人のせいじゃないいんだ。再会できるのは嬉しいよ。会いたかったからね」。もうずいぶんになる、と少年は思った。この下の領域でみんなが認識を行う尺度によればの話だが。

ここはなんと悲劇的な領域なんだろう、と少年は思った。下のこの領域にいる人々は囚人で、究極の悲劇は当人たちがそれを知らないということだ。自由になったことがないからこそ、自分たちが自由だと思い込んでおり、自由がどういう意味だか理解していない。これは監獄なのに、それを推測できた人はほとんどいない。でもぼくは知っている、と少年はつぶやいた。だってそのためにこそ、ぼくはここにきたのだから。壁を打ち破り、金属の門を引き倒し、それぞれの鎖を引きちぎるために。脱穀をしている牛にくつわをかけてはいけない、と少年はトーラを思い出した。自由な生き物を収監しないこと。それを縛ってはいけない。きみたちの神たる主がそう言っている。ぼくがそう言っている。

人々は、自分がだれに仕えているか知らない。これがみんなの不幸の核心にある。まちがった奉仕、まちがったものに対する奉仕。まるで金属で毒されているかのように毒されているんだ、と少年は思った。金属が人々を閉じ込め、そして金属が血液にある。これは金属の世界だ。歯車に駆動され、その機械は動き続けながら、苦悶と死をまき散らし続ける……みんなあまりに死に慣れすぎて、まるで死もまた自然だとでもいうかのようだ、と少年は気がついた。人々が園を知ってからなんとも長い時間がたったものだ。園は休む動物や花の場所だ。人々にあの場所を再び見つけてあげられるのはいつのことだろう？

二つの現実がある、と少年は自分に語った。黒い鉄の牢獄、これは宝の洞窟とも呼ばれ、人々がいま暮らすところだ。そしてヤシの木の園があって、そこは巨大な空間を持ち、明るく、人々がもともと住んでいたところだ。いまや人々は文字通りめくらだ、と少年は思った。文字通り短い距離以上は見られないのだ。遠くの物体はいまや、人々には見えないのだ。ときどき、人々の中でだれかが、人々はかつて、いまや失われた能力を持っていたにちがいないと推測する。ときどき、だれか一人が真実に到達し、人々はかつて今とはちがっており、かつて今とはちがう場所にいたと知る。でも人々はそれを再び忘れる。まさにぼくが忘れたように。そしてぼくはいまだに少し忘れるんだ、と少年は気がついた。ぼくはいまでも、部分的な視野しかない。ぼくも隠されているんだ。

でも、やがて隠されていないようになる。それも間もなく。

「ペプシ要る?」とジーナ。

「寒すぎるよ。すわっていたいだけ」

彼女はミトンをつけた手を少年の腕に置いた。「悲しまないで。喜びなさいな」

エマニュエルは言った。「疲れたんだ。大丈夫だよ。やらねばならないことがたくさんある。ごめんね。それがずいぶん重荷で」

「怖くはないんでしょう?」

「もう怖くない」とエマニュエル。

「悲しいのね」

少年はうなずいた。

「アッシャーさんの姿を見れば、気分もよくなるわよ」とジーナ。

「姿はもう見えてる」とエマニュエル。

「やるわね。それもスレートなしで」とジーナは嬉しそうに言った。

「どんどん使わなくなってる。だって知識が累進的にますますぼくの中にあるから。君も知ってる通り。そして君はその理由も知ってる」

これに対し、ジーナは何も言わなかった。

エマニュエルは言った。「ぼくたちは親密だ。君とぼくは。ぼくはいつも、君をだれよりも愛していた。これからもずっとそうだ。君はこのままぼくといっしょにいて、助言をしてくれるんだ。そうだろう？」答えは知っていた。彼女がそうするのはわかっていた。彼女は最初から自分と共にいた――自ら言ったように、ぼくの寵姫にして喜びだ。そして彼女の喜びは、聖典に言うように、人類にある。だから彼女を通じて、ぼく自身も人類を愛していた。人類はぼくの喜びでもあった。

「何かあったかいものを飲みに行ってもいいけど」とジーナ。

少年はぼそぼそと言った。「ぼくはすわってたいだけなんだ」。ハーブ・アッシャーに会いに行く時間になるまでここにすわっていよう、とエマニュエルは思った。ハーブ・アッシャーはライビスの話をしてくれる。ライビスについてのいろいろな思い出がぼくに喜びを与えてくれる。いまのぼくには欠けている喜びだ。

ぼくはかれを愛してるんだ、と少年は気がついた。お母さんの夫、ぼくの法的な父親を愛している。他の人々と同様に、かれもいい人間だ。有意義な人物であり、大切にされるべきだ。

だが他の人々とはちがい、ハーブ・アッシャーはぼくがだれだか知っている。だから公然と話ができる。エリアスとやっているように。ジーナとするように。助かる、と少年は思った。あまり警戒しなくていい。もはやいまのぼくのような状態ではなく、疲れて動けなくなることもない。負担を感じることもない。重荷が、ある程度は軽減される。共有されるからだ。

それに、まだまだ思い出せないことがあまりに多いんだ。かつてのぼくとはちがう。みんなと同じ、人々と同じだ。ぼくは墜ちた。墜ちた明けの明星は、一人で墜ちたのではなかった。他のあらゆる物をいっしょに引き破り、そこにぼくも含まれていた。ぼく自身の存在の一部がいっしょに墜ちた。そしてぼくはいまや、その墜ちた存在なんだ。

でも、そうやってこの春分に実に近い寒い日に、ジーナと公園のベンチにすわっているうちに、少年はこう思った。でもお母さんが生きようと苦闘している間に、ハーバート・アッシャーは自分の寝台に寝転んで妄想にふけり、リンダ・フォックスと妄想生活を夢見っていたんだ。一度たりともお母さんを助けようとしなかった。一度たりともお母さんが困っていないか尋ねてそれを改善させようとはしなかった。ぼくが自ら、お母さんのところに行くよう強制するまでは。それまでは、あの人は何もしなかった。あの男なんか愛していないぞ、と少年は考えた。あの男は知っているけれど、あいつは白らぼくの愛を受ける権利を捨て去ったんだ——気に掛けなかったからぼくの愛を失ったんだ。

それ故に、ぼくはあの男のことは気に掛けられない。かれが気に掛けなかったことへの反応として。

どうしてぼくが人間のだれ一人であれ助けてやらなきゃいけないんだろう？　と少年は思った。連中は正しいことをやるのも強制されたときだけ、他に手がないときだけだ。自分で勝手に墜ちて、いまや自発的にやったことのために、自分で勝手に墜ちた者となったんだ。お母さんが死んだのも連中のせいだ。連中がお母さんを殺したんだ。居場所がわかればぼくも殺すだろう。ぼくが放置されているのは単に、ぼくが連中の知恵を混乱させたからというだけだ。連中はあらゆるところでぼくの命を狙う。ちょうどアハブがずっと昔にエリヤの命を狙ったように。連中は無価値な種だし、連中が墜ちてもどうでもいい。まったく気にしない。連中を救うために、ぼくは連中自身のあり方と戦わねばならない。昔からずっと続いてきたあり方と。

「すごく落ち込んでいるように見えるわ」とジーナ。

少年は言った。「これって何のためなんだろう。連中はいまの通りの存在だ。ぼくはますます疲れてしまう。そして記憶が戻るにつれて、ますます人間なんかどうでもよくなる。十年にわたってこの世界に暮らしてきて、十年にわたり連中はぼくを狙ってきた。連中を死ぬに任せよう。連中には、同害復讐法を教えてやったはずだろう。『目には目を、歯には歯を』。これはトーラにだって入ってるだろ？　連中は二千年前にぼくをこの世界から追い出した。戻ってきたら、ぼくを殺そうとする。同害復讐法に従えば、ぼくも連中を殺そうとすべきだろう。それはイスラエルの聖法なんだ。ぼくの律法、ぼくの言葉なんだ」

ジーナは何も言わなかった。

エマニュエルは言った。「助言してよ。ぼくはいつも君の助言は聞いてきたんだ」

ジーナはこう言った。

ある日、予言者エリヤはラペット市場でラビのバルカの前に現れた。ラビのバルカは尋ねた。「この市場の人々の中で、来《きた》る世界を共有する運命にある人物は一人でもいるのでしょうか？」（中略）男二人がその場に現れ、エリヤは言った。「この二人は来る世界を共有する」。ラビのバルカは二人に尋ねた。「お前たちの仕事は？」二人はこう言った。「われわれは浮かれ屋です。落ち込んでいる人を見かけたら、元気づけます。争っている二人を見たら、仲直りさせようとします」

「君はぼくの悲しみを減らしてくれる。そして倦怠感も抑えてくれる。昔からそうしてくれたように。ちょうど聖典にある君の描写と同じだ。

わたしは毎日神のかたわらにあり
その寵姫にして喜びであり
常に御前で遊び続け
神が作り終えた地球を弄び
そして我が喜びは人類にあった

そして聖典にはこうある。

知恵を私は愛した。私は若い頃に知恵を探し求め、彼女を我が花嫁にしたいと待望した。そして彼女の美しさと恋に落ちた。

でもこれはソロモンであって、ぼくじゃない。

だから彼女を家に連れ帰り私といっしょに暮らすようにさせようと決めた。そうすれば彼女が、繁栄時には我が助言者となり、不安と悲しみにおいては我が慰めになると知っていたからだ。

これほど君を愛するなんて、ソロモンは賢い男だった」

隣の少女はにっこりした。何も言わなかったが、黒い目が輝いた。

「なぜにこにこしているの?」と少年。

「だって、聖典にこんなことが書いてあるのが正しいのだと示してくれたんですもの。

私はお前を永遠に私と妻合《めあ》わせよう。正義と公正のもとでお前を妻合わせ、愛と慈悲のもとで妻合わせよう。私はお前を誠実さのもとで私と妻合わせ、そしてお前は主を愛するだろう。

あなたは人間と契約を交わしたのを忘れないでね。そして人をあなた自身の姿に似せて作ったのよ。あなたは契約を破れない。人とそれを約束したのよ、決してそれを破らないって」

エマニュエルは言った。「それはその通り。よい助言を与えてくれるね」。そしてこう思った。君はぼくの心を昂ぶらせてくれる。他の何よりも君が、天地創造の前にやってきた君が。エリヤが救われると言った、あの浮かれ屋二人のように。君の踊り、君の歌、鈴の音が。「ぼく、君の名前の意味を知ってるよ」と少年は言った。

「ジーナの意味？　ただの名前よ」

「ジーナはルーマニア語で――」少年は口を止めた。少女が目に見えて身震いして、今や目を大きく見開いていたのだ。

「いつから知ってたの？」

「何年も前から。聞いてよ。

野生のジャコウ草が生えている土手を知っている
サクラソウとウシノシタグサが育つところ。
豪華なスイカズラで天蓋のように覆われ
ヤマイバラや野バラも生い茂る。
そこに夜しばらくティタニアが眠り
そうした花の中で踊りと喜びにより眠りへと誘い込まれ。
そしてそこでヘビがエナメルの肌を脱ぎ
その皮は十分広くて

そしてそれを最後まで言おう。聞いてよ。

妖精も包み込めるほど。

そしてぼくは今までずっとこれを知っていたんだ」と少年は終えた。

少年を見つめながらジーナは言った。「そうね、ジーナは妖精という意味よ」

「君は聖なる叡智じゃない。君はダイアナ、妖精の女王だ」

冷たい風が木々の枝をそよがせた。そして凍りついた小川越しに、乾いた落ち葉が何枚かカサカサと吹き飛ばされる。

「なるほど」とジーナ。

二人のまわりを風がそよぎ、まるでしゃべっているかのようだった。風が言葉のように聞こえた。そして風はこう言っていた。

気をつけて！

ジーナにもそれが聞こえたのかな、と少年は思案した。

＊

でも二人は相変わらず友だちだった。ジーナはエマニュエルに、かつて持っていた初期の姿について語った。何千年も前に、彼女はマアトだったのだという。マアトは宇宙の秩序と正義を司るエジプトの女神だ。だれかが死ぬと、その人の心臓が、マアトのダチョウの羽と天秤にかけられるのだった。それによりその人物の罪の重荷が計られるのだ。

ある人の罪深さを決める原理は、その人の正直さの度合いによる。その人が正直なら、審判はその分だけその人に有利になった。この審判を司るのはオシリスだったが、マアトは正直さの女神だったので、決断を下すのは彼女ということになる。

ジーナは言った。「その後、人間の魂の審判という発想はペルシャに引き継がれたの」。古代ペルシャ宗教であるゾロアスター教では、死んだばかりの人は選《よ》り分けの橋を渡らねばならない。邪悪な人なら、橋はどんどん細くなって、その人は転げ落ちて、地獄の業火に落下する。後期のユダヤ教やキリスト教は、終わりの時という発想をここから得ている。

選り分けの橋を渡り仰せた善人は、その宗教の聖霊に迎えられる。それは美しい娘で、見事なでかい乳房を持っている。だがその人物が邪悪なら、その宗教の聖霊は、しわくちゃの老婆で乳房もしなびている。自分がどちらの分類に属するのか一目でわかるわけだ。

「君はその宗教で善人向けの聖霊だったの？」とエマニュエルは尋ねた。

だのだ。

ジーナはこの質問には答えなかった。もっと少年に伝えたいと思っていた別の話に進んだのだ。

エジプトとペルシャから派生したこの死者の審判において、検分は無慈悲なもので罪深い魂は文句なしに地獄行きだった。死んだ時点で、善行と悪行を記述した帳簿が綴じられ、その集計はだれも、神様ですら変えられない。ある意味で審判の手順は機械的だった。要するに訴訟明細が生きている間にまとめられて、いまやこの明細書が懲罰機構に入れられることになる。この機構が一覧表を受け取ったら、こちらにとってすべてはおしまいだ。機構はその人をこなごなにすりつぶし、神々はそれを平然と見物しているだけだ。

でもある日（とジーナは言った）、選り分けの橋に向かう道に新しい人物が姿を現した。これは謎めいた人物で、各種側面や役割が次々に入れ替わって出てくるようなのだった。ときには、その人物は慰める者と呼ばれた。ときには支持者と。ときには傍らの支援者と。ときには支えと。ときに助言者と。だれもその人物がどこからきたのか知らなかった。何千年もそんな人物はいなかったのに、ある日登場したのだ。その人通りの多い道の道端に立って、魂が選り分けの橋に向かうとき、この複雑な人物——ときには、滅多になかったが、女性のようにも見えた——は人々に一人ずつ合図して、注意を引きつけた。傍らの支援者としては、魂が選り分け橋にさしかかる前に注意を引くのが肝心だった。いったん橋に出てしまったらもう手遅れだからだ。

「何に手遅れなの？」とエマニュエル。

ジーナは言った。「傍らの支援者は、選り分けの橋に近づく人を止めて、これからくる審判で代理人になってほしいかと尋ねたのよ」

「その傍らの支援者に？」

彼女の説明だと、傍らの支援者は支持者の役割を果たしたのだという。その人物に代わって話そうというのだ。そしてその人物の訴訟明細にかわり、自分の訴訟明細を懲罰機構に提示しようと申し出た。その人物が無実なら、何のちがいも生じないが、罪深い人々にとっては、有罪ではなく無罪の判決を生み出すことになる。

「そんなの不公平だ。罪人は罰を受けるべきだ」とエマニュエル。

「どうして？」とジーナ。

「だってそれが法だから」とエマニュエル。

「じゃあ罪人には何の希望もないのね」

エマニュエルは言った。「罪人は希望に値しない」

「でもあらゆる人が罪深ければ？」

これは考えたことがなかった。「傍らの支援者の訴訟明細には何が挙がっているの？」

「白紙なの。まったくの白紙。何も書かれていない文書」とジーナ。

「懲罰機構にはそんなもの処理できない」

ジーナは言った。「処理はするわ。まったく欠点のない人物の一覧を受け取ったと判断するのよ」

「でも何も動けない。入力データがないはずだ」

「まさにそれが狙いよ」

「じゃあ正義の機構が一杯食わされたことになる」

「一杯食わされて被害者がいなくなったのよ。それって望ましいことでしょう？　被害者がいるべきなの？　果てしなく被害者が続いたら、何が得られるというの？　それでその人たちの行った不正がただされるの？」

「いいや」と少年。

「発想としては、回路に慈悲を入れようということなの。傍らの支援者は法廷助言者、法廷の友人なのよ。法廷の許しを得て法廷に助言を行い、そこで裁かれているものが例外となるものだと主張するの。処罰の一般ルールが適用されないって言うのよ」

「そしてその人は、みんなにそれをやるの？　あらゆる罪人に？」

「支援と手助けの申し出を受け入れた罪人なら全員に」

「でもそうなったら例外が果てしなく続くことになっちゃうよ。だってどんな罪人だって正気であればそんな申し出を断るはずがないもの。罪人は一人残らず例外として審判されたいと思うよ。刑罰緩和が正当化される条件を持った裁判なんだと審判されたがる」

ジーナは言った。「でもその人物は、自分が罪深いことを、自ら認めなくてはだめなのよ。もちろん自分に罪がないほうに賭けることもできるわけで、その場合は傍らの支援者の助けは必要ないわ」

少し考え込んでエマニュエルは言った。「そんなの馬鹿げた選択だよ。まちがっているかもしれないじゃないか。そして傍らの支援者の手助けを受け入れたところで、失うものは何もない」

「でも実際には、審判を受けようとする魂のほとんどは、傍らの支援者の手助け申し出を拒絶するのよ」とジーナ。

「その理由は？」そんなことをする発想がわからなかったのだ。

ジーナは言った。「理由は、みんな自分に罪がないと確信しているからよ。この人物の助けを受けるということは、自分が有罪だという悲観的な想定を採用するということなのよ。当人としては自分が罪なき者だと評価している場合でもね。本当に罪なき人は、傍らの支援者なんか必要ないわ。身体的に健康ならお医者さんがいらないのと同じね。この種の状況では、楽観的な想定は危険なのよ。小動物が巣穴を作るときに採用する、脱出定理なのよ。そうした動物は、賢明ならば自分の巣穴に二番目の出口を作っておくわ。それは最初の出入り口が、捕食動物に見つかるだろうという悲観的な想定に基づいた行動よ。この定理を使わなかった生き物はすべて、もはやこの世にはいないわ」

エマニュエルは言った。「自分を罪深い存在と思わねばならないなんて、その人にとっては屈辱的なことだ」

「ホリネズミだって、自分の巣穴が完璧じゃなくて、捕食動物に見つかりかねないと認めるのは屈辱的よ」

「君が言ってるのは敵対的な状況だろう。神の正義というのは敵対的な状況なのか？　検察官がいるの？」

「ええ、聖なる法廷には人間の検察官がいるわ。サタンよ。糾弾された人物を弁護する支持者がいて、その人物を攻撃して訴追するサタンがいるのよ。支持者は人の横に立って、人を弁護し代弁するの。サタンは人と対決してそれを糾弾するわ。人に糾弾者だけいて弁護人がいないほうがいいの？　それは公正だと思う？」

「でもその人が無実だという事前の想定がいるだろう」

少女の目がキラリと光った。「まさにそれぞれの審判で、支持者が指摘する論点よ。だからこそ支持者は、咎なき自分の記録を、依頼人の記録と入れ替えて、代理により人間を正当化するのよ」

「君がその傍らの支援者なの？」とエマニュエルは尋ねた。

「いいえ。あたしよりはるかに不可思議な人物よ。もし決断するのにあたし相手で困ってるなら——」

「その通りだよ」とエマニュエル。

「支援者は、この世に遅れてやってきた存在よ。初期の時期には見つかっていない。聖なる戦略の発展を表す存在よ。原初的な損傷が修繕されるための戦略の一人よ。多くの中の一人だけれど、主要人物よ」

「いつか出会うことがあるだろうか?」

「あなたは裁かれないわ。だから会わないかもね。でもあらゆる人間は、その人が人通りの多い道端に立って、助けを申し出ているのを見るわ。間に合うように申し出るのよ——その人が選り分け橋を渡りはじめて、裁かれる前に。傍らの支援者の介入はいつも間に合うようにくるわ。そこに十分早めにくるのが支援者の天性なのよ」

エマニュエルは言った。「会ってみたいな」

「だれでもいいから人間の旅するパターンをたどれば、その人が支援者に遭遇する地点にやってくるわ。あたしもそうやって支援者のことを知ったの。あたしもまた、裁かれない」。そしてジーナは、少年にあげたスレートを指さした。「傍らの支援者について、これにもっと情報を出すよう訊いてよ」

スレートにはこう表示された。

「それしかわからないの？」とエマニュエルはスレートに尋ねた。

新しい単語が浮かび上がった。ギリシャ語だ。

パラカレイン

少年はこれについて思案した。大いに思案した。世界に登場したこの新しい存在について……助けを必要とする者たち、否定的な裁きの危険にさらされている者たちが頼れる存在だ。ジーナが提示した謎がまた一つ増えた。これまでに、実にたくさんの謎が提示されたのだ。少年はそれを楽しんでいた。でも不思議にも思った。

助けを呼ぶこと：パラカレイン。奇妙だな。世界はますます墜ちるのにもかかわらず発達している。二つのまったくちがう動きがある。墜落と、それから同時に、上昇する修繕の作業だ。あらゆる創造と、その背後で戦う力の弁証法という形での、対照的な動き。

ジーナが墜ちた部分に合図したのだとしたら？　蠱惑的に、もっと墜ちるよう招いたのかもしれない。これについては、少年はまだ判断がつかなかった。

第11章

腕を伸ばしてハーブ・アッシャーは少年を腕に抱いた。強く抱きしめた。

「そしてこちらはジーナ。エマニュエルの友だち」とエリアス・テートは少女の手を取ってハーブ・アッシャーのもとに連れて行った。「マニーよりちょっと年上じゃ」

「こんにちは」とハーブ・アッシャーは言った。でもこの子はどうでもよかった。ライビスの息子を見たかったのだ。

十年か。この子はオレが夢ばかり見ている間、生きていると思っていたのに実はそうでなかった間に成長した。

エリアスは言った。「ジーナはマニーを助けてくれる。教えてくれるのじゃ。学校よりも。わしよりも」

少女に目を向けると、ハーブ・アッシャーには美しい白いハート型の顔と、輝いて踊る目が見えた。なんときれいな子だろう、とハーブは思って、ライビスの息子に目を向けた。でも、何かに衝撃を受けて少女にもう一度視線を戻した。

その顔にいたずらっぽさが浮かんでいた。特にその目に。そう、この子の目には何かがある。ある種の知識だ、とハーブは思った。

エリアスが言った。「二人はもう四年もいっしょだ。この子はマニーにハイテクのスレートをくれたんだよ。何やら高度なコンピュータ端末だ。それがマニーに質問をする——問いを投げかけてヒントを与えるんだ。そうだな、マニー？」

エマニュエルは言った。「こんにちは、ハーブ・アッシャー」。少女に比べると、マニーは生真面目で引きこもって見えた。

「こんにちは」とハーブはエマニュエルに言った。「なんともお母さんにそっくりじゃないか」

「かの坩堝《るつぼ》の中でぼくたちは育つ」とエマニュエルは、謎めかして言った。それ以上説明しようとはしなかった。

「それは——」ハーブは何と言うべきかわからなかった。「大丈夫なの？」

「うん」少年はうなずいた。

「君は重荷を背負っているね」とハーブ。

「スレートは謀ろうとする」とエマニュエル。

沈黙。

「どうかしたんですか？」ハーブはエリアスに言った。

少年にエリアスは言った。「どうかしたんだな、そうだろう？」

エマニュエルはハーブ・アッシャーをキッと見据えた。「お母さんが死にゆく間、あなたは幻覚を聴いていた。彼女は存在しない、あの映像は。あなたのフォックスは幻影であって、それ以上のものじゃない」

「あれはずいぶん前のことだ」とハーブ。

「あの幻影はこの世界にもぼくたちと共にある」とエマニュエル。

「オレの知ったことじゃない」とハーブ。

エマニュエルは言った。「でもぼくの知ったことではあるんだ。それを解決するつもりなんだ。いますぐではないけれど、適切な時に。あなたは眠りに落ちたんだ、ハーブ・アッシャー。ある声に眠れと言われたから。この世界、この惑星、そのすべて、そのあらゆる人々——ここではすべてが眠っている。ぼくはそれを十年眺めてきたけれど、この世については何もいいところが見つからない。あなたのやったことをこの世もやる。過去のあなたと同じ状態にこの世もある。ひょっとすると、あなたもまだ眠っているのかもしれない。ハーブ・アッシャー、眠っているの？　冷凍生命停止状態の中で、あなたはぼくのお母さんを夢に見たね。あなたの夢を傍受したよ。そこからお母さんのことをいろいろ学んだ。ぼくは自分自身であると同じくらい、お母さんでもある。お母さんに伝えたように、お母さんはぼくの中で生き続け、ぼくとして生き続けているんだよ。ぼくは彼女を不死にした——あなたの奥さんはここにいるんだよ、あの散らかったドームにではなくて。それがわかっていますか？　ぼくを見たら、あなたが無視したライビスが見える」

ハーブ・アッシャーは言った。「オレ——」

「あなたがぼくに言えることは何もない。ぼくが読むのはあなたの心であって、あなたの言葉ではない。ぼくはあの頃のあなたも知っていたし、いまのあなたも知ってる。『ハーバート、ハーバート』とぼくは呼びかけたね。あなたを再び生へと召喚したんだよ。あなたのために、お母さんのために、そしてお母さんのためだったからそれはぼく自身のためでもあった。お母さんを助けたとき、あなたはぼくも助けてくれたんだ。そしてお母さんを無視したとき、ぼくを無視した。あなたの神様がそう言っているんだ」

エリアスが手を伸ばしてハーブ・アッシャーに腕をまわし、元気づけた。

少年は続けた。「あなたにはいつも真実を語ろう、ハーブ・アッシャー。神様にごまかしはない。ぼくはあなたに生きてほしい。あなたが心理的に死んで寝転がっているとき、ぼくはすでに一度あなたを生き返らせている。神様はどんな生き物でも死は望まない。神様は非在に喜んだりしない。ハーブ・アッシャー、神様が何なのか知ってる？　神は存在の原因を引き起こすんだ。言い換えると、万物の根底にある存在の基盤を追求すれば、まちがいなく神様が見つかるんだ。現象としての宇宙から遡っても神様にたどりつくし、創造者から現象宇宙にたどることもできる。両者はどちらも相手を含意するんだ。宇宙がなければ創造者は創造者にならないし、宇宙は創造者が維持しなければ存在できない。創造者は時間の中で宇宙に先立って存在するものではない。そもそも時間の中には存在していないんだ。神様は宇宙を絶えず創造し続ける。神様は宇宙と共にあるのであって、宇宙の上や背後にいるのではない。これはあなたには理解不能なことだ。あなたは被創造物で、時間の中に存在するんだから。でもいずれあなたは創造者の元に戻り、そうなったらあなたも再び時間の中に存在しなくなる。あなたは創造者の息であり、創造者が息を吸ったり吐いたりすると、あなたが生きる。それを忘れないで。というのも神様について知るべきことのすべては今の話にまとめられているから。あらゆる創造について、まずは神様の吐息がある。それからどこかの時点で、それが元の道を戻りはじめ、それが吸気となる。この周期は決して止まらない。あなたはぼくを離れる。あなたはぼくから遠ざかる。それから戻ってくる。そしてぼくといっしょになる。あなたもその他万物も。それは過程であり出来事だ。それは活動だ——ぼくの活動だ。それはぼく自身の存在のリズムであり、それがあなたたちすべてを維持する」

　驚異的だな。十歳の少年が。彼女の息子がこんなことを語るなんて、とハーブ・アッシャーは思った。

　少女ジーナが言った。「エマニュエル、あなたって鬱陶しいのね」

　彼女に微笑みながら少年は言った。「じゃあゲームにしようか？　そのほうがいいかな？　これからの出来事で、ぼくが形成しなければならないものがある。燃える炎、焼き尽くす炎を起こさなくてはならないんだ。聖典にはこうある。

なぜなら彼は精製機の炎のようだから。

そして聖典にはこうもある。

そしてだれが彼のやってくる日に耐えられようか？

でもぼくに言わせれば、それ以上のものになる。ぼくに言わせれば、

その日は溶鉱炉のように輝きながらやってくる。あらゆる傲慢で邪悪をなす者たちはすべて籾殻となり、それがやってくるその日にはそれが炎上する。根っこも枝も残りはしない。

これを聞いて何か言えるか、ハーブ・アッシャー？」とエマニュエルはハーブを凝視して答えを待った。

ジーナは言った。

しかし、わが名を畏れ敬うあなたたちには義の太陽が昇る。その翼にはいやす力がある。

「確かにそうだ」とエマニュエル。

低い声でエリアスは言った。

あなたたちは牛舎の子牛のように躍り出て跳び回る。

「そうだね」とエマニュエル。少年はうなずいた。

ハーブ・アッシャーは、少年を見つめ返してこう言った。「オレ、怖いよ。本当に怖いよ」。自分にまわされた腕をありがたいと思った。力づけるようなエリアスの腕だ。

理性的な声の調子で、穏やかな声でジーナが言った。「この人はあんな恐ろしいことなんかしないわ。あれは人を脅かすための話なのよ」

「ジーナ！」とエリアス。

笑いながら少女は言った。「だって本当だもん。この人に訊いてごらんなさいよ」

「汝の神たる主を試してはいけない」とエマニュエル。

「あたしは怖くないわ」とジーナは静かに言った。

エマニュエルは彼女にこう言った。

　私はお前をへし折る、鉄棒のように
　私はお前をこなごなに割る、
　　壺作りの器のように

「いいえ」とジーナ。ハーブ・アッシャーに向かってジーナは言った。「何も怖がらなくていいわ。ただの言い回しで、それ以上のものではないから。怖くなったらあたしのところにきて。お話ししてあげるわ」

　エマニュエルは言った。「そうだね。捕まって牢獄に入れられたら、彼女はいっしょにきてくれる。彼女は決して見捨てない」。不機嫌な表情がその顔をよぎった。突然、それは再び十歳の少年になった。「でも――」

「どうした？」とエリアス。

「いまは言わない」とエマニュエルは、しゃべるのに苦労しながら言った。ハーブ・アッシャーは、少年の目に涙が浮かぶのを信じられない思いで見つめた。「絶対言わないかもしれない。ジーナならぼくの言いたいことがわかってる」

「ええ」とジーナはにっこりした。その微笑にはいたずらがこもっていた。少なくともハーブ・アッシャーにはそう見えた。不思議に思えた。ライビスの息子と少女との間に交わされている、目に見えないやりとりが理解できなかった。それに困惑し、恐怖がさらに増した。不穏さが深まった。

＊

その晩、四人はいっしょに夕食を食べた。

「どこに住んでるの？　家族は？　親御さんはいるの？」とハーブ・アッシャーは少女に尋ねた。

ジーナは言った。「正式には、あたしはみんなが通っている公立学校に後見されているの。でも名実共に、いまのあたしはエリアスに養育されてるわ。あたしの庇護者になる手続き中よ」

エリアスは食べながら、自分の皿に集中しつつこう言った。「わしら三人は家族なんじゃ。そしていま、あんたもその一員だ、ハーブ」

「オレ、自分のドームに戻るかも。CY30-CY30B星系に」とハーブ。

エリアスは、食べ物を満載したフォークを持つ手を止めて、ハーブを見つめた。「どうして？」

「ここは落ち着かないんです」とハーブ。きちんと分析しきれてはいなかった。気分はあいまいなままだ。でも張りつめた気分があった。「ここは抑圧的だ。あっちではもっと自由な感じがした」

「寝床にゴロゴロしてリンダ・フォックスを聴く自由か？」とエリアス。

「ちがう」とハーブは首を振った。

ジーナが言った。「エマニュエル、あんな地球を炎で焼くなんて話をするから、怖がらせちゃったじゃない。聖書の災厄を思い出したのよ。エジプトがどうなったか」

「家に帰りたいんだ」ハーブはあっさり言った。

エマニュエルは言った。「ライビスが恋しいんだね」

「うん」その通りだった。

「ライビスはあそこにはいないんだよ」とエマニュエルが念を押した。少年はゆっくりと食べた。厳粛に、一口、また一口と。まるで食べるのがこの子にとっては崇高な儀式みたいだ、とハーブは思った。何か聖別されているものを口にしているかのようだ。

「ライビスを蘇らせられないの？」とハーブはエマニュエルに言った。

少年は答えなかった。食べ続けた。

「答えなしかよ」とハーブは苦々しく言った。

エマニュエルは言った。「ぼくはそんなことのためにいるんじゃない。お母さんはわかってくれた。あなたがわからなくても構わないけれど、お母さんがわかるのは重要だった。そしてぼくが、お母さんが知るよう手配したんだ。覚えているでしょう。あなたもあの日いた。ぼくがお母さんに、何が待ち受けているかを語った日に」

「わかったよ」とハーブ。

エマニュエルは言った。「いまお母さんは別のところで生きている。あなたは――」

「わかったって」とハーブは繰り返した。怒りと共に。すさまじい怒りと共に。

そのハーブにエマニュエルは言った。ゆっくりと静かに、穏やかな表情で語った。「ハーバート、あなたは状況を把握していない。ぼくが救おうと苦闘しているこの宇宙は、よい宇宙でもないし、公正でもないし、きれいでもない。宇宙自体の存在が掛かっているんだ。ベリアルの最終的な勝利は、人類にとっては牢獄に閉じ込められるということじゃないし、隷属が続くということでもなく、存在しなくなるってことなんだ。ぼくがいないと何もなくなる。ぼくが創造したベリアルすらいなくなる」

「ご飯を食べなさい」とジーナが優しい声で言った。

エマニュエルは続けた。「悪の力は、現実の停止、存在そのものの停止だ。万物がゆっくりとすべり落ちて、やがてそれはリンダ・フォックスのように、幻影となってしまう。そのプロセスが始まった。それは原初の墜落で始まった。宇宙の一部が墜落した。神の頭自体が危機を迎えた。それが理解できるか、ハーブ・アッシャー？　存在の根拠の危機というものが？　それで何がわかる？　神の頭が停止する可能性――それがあなたには伝わっているか？　というのも神の頭だけが阻止しているものがあって、それは――」そこで口を止めた。「あなたには想像もつかないことだ。どんな生物も非在は想像できない。特に自分自身の非在はね。ぼくは存在を保証しなければならない。あらゆる存在を。あなたの存在を含めて」

ハーブ・アッシャーは何も言わなかった。

エマニュエルは言った。「戦争がやってくる。ぼくたちが戦場を選ぶ。それはぼくたち、ぼくたち二人、ベリアルとぼくのためのものだ。ぼくたちが遊ぶためのテーブル。その上でぼくたちは宇宙を賭ける。いまのような形の存在の存在を。この戦争の時代の最後の部分を開始するのはぼくだ。ぼくはベリアルの領土、その故郷に入り込んだ。ぼくがあいつに会うべく前進したのであって、その逆じゃない。それが賢明だったかどうかはいずれわかる」

「結果を予見できないの？」とハーブ。

エマニュエルはハーブを見つめた。黙って。

「できるんだ」とハーブ。結果がどうなるか、知ってるんだな、と気がついた。今も知ってる。ライビスの子宮に入ったときも知ってた。創造の開始時から知っていた――それどころか創造の前から。宇宙が存在する前から。

「ルールに従ってやるのよ。あらかじめ合意されたルール通りに」とジーナ。

ハーブは言った。「じゃあ、ベリアルが攻撃していないのはそのせいなんだ。だからこそ、君はここに暮らして成長できたんだ——十年も。ベリアルは君がここにいるのを知っていて——」

「知ってるんだろうか？」とエマニュエル。

沈黙。

「ぼくは告げていない。それはぼくの負担じゃないから。あいつは自力で見つけなくてはいけない。政府のことじゃないよ。真に支配する力だ。それに比べたら政府は、どんな政府も、影でしかない」

ジーナは言った。「用意ができたら告げるわよ。準備万端になったらね」

ハーブは言った。「エマニュエル、準備万端か？」

少年はにっこりした。子供の微笑で、一瞬前の謹厳な相貌からは遠ざかっていた。何も言わない。ゲームか、とハーブ・アッシャーは気がついた。子供の遊戯《ゲーム》！

これを理解してハーブは身震いした。

ジーナは言った。

時は遊んでいる子供であり、チェッカーをしているのだ。子供のものが王国である。

「何じゃそれは？」とエリアス。

「ユダヤ教からじゃないわ」ジーナは謎めかして言った。それ以上説明はしなかった。

少年のうち母親からくる部分は十歳なんだ、とハーブ・アッシャーは気がついた。そしてヤアである部分には年齢はない。無限そのものだ。とても幼い者と無窮との複合体。まさにジーナがその晦渋な引用で述べたことだ。

ひょっとして、これは独特なものではないのかも。だれかが以前にもそれに気がついた。気がついて、それを言葉で宣言したんだ。

食べながら、ジーナはエマニュエルに言った。「あなたはあえてベリアルの領域に入り込んだけど、あたしの領域に入り込むだけの勇気はあるかしら？」

「それはどの領域のこと？」とエマニュエル。エリアス・テートは少女を見つめ、そして同じく意味がわからなかったハーブ・アッシャーも彼女を見つめた。でもエマニュエルはその意味がわかったようだった。何ら驚いた様子がない。質問はしたけれど、この子は知っているんだ——すでに知っている、とハーブ・アッシャーは思った。

ジーナは言った。「あたしが今あなたの見ているあたしではないところよ」

エマニュエルが思案する中、無言の間が通り過ぎた。答えずに、考え込むようにすわり、まるで心が遥か遠くに移動したかのようだった。無数の世界をぱらぱらと見ているんだな、とハーブ・アッシャーは思った。なんとも奇妙なことだ。こいつら、何の話をしてるんだ？

エマニュエルは、ゆっくりと慎重に言った。「ぼくはひどい地を相手にしなきゃならないんだよ、ジーナ。そんな暇はない」

「怖いのね」とジーナ。そして自分のアップルパイとアイスクリームの山のほうを向いた。

「ちがう」とエマニュエル。

「じゃあいらっしゃいよ」と言う少女の暗い目には、突然色彩と炎、いたずらと喜びが表れた。「やってみなさいよ。ここで」

「我が霊界案内者か」とエマニュエルが荘厳に言った。

「ええ、あたしがガイドになるわ」

「汝の神たる主を導くのか？」

「鈴がどこからきているのか見せたいのよ。その鈴の音が発している土地をね。いかが？」

「二人とも何の話をしとるんじゃ？」とエリアスが怯えて言った。「マニー、これはどういうことだ？　ジーナは何の話をしとるんじゃ？　わしが知らないようなところには連れて行かせんぞ」

エマニュエルはエリアスを眺めた。

「やることはたくさんあるはずだ」とエリアス。

「ぼくが存在しない領域はない。それがまともな場所で空想でない限り。君の領域は空想なのか、ジーナ？」

「ちがうわ。現実よ」

「どこにある？」とエリアス。

「ここにあるわ」とジーナ。

「『ここ』？　どういう意味じゃ？　ここにあるものは見える。ここはここじゃ」とエリアス。「彼女の言う通り」とエマニュエル。そしてジーナに言った。「神様の魂は、君に従う」

「そして信頼もしてくれる？」

エマニュエルは言った。「これはゲームだ。君にとってはすべてゲームなんだ。そのゲームをやろうじゃないか。できるとも。ゲームをして戻ってくる。この領域に」

ジーナは言った。「この領域はそれほどあなたにとって大事なの？」

エマニュエルは言った。「ひどい場所だよ。でもあの壮大で恐ろしい日にぼくが働きかけねばならないのは、ここなんだ」

ジーナは言った。「そんな日は延期しなさいよ。あたしが延期するわ。あなたの耳にしている鈴を見せてあげる。そしたら結果としてその日は――」彼女は口を止めた。

「それでもその日はくる。すでに定まってるんだ」とエマニュエル。

「じゃあ今ゲームを遊びましょう」とジーナは謎めかした。ハーブとエリアスは二人とも意味がわからなかった。二人とも、相手の言っていることがわかっているけれど、でもオレにはわからん。それがここなら、ジーナは少年をどこに連れてこうというんだ？　オレたちは今ここにいるのに。

エマニュエルは言った。『秘密の共同体』」

「ちくしょう、ダメじゃ！」とエリアスが叫び、コップを部屋越しに投げつけると、向こうの壁に当たってこなごなになった。「マニー……その場所は聞いたことがあるぞ！」

「何なんです？」とハーブ・アッシャーは老人の怒りに驚いて言った。

ジーナは穏やかに言った。「それが正しい用語ね。『人と天使の中間の性質』」と引用する。

「笛吹きに連れ出されようとしとるんじゃぞ！」エリアスは激怒して、身を乗り出してその巨大な手で少年をつかんだ。

「その通り」とエマニュエル。

エリアスは言った。「どこに連れて行かれるか知っとるのか？　知っとるな。お前には恐れはないからな、マニー。それがまちがいじゃ。恐れよ」。そしてジーナに向かって言った。「出ていけ！　わしはお前の正体を知らなかった」。荒々しさと失望をもって、エリアスはジーナを眺め、唇は震えていた。「お前がわからなかった。理解してなかった」

ジーナは言った。「マニーは知ってたわ。エマニュエルはわかってたのよ。スレートが教えたから」

「夕ご飯をすませよう。ジーナ、その後でいっしょに行くよ」。エマニュエルはまたその入念な食べ方を再開し、顔は無表情だった。「ジーナ、君を驚かせることがあるんだ」

「何？　何なの？」

「君の知らないことだよ」とエマニュエルは食べる手を止めた。「これは最初からあらかじめ定められていたんだ。宇宙が存在する前からぼくには見えていた。ぼくが君の土地に旅することをね」

「じゃあそれがどう終わるかも知ってるのね」そう言うジーナは、はじめてためらう様子を見せた。口ごもった。「ときどき、あなたが何でも知ってるのを忘れちゃうのよ」

「何でも、じゃないよ。脳障害があるから、あの事故が。だからそれはランダムな変数となり、偶然を導入してるんだ」

「神様がサイコロ遊びをするの？」とジーナは片方の眉を上げてみせた。

「必要ならね。他に方法がなければ」とエマニュエル。

「これもあなたが計画したのね」とジーナ。「でもそうじゃないかも？　見極めつかないわね。あなたは怪我をしてる。知らなかったのかもしれない……あたしに戦術を使ってるわね、エマニュエル」と笑う。「上出来よ。あたしには確信できないってことね。すばらしいわ。ほめてあげる」

エマニュエルは言った。「ぼくが計画したことかわからずに、これをやりとげねばならないんだ。だからぼくのほうが上手《うわて》だ」

ジーナは肩をすくめた。でもハーブ・アッシャーの見たところ、彼女はその自信を回復していないようだった。エマニュエルは彼女を動揺させたんだ。それはいいことだ、とハーブは思った。

「主よ。わしを見捨てたもうな。いっしょに連れてってくれ」とエリアスは震える声で言った。

「いいよ」と少年はうなずいた。

「オレはどうすりゃいいんだ？」とハーブ・アッシャー。

「いらっしゃいな」とジーナ。

エリアスは言った。「『秘密の共同体』。実在するとは思わなんだ」そして困惑したように少女をにらみ据えた。「そんなものは存在しない。存在しないからこそ意味があるんじゃ！」

「存在するわよ。それもここに。アッシャーさん、いっしょにいらっしゃいな。歓迎するわ。でもそこでは、あたしは今のあたしの姿ではないわよ。だれ一人として。あなた以外はね、エマニュエル」

少年に向かってエリアスは言った。「主よ――」

エマニュエルは言った。「彼女の地への戸口がある。黄金比が存在するところにはどこにでもある。そうじゃないか、ジーナ」

「その通り」と彼女。

エマニュエルは言った。「フィボナッチ定数に基づいてる」。そしてハーブ・アッシャーに説明した。「比率なんだ。一対〇・六一八〇三四。古代ギリシャ人たちはそれを黄金分割とか黄金長方形と呼んでいた。当時の建築はそれを活用して……たとえばパルテノンだ。かれらにとって、それは幾何学的なモデルだったけれど、中世ピサのフィボナッチは、それを純粋な数字として考案したんだ」

ジーナは言った。「この部屋だけでも、いくつか戸口があるわ。その比率は」とハーブ・アッシャーに言う。「トランプにも使われているものよ。三対五。カタツムリの貝殻や銀河系外の星雲にも、頭の髪の毛のパターン形成から――」

エマニュエルは言った。「それは宇宙に遍在しているんだ。ミクロ宇宙からマクロ宇宙まで。それは神様の名前の一つと呼ばれている」

＊

エリアスの家の小さな空き室で、ハーブ・アッシャーはベッドに入って寝ようとした。部屋の入り口に、重たいいささかしわくちゃのローブを着て、スリッパを履いたエリアスが立ちはだかった。「話をしていいか？」

ハーブはうなずいた。

「ジーナはマニーを連れ去ろうとしとる」と言いながらエリアスは部屋に入ってきて、腰を下ろした。「それに気がついたか？　わしらが予想していた方面からはこなかった。わしが予想していた方面からは」と自分で自分を訂正する。暗い表情ですわったまま、両手を握りあわせたり開いたりしている。「敵は奇妙な形をとった」

ゾッとしてハーブは言った。「ベリアルですか？」

「わからんのだよ、ハーブ。あの娘は四年前から知っとる。すばらしい子だと思う。ある意味ではあの子を愛しとる。マニーと同じくらいにな。マニーのよい友だちでいてくれた。どうやらマニーも知っているようじゃ。すぐにはわからなかったかもしれんが……でもやがてどこかでわかったはずだ。わしも調べた。コンピュータ端末を使ってジーナという単語を調べたんじゃ。ルーマニア語で妖精という意味だ。別の世界がエマニュエルを見つけ出した。あの娘は、学校の初日にマニーに接触した。いまやその理由がわかる。彼女は待っておったのだ。待ち受けておった。わかるか？」

「だからあの娘にはいたずらっぽさがあるんですね」とハーブ・アッシャー。ぐったりした気分だった。長い一日だったから。

エリアスは言った。「あの娘はどんどん導き、マニーはそれに従う。それとわかって従うんだと思う。予見は確かにしておるのだ。宇宙に関する先験的知識と呼ばれるものじゃ。かつて、あの子はすべてを予見した。いまはちがう。考えてみれば不思議なものじゃな。自分の予見不能を予見し、自分の健忘症を予見するとは。あの子を信じるしかないんじゃよ、ハーブ。他に道はない――」と身振りをする。「わかってくれるな」

「どうすべきかをあの子に命じられる人はだれもいない」

「ハーブ、わしはあの子を失いたくないんじゃ」

「あの子が失われるわけがないでしょう？」

「神の頭の崩壊が起きたのだ。原初的な亀裂。それがあらゆること、このもめごと、ここでの状況、ベリアルの根拠なのだ。神の頭の一部が墜落することになった危機だ。神の頭が割れて、一部は超越的なままで、一部は……卑しくなった。創造と共に墜落し、世界と共に落下した。神の頭が、それ自身の一部と生き別れになってしまったのだ」

「そしてそれがさらに壊れるかもしれないと？」

エリアスは言った。「その通り。またもや危機が起こるかもしれん。これこそその危機かもしれん。わしにはわからん。あの子が知っているかどうかさえわからん。あの子の人間の部分、ライビスから派生した部分は恐れを知っとるが、残り半分は——そっちの半分は恐れを知らん。理由は言うまでもないじゃろう。それがよくないのかもしれん」

*

その晩眠りに落ちると、ハーブ・アッシャーは夢を見た。女性が歌を歌ってくれているのだ。リンダ・フォックスのようだったが、でもちがった。彼女を見て、その恐ろしいほどの美しさを見た。荒々しさと光、そして輝く顔と、愛情こめてこちらに輝く目が見えた。ハーブと女性は車に乗っていて、運転しているのは女性だった。ハーブは彼女を見て、その美しさに感嘆するばかり。彼女はこう歌った。

「夜明けに向かって歩くには
スリッパをはかないと」

でも歩く必要はなかった。その美しい女性がそこに連れて行ってくれるからだ。彼女は白いガウンを着て、流れるような髪の毛の中に冠が見えた。とても若い女性だったけれど、でも女性ではある——ジーナのような子供じゃない。

翌朝目を覚ましても、その女性の美しさと歌が頭を離れなかった。忘れられなかった。ザ・フォックスより魅力的だ。信じられない。彼女のほうがいい。あれは誰なんだろう？「おはよう」とジーナが、洗面所に歯を磨きにいく途中で言った。ふと見ると、彼女はスリッパを履いている。でもエリアスも、姿を現したときにはスリッパを履いていた。そういう意味なんだろう、とハーブは自問した。

答えはわからなかった。

第12章

「君は夜通し踊って歌う」とエマニュエルは言った。そしてそれは美しい、と思った。

「見せてくれ」

「じゃあ始めましょうか」とジーナ。

＊

かれはヤシの木の下にすわり、自分が園に入ったことを知ったが、それは創造の始まりでかれ自身が創り出した庭園だった。ジーナは彼女の領域に連れてきたのではない。かれ自身の領域が復元されたのものだ。

建物と乗物があるが、人々は急いでいない。あちこちにすわって日差しを楽しんでいる。若い女性が一人、ブラウスのボタンをはずすと、乳房が汗に輝いていた。太陽は暑くまぶしく照りつけている。

「いいや、これは共同体ではない」とかれ。

　ジーナは言った。「まちがったほうに連れてきたのよ。でも構わないわ。ここでは何もおかしいことはないわ、ちがう？　何か欠如はある？　欠如がないのは知っているでしょう。楽園ですもの」

「ぼくがそう創ったんだ」

　ジーナは言った。「はいはい、これはあなたが創った楽園よ。あたしはもっといいものを見せてあげる。いらっしゃい」と彼女は腕を伸ばしてかれの手を取った。「あの貯蓄銀行の建物の戸口は黄金長方形よ。あそこを入りましょう。他のどことも遜色ないわ」。そして手を握ったまま角に連れて行って、信号が変わるのを待ち、そしていっしょに歩道を下って、休む人々の横を通り、貯蓄銀行の事務所に向かった。

　階段で足を止めてエマニュエルは言った。「ぼく――」

「これが戸口よ」と彼女はエマニュエルを連れて階段を上がった。「あなたの領域はここで終わり、あたしのが始まる。ここからの法則はあたしのものよ」。そして少年の手をさらに強く握りしめた。

「ではそういうことで」とエマニュエルは言って、先に進んだ。

＊

　ロボット出納係は言った。「通帳はお持ちですか、パラスさん？」

「ハンドバッグの中よ」エマニュエルの横の若い女性は信玄袋型の革ハンドバッグを開き、鍵だの化粧品だの手紙だの各種貴重品だのの間をがさごそ探したが、素早い指がすぐに通帳を見つけた。「引き出したいんだけど、金額は――えーと、残高はいくらかしら？」

「残高は通帳に書いてあります」とロボット出納係はその無感情な声で言った。

「そうだった」と彼女は同意した。通帳を見て、数字を調べ、それから引き出し申請書を取って記入した。

「口座を閉じられるんですか？」とロボット出納係は、通帳と申請書を渡されて言った。

「そうよ」

「弊社のサービスに何か――」

「口座閉鎖の理由はあなたの知ったことじゃないわ」とジーナ。とがったひじをカウンターについて、前後に身体をゆする。エマニュエルは、彼女がハイヒールを履いているのを見た。いまやずっと年齢が上がっている。コットンのプリントトップとジーンズをはき、髪の毛を櫛でうしろに留めている。それと、サングラスをかけているのが見えた。エマニュエルのほうを見てにっこりした。

ジーナはすでに変わったんだ、とエマニュエルは思った。

まもなく二人は、貯蓄銀行屋上の駐車場に立っていた。ジーナはハンドバッグの中を探って飛行車の鍵を見つけた。

「いい日ねえ。乗って。いまドアを開けるから」とジーナは飛行車の運転席にすわり、奥のドアのハンドルに手を伸ばした。

「いい車だね」とエマニュエルは言った。彼女は自分の領土を段階的に見せているんだ。まずぼく自身の園に連れてきて、それから一段ずつ階層をたどり、上昇する水準ごとに自分の領域を見せている。深く入り込むにつれて、付着物を一枚ずつはぎ取っていくんだ。いまのこれは、ただの表層だ。

これが蠱惑か、と思った。気をつけて！

「あたしの車は気に入った？　通勤に使ってて――」

エマニュエルは、厳しい口調で割り込んだ。「ジーナ、このうそつき！」

「何のことかしら？」飛行車は暖かい日中の空に上昇し、一般交通に加わった。でもジーナの微笑で、そのウソはバレバレだった。「始まったばかりだから、驚かせたくなかったのよ」

「ここで、この世界で君は子供じゃない。あれは君がまとった形相、ポーズだったんだ」

「これがあたしの本当の形。本当よ」

「ジーナ、君に本当の姿なんかない。君のことはわかってるんだ。君はどんな姿でも可能だ。その時の君が気に入ったどんな姿でも。君はその折々ごとに生きている。シャボン玉のようにね」

エマニュエルのほうに向き直りつつ、前方を相変わらずしっかり見据えてジーナは言った。「あなたはもうあたしの世界にいるのよ、ヤア。気をつけなさい」

「君の世界なんか潰せる」

「そしたらすぐ戻ってくるだけよ。これは常にいたるところにあるのよ。前にいたところから離れたわけじゃないわ――あそこを数キロ戻ったら、あたしたちの通う学校があるわ。うしろのあの家では、エリアスとハーブ・アッシャーがどうしようか相談してる。空間的には、これは別の場所じゃない。あなたも知ってるでしょうに」

「でも、ここでの法則を作るのは君だ」

「ベリアルはここにはいないわ」

これには驚いた。これは予想外で、それを予見できなかったことに気がついたことで、自分が状況全体を本当に予見していたわけではないことが理解できた。たった一部でも見落とせば、すべて見落としたのと同じだ。

「ベリアルは一度もあたしの領域には侵入していない」とジーナは、ワシントンDC上空の飛行交通をすりぬけつつ言った。「この領域があることさえ知らないのよ。ポトマック河沿いのタイダルベイスンに行って日本桜を見ましょうよ。満開よ」

「そうなの？」ちょっと季節的にはやすぎるように思えた。

「いまが満開なの」とジーナは、飛行車を街のダウンタウン中心部に向けた。

「この世界では、今が春なんだね」。エマニュエルは理解した。眼下には木々の葉や花が見えた。明るい緑が広がっている。

「窓を開けたら？　寒くないわよ」

「ヤシの木の園の暖かさは――」

「照りつける、干からびそうな乾燥した熱気よ。世界を焼き尽くして砂漠に変えるものだわ。あなたって、いつも乾燥地がお好きだったわよね。お聞きなさい、ヤアウェ。あなたがまったく知らないようなものを見せてあげるから。あなたは荒地から凍りついた風景へと移動したわ――メタン結晶で、あちこちに小さなドームと馬鹿な原生人の世界。あなたって何も知らないのよ！」彼女の目が燃え上がった。「あなた、荒れ地でこそそして、あなたの民に避難場所を約束するけど、それは決して見つからない。あなたの約束はすべて失敗したわ――それはいいことよ。だってあなたが何よりみんなに約束したことって、呪って災厄を遣わして破滅させるってことなんだから。だからもう黙ってて。あたしの時代とあたしの領域がやってきたのよ。これはあたしの世界で、春で、空気で植物がしおれたりもしないし、あなたも植物をしおれさせない。あたしの領域では、あなたはだれも傷つけない。わかったわね？」

「君は何者だ？」

笑いながら彼女は言った。「あたしの名はジーナ。妖精」

「思うに――」と少年は混乱して言った。「君は――」

女性は言った。「ヤアウェ、あなたはあたしが何者か知らないし、自分がどこにいるかも知らない。これは秘密の共同体かしら？　それともあなたはだまされているのかしら？」

「君がぼくをだました」

「あたしがあなたを導くガイド。『形成の書』が言うように、

この大いなる叡智を把握せよ、この知識を理解せよ、それを検討して考察せよ、それが自明となるまで。そして創造主を再びその玉座に導け。

そしてあたしは、まさにそれをやるのよ。でもあなたには信じられない道でそれをやるわ。あなたの知らない道なのよ。あたしを信じてくれなくてはだめ。ダンテが自分のガイドを信じたように、あなたもガイドを信じて、各種領域を、どんどん上がるのよ」と彼女は締めくくった。

「君が敵なんだ」

「そうよ。その通り」とジーナ。

でも、それだけじゃないぞ。そんなに単純じゃない。君は複雑だ、この車を運転する君は、とエマニュエルは気がついた。パラドックスと矛盾と、そして何よりも、君のゲーム好き。遊びたいという欲望。ぼくもそういう考え方をしないと。遊びとして。

「ぼくも遊ぼう。是非とも」とエマニュエルは合意した。

「よろしい」と彼女はうなずいた。「ハンドバッグから煙草を取ってくれる？　ちょっと道が混んできたわ。駐車場所を見つけるのに苦労するわね」

エマニュエルはハンドバッグの中を引っかき回した。だが見つからない。

「見つからないの？　もっと探してよ。あるから」

「ハンドバッグにいろいろ入れすぎだよ」そしてセーラムのパックを見つけてジーナのほうに差し出した。

「神様は女性の煙草に火もつけてくれないの？」彼女は煙草をとって、ダッシュボードのシガープラグに押しつけた。

「十歳の男の子がそんなことを知ってるもんか」

「不思議ね。あたしはあなたの母親になれる歳よ。でもあなたのほうがあたしより高齢。パラドックスだわ。ここでパラドックスに出会うのはわかってたでしょう。あたしの領域はパラドックスだらけなのよ、あなたがちょうど考えていたように。ヤアウェ、戻りたいの？　ヤシの木の園に？　あれは非現実だし、それはあなたも承知よね。敵に決定的な敗北をもたらさない限り、あれは非現実のままよ。あの世界は消えて、いまは思い出でしかない」

「君が敵なのか。でもベリアルじゃない」と不思議がって少年は言った。

「ベリアルはワシントンDC動物園の檻の中よ。あたしの領域ではね。地球外生命体の見本として――しかもみすぼらしい見本として。シリウスからの、シリウス星系第四惑星からの生命体。人々がそのまわりに立ち尽くして、驚愕してそれをあんぐり見つめてるわ」

エマニュエルは笑った。

「からかってると思ってるでしょう。動物園に連れて行ってあげる。見せたげるから」

「君は本気だと思う」またもエマニュエルは笑った。楽しかったのだ。「邪悪なる者が動物園の檻に入っているとは――専用の気温と重力と大気と、輸入食料をあてがわれて？　異様な生命形態として？」

「当人はそれについてカンカンに怒ってるけど」とジーナ。

「そりゃそうだろう。ぼくについては何を企んでるの、ジーナ？」

彼女はまじめくさって言った。「真実よ、ヤアウェ。ここを離れるまでに真実を見せてあげる。我らが神たる主を檻に入れたりはしない。あなたはあたしの地を自由に彷徨できる。ここであなたは自由よ、完全に。それは約束するわ」

「霞のようなものだ。ジーナの約束なんか」

少々苦労してから、彼女は飛行車の駐車スペースを見つけた。「オッケー、じゃあ少し散歩してお花見をしましょう。ヤアウェ、あの花の色はあたしのよ、あのピンク色は。あれがあたしのトレードマーク。あのピンクの光が見えたら、あたしが近くにいるわ」

「あのピンクは知っている。あれはフルスペクトルの白、純粋な日光に対する人間の光視反応だ」

飛行車に鍵をかけつつ彼女は言った。「人々を見て」

まわりを見てみた。だれも見えなかった。重たいほどに花をつけた木々がタイダルベイスンに大きな半円を描いて並んでいた。だが車は停まっているのに、歩いている人はどこにもまったくいなかった。

「じゃあこれはインチキなんだ」とエマニュエル。

ジーナは言った。「あなたがここにいるのは、その大いなる恐ろしい日をあたしが延期できるようにするためなのよ。あたしは世界が苦しめられるのを見たくないの。あなたに見えていないものを見てほしい。あたしたち二人しかここにはいない。二人きりよ。だんだん、あたしは自分の領域をあなたに明かすわ。そしてあたしがそれを終えたら、あなたは世界に対する呪いを引っ込めるのよ。これまであなたを何年も観察してきたわよ。人類が嫌いなのも見たし、人類が無価値だと思ってるのも見てきたわ。無価値なんかじゃないとあたしは言いたいのよ。死んで当然なんかじゃないわ——あなたの尊大な表現で言うならね。世界は美しいのよ。あたしは美しいし、桜も美しいわ。貯蓄銀行のロボット出納係——あれでさえ美しいしあたしは美しいし、ベリアルの力はただの隠蔽で、現実世界を隠すだけよ。あなたがこの地球にやりにきたように、現実世界を攻撃するならば、美と優しさと魅力を破壊することになるのよ。道ばたのドブで死にかけていた、ひき潰された犬を覚えてる？　その犬についてどう感じたか思い出して。あなたの知っていたあの犬という存在を思い出して。エリアスがあの犬とその死のために創った式辞を思い出して。あの犬の尊厳を思い出して。そして同時に、あの犬は無実だったことを思い出して。あの犬の死は残酷な必然性によって余儀なくされたものだったわ。まちがった残酷な必然性よ。あの犬は——」

「知ってる」とエマニュエル。

「何を知ってるってのよ？　あの犬がまちがった扱いを受けたこと？　不当な苦痛に苦しむために生まれてきたってことを？　あの犬を殺したのはベリアルじゃなくて、あなたなのよ、ヤアウェ。万軍の主たるあなた。世界に死をもたらしたのはベリアルじゃない。だって死はいつだってあったんだもの。死はこの惑星には十億年前からあるし、あの犬のなれの果ては——あれはあなたが創ったあらゆる生物の運命なのよ。あの犬のことで泣いたんでしょう、ちがう？　あのとき、あなたにもわかったんだと思ったけれど、でもいまやもう忘れたようね。何か思い出させてあげるとしたら、あの犬のことと、あのときのあなたの気持ちよ。あの犬が道を示してくれたのを、思い出してほしいな。あれは同情の道、あらゆるものの中で最も高貴な道だけど、あたしにはあなたがその同情をまともに持っているとは思えない。本当にそうとは思えないのよ。あなたがここにきたのは、敵であるベリアルを破壊するためで、人々を解放するためじゃないわ。あなたは戦争を仕掛けにきたのよ。それってあなたの行動にふさわしいことなの？　どうでしょうね。あなたが人々に約束した平和はどこ？　あなたは剣を携えてやってきて、何百万人も死ぬわ。あの死にかけた犬が何百万倍にもなるのよ。あの犬のために泣いたわね。お母さんのためにも泣いたし、ベリアルのためにさえ泣いたけれど、でも言わせてもらうと、聖典にあるように涙をすべてぬぐい去りたいなら、立ち去ってこの世を放っておいて。だってこの世の邪悪、あなたが『ベリアル』とか『敵』とか呼ぶものは幻影の一種だから。この人たちは悪い人たちじゃないわ。ここは悪い世界じゃない。そこで戦争なんか仕掛けず、花をもたらしなさいな」。そして手を伸ばし、桜の花の枝を折り取って、エマニュエルのほうに差し出した。かれは反射的に受け取った。

「とても説得力があるね」と言った。

「仕事ですもの。こういうことを言うのは、あたしがそれを知ってるからよ。あなたの中にごまかしはないし、あたしの中にもごまかしはないけれど、あなたが呪うように、あたしは遊ぶの。あたしたちのどっちが道を見つけたのかしら？　二千年にわたりあなたは隙をうかがって、ベリアルの要塞にまたこっそり戻って打倒しようとしてきたわ。何か他にやることを見つけたらどうかしら。いっしょに散歩したら花見ができるわ。そのほうがいいわよ。そして世界は、いつもそうしてきたように繁栄するわ。いまは春よ。花が育つときは今で、あたしだとそこに踊りもあって、鈴の音もある。あなたも鈴を聞いて、その美しさが邪悪の力より大きいのを知ってる。ある意味で、その美しさはあなた自身の力より大きいのよ、ヤアウェ、万軍の主よ。そうは思わないかしら？」

「魔術だ。呪文だ」とエマニュエル。

「美は呪文よ。そして戦争は現実。あなたがほしいのは、戦争の峻厳ぶりなの、それともいまあなたがこのあたしの世界で目にしているものの陶酔？　いまはあたしたち一人きりだけれど、後で人々が登場するわ。あたしは自分の領域に再び人を配置する。でもこの瞬間は、あなたに率直に話をしたいの。あたしが何者か知ってるの？　あなたはあたしが何者か知らないけれど、ついにあたしはあなたを一歩ずつ、その玉座へと導くのよ。創造主たるあなた。そうすれば、あたしが何者かがわかるわ。推測はしたわね。でもその推測は正しくないわ。まだまだたくさんの推測が残されている――何でも知っているあなたなのに。あたしは聖なる叡智でもないし、ダイアナでもない。ジーナでもない。パラス・アテナじゃない。あたしは何か別のもの。あたしは春の女王で、しかもそうではないのよ。そういうのは、あなたが言ったように、霞よ。あたしが何者か、あたしの真の正体は、あなたが自分の力で探し出すしかないのよ。さあ、お散歩しましょう」

二人は、水辺と木々に沿った小道を歩いた。

「ぼくらは友だちだ、君とぼくは。ぼくは君に耳を傾けがちになる」とエマニュエル。

「だったら、あの大いなる恐ろしい日を延期してよ。炎での死にいいところなんかまるでないわ。あなたは作物を破壊する太陽の熱よ。四年にわたりあたしたちはいっしょだったわね、あなたとあたしは。あなたの記憶が戻ってくるのを見ていたけれど、それが戻ってきたのを残念に思ったわ。あなたは、自分の母親だったあの惨めな女性を苦しめたわね。愛していると称し、そのために涙も流した自分の実の母親を病気にしたわね。邪悪に対して戦争を仕掛けるかわりに、ドブの中の死にかけた犬を治癒してそれにより自分自身の涙をぬぐい去りなさい。あなたが泣くのを見るのは大嫌いだった。あなたが泣いたのは、あなたが自分の性質を回復してその性質を把握したからよ。自分がどんな存在かに気がついたから泣いたのよ」

エマニュエルは無言だった。

「空気はいい香りね」とジーナ。

「うん」とエマニュエル。

「あたし、人々を戻すわよ。一人ずつね。やがてまわり中にいるようになるわ。それを見て、あなたが倒す予定の人物を見かけたら、教えてくれればあたしがその人を再び追放する。でも、自分が倒すことになる人物を見なければだめ――その人物に、車に潰されて死にかけた犬を見なくては。そのとき初めて、あなたにはその人を殺す権利ができるのよ。泣いて初めて破壊する資格ができる。わかる？」

「もうたくさんだ」とエマニュエル。

「なぜあの犬のことを、車に押し潰される前に泣いてあげなかったの？　なぜ手遅れになるまで手をこまねいていたの？　犬は自分の状況を受け入れたけれど、あたしはちがう。あたしはあなたに助言する。あたしはあなたのガイド。あたしは言うわ。あなたのやってることはまちがってるって。あたしの言うことを聞いて。やめるのよ！」

エマニュエルは言った。「ぼくはかれらの抑圧をなくすためにきたんだ」

「あなたには障害があるわ。それはわかってる。神の頭に何が起きたか、もとの危機は知ってるわ。あたしにとって知らないことではない。この状態の中だからこそ、あなたはかれらの抑圧を、大いなる恐ろしい日を通じてなくそうとしている。それって理にかなったことかしら？　そんなことをして囚人が解放されるかしら？」

「ぼくは悪の力を破らねば――」

「その力ってどこにあるの？　政府に？　ブルコウスキーとハームスに？　あいつらはバカよ。茶番だわ。連中を殺す気？　あなたが定めた復讐法があるわね。あたしならこう言うわ。

お前たちは、かつて言われたことを学んだ。目には目を、歯には歯を、という法を。
でもわたしはお前たちにこう言おう。邪悪な者に抵抗するな。

あなたは自分の言葉に従って生きねばならないわ。敵ベリアルに抵抗しないで。あたしの領域では、ベリアルの力はここにはない。当のベリアルがここにはいない。ここにいるのは公共動物園の檻の中にいる見世物。エサを与えて水と大気と適正な温度を与えているわ。なるべくベリアルにも快適にしてあげるのよ。あたしの領域では殺したりしない。ここでは、大いなる恐ろしい日はない。これからも決してないのよ。あたしの領域にとどまるか、あたしの領域をあなたの領域にして。でもベリアルは殺さないであげて。みんな殺さないであげて。そうすればあなたは泣かずにすむわ。そして涙は、あなたが約束した通り、ぬぐい去られる」

エマニュエルは言った。「君はキリストなんだ」

笑いながらジーナは言った。「ちがうわよ」

「キリストを引用するじゃないか」

「聖典を引用するくらい悪魔だってできるわ」

まわりに人々の集団が現れた。明るい夏っぽい服を着ている。男は半袖シャツ、女はフロック姿だ。そして、子供たちもたくさん見えた。

「妖精の女王、君はぼくを誘惑する。閃光と踊り、歌、鈴の音でぼくを正道からそらせる。いつも鈴の音だ」

「鈴は風に吹かれるのよ。そして風は真実を語る。常に。砂漠の風は。それはご存じよね。あなたが風に耳を傾けるのは見てきたわ。鈴は風の音楽よ。風の言うことを聞いてね」

そしてそのとき、妖精の鈴が聞こえた。遠くでこだましている。多くの鈴、小さいもので、教会の鐘ではなく、魔法の鈴だ。

これまで聞いたこともないほど美しい音だった。

「ぼくは自分でもあんな音は作れない。どうやって作っているんだ?」

ジーナは言った。「覚醒によって。鈴の音が人を目覚めさせるの。眠りから起こすのよ。あなたは、粗野な投入作用でハーブ・アッシャーを眠りから起こしたわね。あたしは美を使って人々を目覚めさせる」

優しい春風が二人を取り巻いた。彼女の領域の霞と共に。

第13章

エマニュエルは内心でつぶやいた。ぼくは毒を盛られている、と。彼女の領域の霞がぼくを毒して意志を損なっている。

「それはちがうわ」とジーナ。

「前より強さが減った気がする」

「憤りが減ったのよ。さあ、ハーブ・アッシャーを連れてきましょう。あの人にもいっしょにいてほしいの。あたしたちのゲームの場を狭めることにするわ。ハーブ・アッシャーだけのために設定しましょう」

「どういう形で?」

「二人でハーブ・アッシャーを巡って勝負するのよ。いらっしゃい」とジーナは、少年についてくるよう招いた。

＊

カクテルラウンジで、ハーブ・アッシャーは水割りスコッチのグラスを前にすわっていた。一時間も待っているのに、今晩のエンターテイメントはいまだに始まっていない。カクテルラウンジは満員だった。絶え間ない騒音が耳につく。でもハーブにとっては、かなりカバーチャージが高くても、それだけの価値があった。

向かいのライビスが言った。「彼女のどこがいいのか、まるでわからないわ」

「ちょっとでも機会をつかめば、彼女は大ブレイクするよ」というハーブは、レコード会社のスカウトがこのゴールデンハインドにきているだろうかと思った。きているといいんだが。

「帰りたいんだけど。気分が悪いの。行きましょうよ」

「それはできれば避けたいんだけど」

ライビスは苛立たしげにトールのカクテルをすすった。「うるさすぎるわ」という彼女の声はほとんど聞こえなかった。

ハーブは腕時計を見た。「もう九時近い。彼女の最初のステージが九時からなんだ」

「だれなの?」とライビス。

ハーブ・アッシャーは言った。「新進のシンガーだよ。ジョン・ダウランドのリュート曲集を編曲して——」

「ジョン・ダウランドって? 初耳だけど」

「十六世紀末のイギリス。リンダ・フォックスはかれのリュート曲を現代風にしたんだよ。ダウランドは独唱向けの音楽を初めて書いた作曲家なんだ。それまでは四人以上の合唱だった……古いマドリガル形式だ。うまく説明できない。実際に彼女の歌を聴いてもらわないと」

「そんなにすごいなら、どうしてテレビに出てないのよ?」とライビス。

ハーブは言った。「いずれ出る」

ステージの照明が輝きはじめた。ミュージシャン三人がそこに飛び乗って、オーディオシステムをいじりはじめた。全員が手にビブロリュートを持っている。

ハーブ・アッシャーの肩に手が触れた。「ハーイ」

目を上げると、見知らぬ若い女性がいた。でも、彼女はオレを知ってるようだ。「失礼ですけど――」とかれは言いかけた。

「すわらせてもらっていいですか?」その美人は、花柄プリントのトップとジーンズ姿、信玄袋型のバッグを肩にかけ、椅子を持ってきてハーブ・アッシャーの隣に腰を下ろした。

「マニー、すわって」と、テーブル近くにもじもじして立っている少年に呼びかける。なんて美しい子供だろう、とハーブ・アッシャーは思った。どうやって入ってきたんだろう? ここは未成年は入れないはずなのに。

「お友だち?」とライビス。

黒髪の若い美女は言った。「ハーブとは大学以来会ってないんです。ハーブ、元気にしてた？　あたしを覚えてないの？」と彼女は手を伸ばし、ハーブは反射的にそれを握った。そして握手しながら、彼女のことを思い出した。学校の、政治科学講義でいっしょだったのだ。

「ジーナ。ジーナ・パラスだね」とハーブは喜んで言った。

「こっちは弟よ」とジーナは、少年にすわるよう身振りで示した。「マニー。マニー・パラス」。そしてライビスに向かって言った。「ハーブはちっとも変わってないんですね。見た瞬間にわかったわ。リンダ・フォックスを見にきたんですか？　あたしも聴いたことなかったんだけど、すごくいいって聞いて」

「すごくいいよ」とハーブは、彼女の応援を嬉しく思った。

「アッシャーさん、こんにちは」と少年。

「お目にかかれて光栄だよ、マニー」とハーブは少年と握手した。「こちらは妻のライビスだ」

「じゃあお二人は結婚してるのね。煙草、いいかしら？」とジーナは煙草に火をつけた。「いつも禁煙しようとするんだけど、禁煙するとやたらに食べるようになってブタみたいに太っちゃうんだな」

「そのバッグって本物のレザー？」ライビスは興味をひかれて言った。

「そうよ」とジーナはバッグを手渡した。

「レザーのバッグって初めて見るわ」とライビス。

「出てきたぞ」とハーブ・アッシャー。リンダ・フォックスがステージに登場した。聴衆は拍手した。

「ピザ屋のウェイトレスみたいじゃないの」とライビス。

ジーナはバッグを取り戻して言った。「ブレイクする気なら、ちょっと体重減らしたほうがいいわね。だって、見た目は悪くないのに、やっぱり――」

「さっきからなんで体重にばかりこだわってるの？」とハーブ・アッシャーは苛立った。

少年マニーが口を開いた。「ハーバート、ハーバート」

「なんだい？」ハーブは身をかがめて聞き耳を立てた。

「思い出して」と少年。

意味がわからず、何を思い出すの、と言いかけたが、そこでリンダ・フォックスがマイクを握り、半分目を閉じて歌いはじめた。丸顔でほとんど二重あごだったが、肌は白く、そしてハーブにとって一番重要な点として、長いまつげをしていて、それが歌いながらひらめく――それがハーブを魅了し、かれは呪文にかかったようにすわっていた。リンダはきわめて襟ぐりの深いガウンを着ていて、ハーブのすわっているところからでさえ、乳首の輪郭が見えた。ノーブラだ。

訴えようか？　恵みを求めようか？
祈ろうか？　証明しようか？
地上の愛をもって
天の喜びを目指そうか？

わざと大声でライビスが言った。「あの曲、大嫌い。聴いたことあるわ」

何人かがこちらを向いて、シーッと言った。

「でも歌ってたのは彼女じゃない。オリジナリティさえないのね。あの歌は――」ライビスは声を落としていたが、不機嫌だった。

歌が終わってみんなが拍手を始めると、ハーブ・アッシャーは妻に言った。「『訴えようか』を聴いたはずがない。あれを歌ってるのはリンダ・フォックスだけだ」

「あなた、彼女の乳首にハアハアしたいだけじゃないの」とライビス。

ハーブ・アッシャーに少年が言った。「トイレに連れて行ってくれませんか、アッシャーさん」

ハーブはがっかりした。「今すぐ？　彼女が歌い終わるまで待てない？」

「今すぐです、アッシャーさん」と少年。

いやいやながら、かれはテーブルの間を縫ってマニーを連れ、ラウンジ奥のドアに向かった。でもトイレに入る前に、マニーがハーブを止めた。

「ここからのほうが、彼女がよく見えますよ」とマニー。

その通りだった。いまやステージにずっと近かった。少年とかれはだまって立ち尽くし、リンダ・フォックスが『悲しい泉よもう泣かないで』を歌うのを聴いた。

歌が終わるとマニーは言った。「覚えてないんですね。彼女があなたを惑わしたんだ。目を覚まして、ハーバート・アッシャー。あなたはぼくをよく知っているし、ぼくもあなたを知っている。リンダ・フォックスはハリウッドの場末のカクテルラウンジで歌ったりしない。宇宙どこでも有名人なんだ。この十年で最も重要なエンターテイナーなんだよ。大主教と最高行政官も彼女を招いて――」

「また歌が始まるぞ」とハーブ・アッシャーは割り込んだ。少年のせりふはほとんど聞こえなかったし、まるで意味がわからなかった。ぺちゃくちゃしゃべる男の子のせいで、リンダ・フォックスが聴きにくい。まったくツイてないぜ。

歌が終わるとマニーは言った。「ハーバート、ハーバート。彼女に会いたい？　それが望みなの？」

「なんだって？」とハーブはつぶやいたが、目は――そして関心は――リンダ・フォックスに集中していた。すげえ、なんて身体してやがる。ドレスからこぼれおちそうじゃないか。うちの女房もあんな身体をしてたらなあ。

「こっちのほうにくるよ、歌を終えたらね。ここに立ってなさい、ハーブ・アッシャー。そしたらすぐ隣を通るから」

「からかうもんじゃない」

マニーは言った。「いいや。あなたは世界で最も欲しかったものを手に入れる……ドームの寝床に転がっていたときに夢見ていたものを」

「ドームって?」とハーブ。

マニーは言った。「『天より堕ちてしまったのか、まばゆい明けの明星。墜落し――』」

「それって、植民惑星とかのドームのこと?」とハーブ・アッシャー。

マニーは言った。「どうしても聞いてもらえないようだね。ぼくがもし、あなたに言えたら――」

「彼女がこっちにくる。どうしてわかったんだい?」とハーブ・アッシャーは何歩か彼女のほうに踏み出した。リンダ・フォックスは足早に、小股で歩き、顔には優しい表情を浮かべている。

「ありがとうございます」と話しかけてきた人々に彼女は答えていた。一瞬立ち止まり、小ぎれいな身なりの黒人青年にサインをしている。

ハーブ・アッシャーの肩を叩いて、ウェイトレスが言った。「その男の子がここにいては困ります。未成年はここには入れないんですよ」

「すみません」とハーブ・アッシャー。

「今すぐ連れ出してください」とウェイトレス。

「わかりましたよ」と言ってハーブはマニーの肩を抱き、がっかりして不承不承ながら、テーブルのほうに連れ戻した。そして振り返ると、視界の片隅で、ザ・フォックスが二人の立っていた場所を通り過ぎるのが見えた。マニーの言った通りだった。あと数秒あそこにいれば、彼女にひと言話しかけられたのだ。そしてひょっとすると、向こうも返事をしたかもしれない。

マニーは言った。「彼女はあなたをごまかしたがっているんだよ、ハーブ・アッシャー。あなたにあれを差し出しておきながら、それを目の前で取り上げた。リンダ・フォックスに会いたいなら、ぼくがそれを保証しよう。約束する。忘れないでね、必ず実現するから。あなたがごまかされないようにしてあげるから」

ハーブは言った。「何を言ってるのかわからないけど、彼女に会えるものなら――」

「会えるよ」とマニー。

「変な子だなあ」とハーブ・アッシャー。照明の下を通ったとき、ふと気がついてびっくりした。足を止めて、マニーをつかまえると、照明の真下に移動させた。お前、ライビスとそっくりだな、と思った。一瞬、記憶が一閃してかれは不穏な気分になった。心が開いて、まるで広大な空間、開けた場所、星々の宇宙がそこになだれこんだかのようだった。

少年は言った。「ハーバート、彼女は本物じゃないんだよ。リンダ・フォックス——あれはあなたの幻影なんだよ。でもぼくは彼女を本物にできる。ぼくは存在を与える——非在を実在にするのはぼくなんだ。そして彼女についても、あなたのためにそれをやってあげられるんだよ」

「どうしたのよ」とテーブルについたところでライビスが言った。

「マニーはここにいられないんだ」とハーブはジーナ・パラスに言った。「ウェイトレスにそう言われた。君も帰ることになるのかな。残念だけど」

ハンドバッグと煙草を持って、ジーナは立ち上がった。「ごめんなさいね。あたしのせいでザ・フォックスに会いそこねたみたいで」

ライビスも立ち上がりながら言った。「いっしょに出ましょうよ。頭痛がするのよ、ハーブ。ここから出たいわ」

がっかりしてハーブは言った。「わかったよ」。ごまかされた。マニーが言ったのはそれだった。あなたがごまかされないようにしてあげる。まさにその通りになったんだ、とかれは気がついた。今晩のオレはごまかされた。まあ、次があるかもな。彼女と話して、うまくすればサインでももらえたらおもしろいだろう。間近に寄ったら、あのまつげが偽物なのがわかった。なんとまあ。がっかりしちゃうよな。あの胸だって偽物かもしれない。

胸に入れるパッドがあるから。がっかりして不幸に感じ、いまや自分も立ち去りたくなった。

今晩はうまくいかなかった、とライビス、ジーナ、マニーをクラブから暗いハリウッドの街路へと導きつつかれは思った。ずいぶん期待したのに……そのとき、あの少年が言ったことを思い出した。あの不思議な話と、ナノ秒ほどの不穏な記憶。心の中に一瞬だけ登場したのに、実に説得力のあった場面。この子はただの子供じゃないな、とかれは気がついた。そして妻に似ているのも——いまや二人いっしょに立っていると明らかにわかる。彼女の息子と言っても通じる。不気味だ。ハーブは身震いした。空気は暖かかったのに。

＊

ジーナは言った。「あたしはあの人の願望を成就させたわ。夢見ていたものを与えたのよ。何カ月も、寝床に寝転がっていた頃の夢を。彼女の３Ｄポスターやテープを集めていた頃の夢をね」

エマニュエルは言った。「何も与えてないじゃないか。むしろ奪った。何かを取り上げたんだ」

「彼女はメディアの産物なのよ」とジーナ。二人はゆっくりと、夜のハリウッドの歩道を歩いて、飛行車に戻った。「それはあたしのせいじゃない。リンダ・フォックスが現実じゃないからって、あたしのせいにしないでよ」

「ここ、君の領域では、その区別に意味はない」

ジーナは言った。「あなたは何を与えられるのよ？　病気だけじゃない――奥さんの病気。そして彼女の死はあなたに奉仕するためなのよ。あなたの贈り物があたしのよりもいいの？」

エマニュエルは言った。「ぼくはあの人に約束したし、ウソはつかない」。あの約束を果たすんだ、とかれは自分に言い聞かせた。この領域だろうとぼく自身の領域だろうと、どっちでもかまわない。いずれの場合でも、ぼくはリンダ・フォックスを現実にする。それがぼくの力だし、それは蠱惑の力じゃない。何よりも貴重な贈り物だ。現実というものだ。

「何を考えてるの？」とジーナ。

「『死んだ王侯より生きた犬のほうがマシ』」とマニー。

「だれのせりふ？」

「単なる常識だよ」

ジーナは言った。「あなたは何が言いたいの？」

「言いたいのは、君の蠱惑はハーブ・アッシャーに何も与えず、現実の世界は――」

ジーナは言った。「現実の世界は十年にわたりあの人を冷凍生命停止状態にしたわ。美しい夢のほうが残酷な現実よりマシじゃない？　実際の中で苦しむほうが、夢の領域で自分を楽しむよりいいとでも――」彼女は口を止めた。

マニーは言った。「中毒だよ。君の領域はそれでできているんだ。酔っ払った世界だよ。踊りと喜びに酔いしれている。ぼくに言わせれば、現実性という性質は他のどんな性質よりも重要だ。というのも、いったん現実性がなくなってしまえば、そこには何もなくなるからだ。夢は何もない。ぼくは君の言うことに反対だ。ぼくに言わせれば、君はハーバート・アッシャーをごまかした。ぼくに言わせれば、君はかれに残酷なことをした。ぼくはあの人の反応を見たよ。かれの落胆を計った。そしてその埋め合わせをしてあげるんだ」

「ザ・フォックスを現実のものにするのね」

「ぼくにそれができないほうに賭けるのか？」

「あたしが賭けるのは、そんなことをしようがしまいが関係ないってこと。現実だろうとなかろうと、彼女は無価値よ。あなたは何も実現できてない」

「その賭け、受けて立とう」とマニー。

「握手で賭けが成立よ」と彼女は手を伸ばした。

立ったまま二人は握手した、そのハリウッドの歩道の頭上には、人工照明が輝いている。

＊

ワシントンDCに飛行車で戻りながら、ジーナが言った。「あたしの領域では、いろんなことがちがっているのよ。ひょっとして、党書記長ニコラス・ブルユウスキーに会ってみたいかしら」

エマニュエルは言った。「最高行政官ではないの？」

「共産党は、あなたにお馴染みの世界的権力を持っていないのよ。『科学使節団』という用語も知られてないのよ。フルトン・スタトラー・ハームスも、CICの大主教なんかじゃないし、そもそもキリストイスラム教会なんてものが存在しないのよ。ローマカトリック教会の枢機卿なのよ。何百万人もの生命を支配したりはしていないわ」

「それは結構」とエマニュエル。

ジーナは言った。「だったら、あたしは自分の世界でよくやったってことね。あなたもそう思う？　だってもしそう思うんなら――」

「それはよいことではある」とエマニュエル。

「どこに文句があるの？」

「幻影でしかない。現実の世界ではどちらの人も世界的な権力を持ち、二人でいっしょに地球を支配している」

ジーナは言った。「わかってないようだから教えてあげるわ。あたしたちは過去にだって変更を加えたのよ。キリストイスラム教会や科学使節団が存在したりしないように手を打ったのよ。ここであなたの見る世界、あたしの世界はあなたの世界の並行世界で、同じだけ現実なのよ」

「信じられないね」とエマニュエル。

「世界はたくさんあるわ」

「ぼくが世界の生成者だ。ぼくであり、ぼく以外のだれでもない。世界を創れる者は他にだれもいない。ぼくは存在を引き起こす者だ。君はちがう」

「それでも――」

エマニュエルは言った。「君は理解してない。実現しない潜在可能性はたくさんあるんだ。ぼくは潜在可能性の中から自分の望むものを選び、それに実物性を付与するんだ」

「それならあなたの選択がダメだったってことね。キリストイスラム教会や科学使節団が決して存在しないほうがずっとよかったわ」

「じゃあ、君の世界が現実じゃないというのを認めるんだな？　それがまがい物だと？」

ジーナはためらった。「それは重要な時点で、あたしたちが過去に干渉したことで枝分かれしたのよ。お望みなら魔法とでも技術とでも呼んでくれていいわ。いずれの場合にも、あたしたちは逆時間に入って過去の歴史上のまちがいをやりなおせるわ。あたしたちが以前やったようにこの別の世界ではブルコウスキーとハームスは小者よ――存在はしてるけど、あなたの世界のような形ではない。それは同じくらいリアルな世界のどれを選ぶかってことよ」

「そしてベリアル。ベリアルは動物園の檻の中にすわって、人々の大群、大群衆が、あんぐりとそいつを見つめるんだね」とエマニュエル。

「その通り」

「ウソだ。願望充足だ。願望に基づいた世界構築なんかできない。現実の基盤が荒涼たるものなのは、好き勝手にいんちきな見通しをでっちあげるわけにはいかないからだ。可能なことに従わねばならない。必然性の法則に従うんだ。それが現実の根底にある。必然性だ。どんなものであれ、それはそう存在せねばならないからだ。他に道はあり得ないからだ。だれかの願望によりそうなったものではなく、そうなるしかないからこそそうなったんだ——最もつまらない細部に到るまで、まさにそのため、それだけのためにそうなっている。君には君の仕事があるし、ぼくには自分の仕事があるし、ぼくは自分の仕事を理解している。ぼくは必然性の法則を理解しているんだ」

ジーナはちょっと間をおいてから言った。

「アルカディアの森は死に
その古代の喜びは終わった
夢見を糧とした旧世界で

いまや作り物のおもちゃは灰色の真実
それでも世界はその落ち着かぬ頭を巡らせる

「その詩は知っているよ。その結末は次の通り。

イェイツの最初の詩よ」と彼女は締めくくった。

だがおお！　彼女はいまや夢を見ない。夢を見よ！
というのも丘のケシは美しいから
夢見よ、夢見よ。なぜならこのすべてもまた真なれば

『真』、つまり真実ということだ」とエマニュエル。

「説明してくれなくていいわよ。それにあなたはその詩に同意してないんでしょう」

「灰色の真実のほうが夢よりもいい。灰色の真実だって真なんだ。それはあらゆる中で最終的な真実で、いかに至福に満ちているものでも、ウソよりは真実のほうがずっといい。ぼくはこの世界を信用しない。優しすぎるからだ。君の世界は素敵すぎて現実じゃない。君の世界は気まぐれだ。ハーバート・アッシャーがザ・フォックスを見たとき、ごまかしを見て取った。君の世界の根底にあるのがごまかしだ」。そしてそのごまかしを、ぼくは

改めるのだ。真正性でそれを置き換える。それを君は理解できない。

　現実としてのザ・フォックスは、ザ・フォックスについてのどんな夢よりもハーブ・アッシャーには受け入れやすいだろう。ぼくは確信している。この命題にぼくはすべてを賭ける。この点でぼくは勝つか負けるかだ。

「その通りね」とジーナ。

　エマニュエルは言った。「現実のように思えても都合がよすぎるものは、何か怪しいものだ。詐欺の特徴は、それがこちらの望み通りになるということだ。この世界に見られるのはそれだ。君は、ニコラス・ブルコウスキーがきわめて強力な人物であってほしくないと思っている。フルトン・ハームスが小者であって、歴史的存在でないほうがいいと思っている。君の世界は君の望み通りであり、それがその正体をばらしてしまうのだ。ぼくの世界は頑固だ。屈しない。強情で容赦のない世界が現実の世界だ」

「そこに住むことを余儀なくされた人々を殺す世界ね」

「それがすべてじゃない。ぼくの世界はそんなに悪いところじゃない。そこには死と苦痛以外にもいろいろあるんだ。地球では、本物の地球では、美と喜びがあり――」そこでエマニュエルは口を止めた。謀られたのだ。また彼女が勝った。

「じゃあ地球はそんなに悪くないのね。炎で焼き尽くされるべきじゃないわ。美と喜びと善人たちがいる。ベリアルが支配していてもね。桜並木を歩いているとき、あたしがそう言ったのにあなたはそれを否定したわ。いまなら何とおっしゃるの、万軍の主、アブラハムの神よ？　あたしが正しいことを自ら証明したことになりはしないかしら？」

かれは認めた。「君は賢いな、ジーナ」

目がきらめいて、彼女は微笑した。「じゃあ、聖典であなたが語る大いなる恐ろしい日を中止して。あたしがこれまで懇願してきたように」

はじめてエマニュエルは敗北を感じた。愚かなことを口走るよう誘導されたんだな、と気がついた。なんと巧妙なんだろう。なんと狡猾な。

ジーナは言った。「聖典にある通りよ」

私は叡智、私は狡猾さを授け、知識と慎重さへの道を示す。

「だが君は、自分が聖なる叡智ではないと言ったじゃないか。そのふりをしているだけだと」

「あたしが何者か見きわめるのはあなた次第よ。あなた自身があたしの正体を解読しなくてはならない。それを肩代わりはしてあげないわよ」

「そしてそれまでは――詐術か」

ジーナは言った。「そうよ。詐術を通じてあなたは学ぶのだから」

彼女を見つめてエマニュエルは言った。「ぼくをだまして目覚めさせようというんだな！　ぼくがハーブ・アッシャーを目覚めさせたように！」

「そうかもね」

「君はぼくの脱抑止刺激なのか？」と彼女をじっと見据えつつ、エマニュエルは低い厳粛な声で言った。「確か自分の記憶を取り戻し、自分をぼく自身へと回復させるために君を創ったような気がする」

「あなたをその玉座へと導き帰らせるために」とジーナ。

「ぼくは本当にそうしたのか？」

ジーナは飛行車を運転しつつ、何も言わなかった。

「答えろ」

「そうかもね」とジーナ。

「もしぼくが君を創造したなら、ぼくは――」

「あなたは万物すべてを創造したのよ」とジーナ。

「君のことが理解できない。君がわからない。君はぼくのほうに踊りながらやってきて、そして踊りながら離れる」

「でもあたしがそうすると、あなたは目覚める」とジーナ。

「そうだな。そしてそこから理屈を遡って、君こそぼくがはるか昔に設置した脱抑止刺激なんだと論理づけられる。すでにぼくは、自分の脳が障害を受けて忘れると知っていたからだ。君は系統的にぼくのアイデンティティを取り戻させてくれているんだな、ジーナ。ならば——ぼくは君が何者か知っていると思う」

エマニュエルのほうを向いて彼女は言った。「何者なの？」

「言わない。そして君がぼくの心を読むこともできない。ぼくはそれを抑圧したから。それを思いつくと同時に抑圧したんだ」。というのも、それがぼくにとってもあんまりだからだ、と気がついた。このぼくにとってさえも。ぼくには信じられない。

二人は走り続けた。大西洋とワシントンＤＣを目指して。

第14章

　ハーブ・アッシャーは、自分がどこか別のとき、あのマニー・パラスという少年を知っていたという深い印象が頭を離れなかった。それともどこか別の人生かも。人はいくつの人生を生きるのだろうか、とハーブは考えた。人はテープ録画のようなものなのか？　これは何かそのテープ再生みたいなものなのだろうか？

　ライビスに向かってハーブは言った。「あの子、君に似てたよ」

「あらそう？　気がつかなかった」。ライビスはいつもながら、パターンから服を作ろうとしていたが、失敗していた。居間のそこらじゅうに布きれが散らばり、汚れた皿やあふれた灰皿、丸めた染みだらけの雑誌と入り混じっている。

　ハーブは共同事業主に相談することにした。中年の黒人でエリアス・テートという。ハーブとテートはいっしょに、数年前からオーディオ小売店を経営していた。でもテートはその店、エレクトロニック・オーディオを副業と考えていた。テートの人生における主な関心は伝道だった。テートは小さな場末の教会で、主に黒人の聴衆を相手に説教をしてるのだった。かれのメッセージは常にこんなものだ。

悔い改めよ！　神の王国の到来は近い！

ハーブ・アッシャーから見ると、これほど知的な人物のこだわりとしてはずいぶん奇妙なものだったが、でも結局のところそれはテートの問題だった。二人はこの話はほとんどしなかった。

店の視聴室にすわってハーブはパートナーに言った。「昨晩、驚くようなすごく奇妙な少年に会ったんだよ。ハリウッドのカクテルラウンジでね」

新しいレーザートラッキング式のオーディオコンポ組み立てに専念していたテートはつぶやいた。「ハリウッドなんかで何してたんだよ。映画に映ろうとでもしてたのか？」

「リンダ・フォックスっていう新人歌手を聴いてたんだ」

「知らんなあ」

ハーブは言った。「死ぬほどセクシーで、すごくうまいんだ。彼女――」

「お前、既婚者だろ」

「夢くらい見させろよ」とハーブ。

「うちの店でサイン会に呼んだらいいかもな」

「うちは店の種類がちがうよ」

「オーディオ店だぜ。彼女は歌うんだろ。それはオーディオだ。耳に聞こえない歌手なのか?」

「オレの知る限り、テープも作ってないし、レコードも出してないし、テレビにも出てない。たまたま先月、アナハイム貿易センターのオーディオ展に行ったときに耳にしたんだ。いっしょにくればよかったって言っただろう」

テートは言った。「性はこの世の疫病だ。この惑星は欲情に満ちた狂った場所なんだ」

「そしてオレたちみんな地獄行きか」

テートは言った。「是非ともそう願いたいね」

「お前、自分が時代錯誤だって知ってる? 本当だぜ。お前の倫理コードは、暗黒時代に遡る代物だよ」

「おやそれよりはるかに古いよ」とテートは、ディスクをターンテーブルに載せて、コンポの電源を入れた。スコープを見ると、パターンはまあまあだが、完璧ではないようだ。

テートは顔をしかめた。

「ほとんど彼女に会いそうになったんだぜ。あとちょっとだったのになあ。ものの数秒。これまで見た他のだれよりも、間近で見るときれいなんだ。一度見てみるといいよ。彼女が頂点までのぼりつめるってわかる——直観がするんだ」

テートは理性的に言った。「そうかい。おれは別に反対はしないが。ファンレターを書けよ。彼女に言ってやるといい」

ハーブは言った。「エリアス、昨晩会った男の子——ライビスみたいだったんだ」

黒人は顔を上げてハーブを見た。「本当に？」

「ライビスだって、あのどうしようもないちりぢりの注意力を一秒でも集中できたら、気がついたと思うんだけどな。あいつ、とにかくまるで集中できないんだよ。あの少年を見もしなかった。あいつの息子と言ってもいいくらいなのに」

「何かお前の知らない秘密の事情があるのかもしれないぞ」

「よせよ」とハーブ。

エリアスは言った。「その子を見てみたいな」

「あの子を前に見た気がするんだ。別の生涯で。一瞬、すべてを思い出しかけて、そして——」と身振りをする。「つかまえそこねた。はっきり思い出せない。そしてもっとある……まるで別世界まるごとを思い出すみたいな。別の人生をまるごと」

エリアスは手を止めた。「どんな世界か教えてくれ」

「あんたはもっと高齢だった。そして黒人じゃなかった。すごい爺さんでローブ姿。オレは地球上にはいなかった。凍りついた風景が見えたけれど、テラじゃなかった。エリアス——オレ、別の惑星からきた存在で、何か強力な作因が心に偽の記憶を植え付けたんじゃないのかな？　本物の記憶を上書きして？　そしてあの少年——あの少年を見たこと——で本物の記憶が戻りはじめたのかな？　それと、ライビスが重病だったという気もした。というか、もう危篤だった感じ。そして入管職員が銃を持ってるような記憶」

「入管職員は銃なんか持ってないぞ」

「それと船だ。超高速での長時間旅行。緊急性。そして何よりも——ある存在。不気味な存在。人間じゃない。地球外生命体かも、オレが本当に属している生物種かも。オレの故郷の惑星からきた存在だ」

エリアスは言った。「ハーブ、わけのわからんこと言ってるぞ」

「うん、そうなんだよ。でもほんの一瞬だけ、オレはそういうのすべてを体験したんだ。そして——こいつはすごいぜ」とハーブは興奮した身振りをした。「事故があったんだ。オレたちの船が別の船に激突すんの。オレの身体は覚えてた。その衝撃を、トラウマも」

「催眠療法士にかかれよ。催眠術をかけてもらって、記憶を回復するといい。お前、どうやら変なエイリアンで、世界を破壊するようプログラムされてるんだろ。たぶん体内に爆弾でも入ってるぜ」

ハーブは言った。「笑いごとじゃないぞ」

「そうか。じゃあお前はどこか、賢く超先進的で高貴な種族の出で、人類を啓蒙すべくここに送り込まれたんだろう。おれたちを救うために」

即座にハーブ・アッシャーの内心で、記憶がチラッと光ってはすぐに消えた。ほとんど一瞬で。

「どうかしたか？」とエリアスは、ハーブをじっと見つめた。

「もっと記憶がわいてきた。あんたがいまのを言ったときに」

しばらく沈黙の間があってからエリアスは言った。「お前がたまには聖書を読んでくれればと思うよ」

「聖書も何か関係があったんだ。オレの使命が」とハーブ。

「お前は伝令だったのかもな。世界に伝えるメッセージがあるのかもよ。神様からのな」

「バカにするのはやめてくれ」

エリアスは言った。「バカになんかしてない。今はね」。そして明らかにそうらしかった。その黒い顔が陰気になっていた。

「どうかしたの？」とハーブ。

エリアスは言った。「ときどき、この惑星は呪文にかかってるんじゃないかと思うんだよ。おれたちは寝てるかトランス状態で、何かがその思い通りのものをおれたちに見せ、そいつの思い通りのものをおれたちに記憶させて考えさせるんだよ。つまり、おれたちはそいつの望み通りの存在だってことだ。するとつまりは、おれたちにはまともな存在がないってことだ。おれたちは何かの気まぐれ次第なんだよ」

「変なの」とハーブ・アッシャー。

ハーブのビジネスパートナーは言った。

「ああ。ひどく変だ」

＊

一日の仕事が終わって、ハーブ・アッシャーとそのパートナーが閉店準備をしていると、スエードの革ジャンとジーンズ、モカシン姿で、髪に赤いスカーフを巻いた若い女性が入ってきた。「ハーイ」と革ジャンのポケットに手をつっこんだままハーブに言う。「元気？」

「ジーナ」とハーブは喜んで言った。そして頭の中の声が、彼女はどうやってオレを探し出したんだろう、と言った。ここはハリウッドから五千キロも離れてるのに。位置情報コンピュータの索引から見つけたんだろう。それでも……何かがおかしいと感じた。でも美女の訪問を断るような性格ではなかった。

「コーヒーでもちょっといかが？」と彼女。

「もちろん」とハーブ。

しばらくして、二人は近くのレストランで、テーブルをはさんで向かい合っていた。ジーナはコーヒーにクリームと砂糖を入れてかき混ぜながらこう言った。「マニーのことで話がしたいのよ」

「どうしてあの子はオレの妻に似てるんだろう?」とハーブ。

「あらそう? 気がつかなかったわ。マニーは、リンダ・フォックスに会えなくしたことで、すごく申し訳ながってるのよ」

「あの子のせいとは言えないような」

「彼女、まっすぐあなたのほうに向かってたんでしょう」

「こっちのほうに歩いてきてはいたけどね。でもそれで彼女に会えたはずだという証明にはならないよ」

「あの子、あなたに彼女に会ってほしいと思ってるのよ。ものすごく後ろめたく思ってて、夜も眠れないの」

困惑して、ハーブは言った。「それでどうしろと言ってるの?」

「彼女にファンレターを書いてほしいって。状況を説明して。絶対に返事がくるとあの子は確信してるのよ」

「まさか」

ジーナは静かに言った。「マニーのためだと思ってお願いよ。彼女から返事がなくても」

「それなら君に会うほうがいいな」とハーブは言った。そしてその言葉は慎重に測られた。はかりにかけられ計測された。

「あら？」と彼女は視線を上げた。なんと黒い目だろう！

「君たち二人にね。君と、弟さんと」

「マニーは脳障害があるのよ。母親が妊娠中に、空で事故に遭って怪我をしたのよ。何カ月か人工子宮で過ごしたんだけど、人工子宮に入れるのが遅れたの。だから……」とテーブルを指で叩いた。「障害があるのよ。特殊学校に通ってるわ。神経傷害のせいで、とんでもないばかげたことを思いつくのよ。例えば——」彼女はためらった。「ええい、かまわないわ。自分が神様だって言うのよ」

「じゃあオレのパートナーと引き合わせるべきだな」とハーブ・アッシャー。

「絶対ダメ。あの子をエリアスに会わせたくはないのよ」と彼女は思いっきり首を振った。

「どうしてエリアスを知ってるの？」またもやハーブの身体を、あの特有の警告するような虫の知らせがかけぬけた。

「さっきあなたのアパートに立ち寄ってライビスと話をしたのよ。何時間かいっしょに過ごして、そのときお店とエリアスの話が出たの。そうでもなきゃ、あなたの店が見つかるわけないじゃない。あなたの名前で電話帳に出ているわけじゃないし」

「エリアスは宗教に凝ってってね」

「ライビスにもそう聞いたわ。だからマニーに会わせたくないのよ。お互いにどんどん焚きつけあって、神学的な飲んだくれになっちゃうわよ」

ハーブは答えた。「エリアスはかなり落ち着いてるヤツだけど」

「ええ、そしてマニーも多くの点では落ち着いてるわ。でも宗教がかった人を二人会わせたら、なんというかその――わかるでしょ。果てしなくキリストがどうしたとか世界の終末だとか。ハルマゲドンの戦いとか。大災厄とか」。彼女は身震いした。「ゾッとするわ。地獄の業火と呪いよ」

「確かにエリアスはその手のやつに入れ込んでるね」とハーブ。彼女はすでに知っているように思えてならなかった。ライビスがたぶん話をしたんだろう。そうにちがいない。

ジーナは言った。「ハーブ、お願いがあるんだけど、マニーの望みをかなえてやってくれない？　ザ・フォックスに――」彼女の表情が変わった。

「『ザ・フォックス』か。ちょっと流行りそうだな。実に自然な感じ」

ジーナは続けて言った。「リンダ・フォックスに手紙を書いて、会いたいと言ってくれない？　どこに出演するか訊いてよ。あの手のクラブ出演日はかなり前に決まるから。オーディオ店を持ってると言って。彼女は有名人じゃないわ。全国で有名なスターとちがって、山ほどファンメールをもらったりもしないわ。マニーは彼女が絶対返事をすると確信してるの」

「もちろん構わないよ」とハーブ。

ジーナはにっこりした。そしてその黒い目が踊った。

「なんでもないことだよ。店に戻ってそこでタイプしよう。いっしょに投函すればいい」

信玄袋型のハンドバッグから、ジーナは封筒を取り出した。「マニーがこの手紙をあなたのために書いたのよ。ここに書いてあることをあなたに書いてほしいんだって。変えてもいいけど――でもあまり変えないでね。マニーはとっても頑張って書いたんだから」

「わかったよ」とハーブは彼女から封筒を受け取った。そして立ち上がった。「店に戻ろう」

＊

オフィスのタイプライターの前にすわり、マニーによるザ・フォックス――とジーナが呼んでいた――宛ての手紙を転写している間、ジーナは閉めた店内を行ったり来たりして、ものすごい勢いで煙草を吸っている。

「何か隠してることでもある？」とハーブ。もっと何かあるように思った。いつになくジーナが苛立っているようなのだ。

「マニーとあたし、賭けをしてるのよ。その中身は――まあ要するに、リンダ・フォックスがあなたに返事するかどうかといった話なのよ。もっと賭けとしては複雑なんだけど、基本的にはそういうこと。気に障るかしら？」

「別に。どっちがどっちに賭けてるわけ？」

彼女は答えなかった。

「隠すなよ」とハーブは言った。なぜジーナが返事しないのか不思議に思ったし、それについて苛立っている理由もわからなかった。この手紙で何が起こると思ってるんだろう？

そして、自分なりに考えた結果として、ハーブは言った。「女房には黙っててくれよ」

そこでハーブは、強い直観にとらわれた。何かがこれに掛かっているということ、それが何か重要なことで、自分には理解できないほどの規模のことだという直観だ。

「これって何かの罠なのか？」とハーブ。

「というと？」

「知らない」ハーブはタイプを終えた。そして「印刷」のキーを押すと、機械――スマートタイプライターが即座に手紙を打ち出して、受け取りかごに落とした。

「オレのサインをつけるよ」

「ええ、あなたからだもの」

ハーブは手紙にサインして、マニーの手紙に書いてあった住所を封筒にタイプで転記した。

……そして突然、ジーナとマニーがどうやってリンダ・フォックスの自宅住所を調べたんだろうと思った。少年が慎重に書いた自筆の手紙に、しっかり書いてあるのだ。ゴールデンハインド・クラブではなく、家の住所だ。シャーマンオークスにある。

変だな。リンダ・フォックスの住所なんて、電話帳不掲載のはずじゃないか？

でもちがうかも。そんなに有名人でもないし。この点は何度も指摘されていた。

「返事がくるとは思わないなあ」とハーブ。

「あら、それなら銀のペニーが何枚か持ち主を変えることになるわ」

即座にハーブは言った。「妖精の国」

「なんですって」とジーナは、不意を突かれたように言った。

「児童書だよ。『銀のペニー』。古い古典なんだ。その中にこんな一文がある。『妖精の国に入るには銀のペニーが一枚必要』」。ハーブは子供の頃にその本を持っていたのだ。

ジーナは笑った。不安そうに。少なくともハーブにはそう思えた。

「ジーナ、何かがおかしいような気がする」

「あたしの知る限り、何もおかしいことはないけど」とジーナは、決然と封筒を奪い取った。「あたしが投函しておくわね」

「ありがとう。また君に会えるかな」

「もちろん会えるわ」と彼女は身を乗り出し、唇を突き出すと、ハーブの口にキスした。

＊

見回すと竹が目に入った。だがその間を色彩が走り、まるでセントエルモの火のようだ。その色彩は、輝きギラつく赤で、まるで生きているようだ。あちこちで点灯し、それが集まると単語、あるいは単語のようなものを形成した。まるで世界が言語になったかのようだ。

オレ、ここで何をしてるんだ？　ハーブはあわてふためいた。何が起きた？　一瞬前にはこんなところにいなかったぞ！

赤いぎらつく炎は、目に見える電気のように、ハーブ宛てのメッセージを綴った。それが竹林と子供たちのぶらんこと、乾燥した短い草越しに送られてくる。

お前の神である主を愛せ。全身全霊で、力の限り、魂の限り。

「わかりました」とハーブは言った。恐怖は感じたが、流れるような炎の舌はあまりに美しかったので、怖いというよりも畏敬を感じた。呆然としてかれはあたりを見回した。火は動いた。やってきては通り過ぎる。あっちこっちに流れる。それが一カ所に溜まる。自分が見ているものが生き物なのはわかった。というかむしろ、生き物の血だ。火は生きた血だが、魔法の血で、物理的な血ではなく変化を受けた血だった。

身をかがめて震えながらその血に触れると、心中にショックが走った。その生きた血が自分に入ったのがわかったのだ。すぐにこんな言葉が内心で形成された。

「助けてくれ」とハーブは弱々しく言った。

頭を上げると、果てしない空間をのぞきこんだ。あまりに広大すぎて理解できないほどの距離を見た——永遠に続く空間で、ハーブ自身がその空間と共に拡大している。なんてこった、とハーブはつぶやいた。そして極度の身震いをした。血と生きた言葉、そして何か知的なものが近くにいて、世界をシミュレートしているか、世界のほうがそいつをシミュレートしている。こちらに気がついている存在を何かがカモフラージュしている。

ピンクの光のビームがハーブの目をくらませた。頭の中でひどい苦痛を感じたので、両手で目を覆った。目が見えなくなった！　と気がついた。苦痛とピンクの光と共に理解がやってきた。鮮烈な知識だ。ジーナが人間女性でないのを知った。そしてさらにマニー少年が人間の少年ではないことも知った。自分がいるのは現実の世界ではなかった。それが理解できたのは、ピンクの光線が教えてくれたからだ。この世界はシミュレーションであり、知的で同情的な存在がそれをこちらに報せたがっていた。何かがオレを気に掛けていて、それがこの世界を貫いて警告してくれたんだ、と気がついた。そしてそれがこの世界としてカモフラージュされているのは、この世界の支配者、この非現実の領域の主がそれに気がつかないようにするためなのだ。それがここにいて、それがオレに教えてくれたことを知られないようにするためなのだ。これはひどい秘密を知ってしまったもんだ、と思った。こんなことを知ったら殺されかねない。オレがいるのは——

恐れるな

「わかったよ」とハーブは言ったが、それでも身震いした。頭の中の言葉、頭の中の知識。でも目は見えないままで、苦痛もまだ続いていた。「あんたはだれだ？　名前を教えてくれ」

ヴァリス

「『ヴァリス』ってだれ？」とハーブ。

きみの神たる主

ハーブは「オレを痛めつけないでくれ」と言った。

人間よ、怖がらないで

視界が晴れはじめた。目の前から手をのけた。ジーナがそこに立って、スエードの革ジャンとジーンズ姿だ。ほんの一秒しか経っていなかったのだ。こちらにキスをした後でうしろに下がるところだった。彼女は知っているのだろうか？　知りようなどないはずだ。自分とヴァリスしか知らないのだ。

ハーブは言った。「君は妖精だ」

「あたしが何ですって？」ジーナは笑い出した。

「この情報がオレに転送されたんだ。オレは知ってる。すべてを知ってる。CY30-CY30Bも覚えてる。自分のドームも覚えてる。ライビスの病気も、地球への旅も覚えてる。事故も。あの別世界も覚えてる。あの現実の世界を。それがこの世界に侵入してオレを目覚めさせたんだ」。そしてハーブはジーナを見つめ、それに対してジーナも、しっかりと、見つめ返した。

「あたしの名前は妖精という意味だけど、でもだからってあたしが妖精ってわけじゃないのよ。エマニュエルは『あたしたちと共にある神様』という意味だけれど、それであの子が神様になるわけじゃない」

ハーブ・アッシャーは言った。「オレ、ヤアを覚えてる」

「まあ。そうなの。どうしましょう」と彼女。

「エマニュエルはヤアだ」とハーブ・アッシャー。

「帰るわね」とジーナは、革ジャンのポケットに手を突っ込んで、店の入り口へと足早に向かい、鍵穴にささった鍵をまわして、外に消えた。一瞬で姿が見えなくなった。

手紙を持ったままだ、とハーブは気がついた。ザ・フォックス宛ての手紙だ。

慌ててハーブは彼女の後を追った。

影も形も見えない。四方八方を見渡した。車や人は目につくが、ジーナはいない。消えてしまったのだ。

彼女はあれを投函するな、とハーブはつぶやいた。彼女とエマニュエルとの賭けは、オレを巡ってのものなんだ。オレを巡って勝負していて、宇宙そのものが掛かっている。とんでもない話だ。でもピンクの光線がそう告げた。それだけのものすべてを、一瞬のうちに、まったく時間の経過なしに伝えたんだ。

震えていまだに頭痛を抱えながら、ハーブは店に戻った。すわって、痛むおでこをさすった。

ジーナはオレをザ・フォックスと関わらせるだろう、とハーブは気がついた。そしてその関わりから、それがどっちに進むか次第で、現実の構造が――どうなるのかはハーブにもよくわからなかった。でもそれが問題なのだ。現実の構造そのもの、宇宙とその中のあらゆる生き物が関わってくるのだ。

それは存在と関係してるんだ、とハーブはつぶやいた。それがわかるのは、あのピンクの光線のためであり、そのためでしかない。あの光は生きた電気的な血で、何か巨大なメタ存在の血なのだ。ザイン、とハーブは思った。ドイツ語だ。その意味は？　ダス・ニヒツ。ザインの反対だ。ザインは存在であり、それは実在であり、それはまっとうな宇宙に等しい。ダス・ニヒツは同じく無で宇宙のシミュレーションに等しい。シミュレーションとは夢だ――そしてオレがいまいるのはその夢なんだ、とかれは知っていた。ピンクの光線が教えてくれたからだ。

一杯飲もう、とハーブはつぶやいた。フォーンを手にしてパンチカードを落とし込むと、すぐに家につながった。「ライビス、今日は遅くなるから」としゃがれ声で告げる。

「あの子とデート？　彼女と？」妻の声はとげとげしかった。

「ちがうよ、何言ってやがる」とハーブはフォーンを切った。

神様は宇宙を保証する者なんだ、とかれは気がついた。オレが告げられたこととの基盤はそれだ。神様なしには何も存在しない。すべては流れ去り消えてしまう。

店を閉めてハーブは飛行車に乗り、エンジンをかけた。

歩道に立っていたのは――男だ。見慣れた男で、黒人。中年で、身なりがいい。

ハーブは呼びかけた。「エリアス！　何してんの？　何か用？」

「お前が大丈夫か見に戻ってきたんだよ」とエリアス・テートはハーブの車に近づいてきた。「お前、顔面蒼白だぞ」

「乗れよ」とハーブ。

エリアスは車に乗った。

第15章

バーで、二人はよくやるようにすわっていた。エリアスはいつもながら、コーラに氷を入れたものを手にしていた。酒は決して飲まなかったのだ。

「なるほど」とエリアスはうなずいた。「手紙を止めるのにできることは何もないな。たぶんすでに投函されているだろう」

「オレはジーナとエマニュエルのポーカーチップなんだ」とハーブ・アッシャー。

「二人は、リンダ・フォックスが返事をするかどうかに賭けているのではないな。何か別のことに賭けてるんだ」とエリアスは、ボール紙のかけらをまるめて白分のコーラに入れた。「二人の賭けがどんなものか、絶対にわかりっこない。竹と子供用のぶらんこ。育つ茂み……オレもその自分自身からの残渣記憶がある。夢に見るんだよ。学校なんだ。子供のための。特殊学校。オレは眠りの中で何度もそこに出かける」

「現実の世界に」とハーブ。

「そのようだな。お前、ずいぶん再構築したもんだよ。これが偽の宇宙だと神様に言われたなんて言いふらさないほうがいいぞ、ハーブ。おれに話したようなことは他のだれにも言うな」

「あんたはオレを信用するか？」

「お前がとても異様で説明不能の体験をしたことは信じるよ。でもこれが間に合わせの世界だとは信じない。どう見てもまったく本質的な世界のようだからな」とエリアスは、二人の間のテーブルの、プラスチック表面を叩いた。「いいや、信じられないな。おれは非現実の世界なんか信じない。宇宙は一つしかなく、神エホバがそれを創造したんだ」

「偽の宇宙なんかだれも創らないと思うな。だってそれはそこにないんだから」とハーブ。「でもお前は、だれかがおれたちに存在しない宇宙を見せるよう仕組んでいるのだと言いたいんだろう。そのだれかってだれ？」

「サタン」とハーブ。

首を傾げてエリアスはハーブを見つめた。

ハーブは言った。「それは現実世界を見る方法の一つだよ。隠された方法。夢見のような方法。催眠状態の、眠りのような方法。世界の性質が知覚的な変化を被る。実際には、変わるのは知覚であって、世界じゃない。変化はオレたちの中にある」

エリアスは言った。「『神の猿まね』。悪魔についての中世の理論だ。悪魔は神様の立派な創造を、独自の偽物の補間により猿まねするというんだ。これは認識論的に言うと、実に驚くほど高度な考え方だ。するとこの世界の一部は偽物だということか？　それともともとには世界全体が偽物になるのか？　それとも複数の世界があって、一つは本物で他の世界はそうではないということか？　基本的に一つのマトリックス世界があって、そこから人々が差別化された知覚を得るということなのか？　するとお前の見ている世界はおれの見ている世界とはちがうのか？」

ハーブは言った。「オレが知ってるのは、自分が本当の世界を思い出すような因果をもたらされた、本当の世界を思い出させられたということだけなんだ。ここにあるこの世界が」——とハーブはテーブルを指で叩いた——「という知識は、その記憶に基づくもので、その偽造の体験に基づくものじゃない。オレは比べているんだ。オレはこの世界を比べる基準を持っているんだ。それだけのこと」

「その記憶が偽物かもしれないぞ？」

「そうじゃないのはわかってる」

「なぜそうわかる？」

「オレはピンクの光線を信頼してるんだ」

「なぜ？」

「わからん」とハーブ。

「そいつが神様だと名乗ったから？　蠱惑の作因だってそれを言える。悪魔の力だって」

「いずれわかる」とハーブ・アッシャー。そして再び、その賭けというのが何か、二人が自分に何をするよう期待しているのかを思案した。

＊

五日後自宅で、長距離の指名通話のフォーンを受けた。画面上に、ちょっとぽっちゃり気味の女性の顔が登場し、恥ずかしげな囁き声がこう言った。「アッシャーさんですか？あたし、リンダ・フォックスです。カリフォルニアから電話してます。お手紙いただきました」

心臓が止まった。体内で固まった。「こんにちは、リンダ。フォックスさん、というべきでしたね」。何も感覚がなくなったような気がした。

「用件をお話ししますね」という彼女の声は穏やかだが、せわしない興奮した調子だった。まるでかすかに息を切らせているかのようだった。「まず、お手紙ありがとうございます。あたしを気に入ってくれて――つまりあたしの歌を気に入ってくれたのは光栄です。ダウランドはお好き？　あれってどう思います？」

「すばらしいと思いますよ。特に『悲しい泉よもう泣かないで』はすばらしい。オレはあれが一番好きです」

「お尋ねしたかったのは――そちらのレターヘッドなんですけど。家庭用オーディオシステムの小売業をやってらっしゃいますよね。あたし、一カ月後にマンハッタンのアパートに引っ越すんで、今すぐにオーディオシステムを設置しなきゃいけないんです。西海岸で作ったテープを、プロデューサーが送ってくれることになっていて――それを本当に原音通りに聴かなきゃいけないんですよ。すごくいいシステムを使って」。彼女の長いまつげが気遣うようにまたたいた。「来週ニューヨークに飛んでいただいて、どんなサウンドシステムを設置できるか、ちょっと見ていただけないかしら？　値段は気にしません。どうせ払うのはあたしじゃないし――スパーバレコードと契約したので、レコード会社が全部払ってくれるんです」

「もちろんです」とハーブ。

「あるいはあたしがワシントンDCに飛んだほうがいいかしら？　どっちでもいいんだけれど。急ぐんです。それを強調するようにと言われました。もう、大興奮なんですよ。レコード会社と契約したばかりで、新しいマネージャもいるんです。いずれはビデオディスクも作るんですけど、まずはオーディオテープから――やってもらえますか？　本当に、だれにお願いしたらいいかわかんなくて。こっちの西海岸だと小売りのエレクトロニクス店はたくさんあるけど、東海岸ではだれも知らないんです。ニューヨークのだれかに頼むべきなんだろうけど、でもワシントンDCもそんなに遠くありませんよね？　つまり、そこまでこられますよね？　スパーバレコードとあたしのプロデューサー――レコード会社の人なんですけど――が費用はすべて負担しますから」

「大丈夫ですよ」とハーブ。

「オッケー。なら、これがシャーマンオークスのあたしの番号で、マンハッタンの番号もお知らせするわね。どっちのフォーン番号も。どうやってあたしのシャーマンオークスの住所を調べたんですか？　手紙が直接届いたから。あたしの住所は電話帳には非掲載のはずなのに」

「友だちがね。業界のやつ。コネってわけ。オレもこの業界人ですから」

「ハインドでの演奏も見てくれたんですって？　あそこの音響って変わってるのよ。ちゃんと聞こえました？　あなた、ちょっと見覚えあるわ。お客さんの中で見かけたような。隅っこに立ってたでしょう」

「男の子といっしょでした」

リンダ・フォックスは言った。「そうだわ、見かけたわ。あなた、あたしを見てましたよね――なんだかとても変わった表情だったけど。あの子は息子さん？」

「いや」とハーブ。

「番号を書き留める用意はいい？」

彼女はフォーン番号を二つ伝えた。ハーブは震える手でそれを書き留めた。「すっげえオーディオシステムを設置してあげますよ」とやっとの思いで言う。「あなたとお話しできてすばらしかった。あなたがとことん行けるって確信してますよ、頂点まで、チャートのてっぺんまでね。銀河中でみんなあなたの歌を聴いて姿を見ることになる。わかってるんだ。信じてください」

「優しいのね」とリンダ・フォックス。「そろそろ切らないと。ありがとう。いいわね？　じゃあまた。連絡してくださいね。忘れないで。とても急ぎなんだから。どうしても必要なの。あれこれ問題ばかりだけど、でも――わくわくするわ。さようなら」そして彼女は通話を切った。

彼女がフォーンを切ると同時に、ハーブ・アッシャーは声に出して言った。「なんてえこったい。信じられんぞ」

背後からライビスが言った。「彼女、電話したのね。本当にフォーンしたんだ。大したものじゃないの。システム設置してあげるの？　それってつまり――」

「ニューヨークまで飛行はかまわない。コンポはあっちで調達する。ここから輸送する必要はない」

「エリアスを連れて行ったほうがいいかしら？」

「どうだろうね」というハーブの心は曇っており、畏怖の念であふれかえっていた。

ライビスは言った。「おめでとう。なんかあたしもいっしょに行ったほうがいいような気がするけれど、でも約束してくれるなら――」

「大丈夫」とハーブは、ライビスの言うことにほとんど耳を貸さずに言った。「ザ・フォックスだぜ。話をしたんだ。彼女がフォーンしてきた。このオレに」

「ジーナと弟さんが何やら賭けをしてるって言ってなかった？　彼女が手紙に返事しないって賭けてたんでしょ――一人がそう賭けて、もう一人は返事がくるほうに賭けてたんだっけ」

「そうそう、賭けがあった」。賭けなんかどうでもよかった。彼女に会えるんだ。新しいマンハッタンのマンションに彼女を訪ねるんだ。一夜を共にするんだぜ。服だ。新しい服がいる。ちくしょう、もっとカッコよくしないと。

「いくらくらいの装置を売りつけられると思う?」とライビス。

ハーブはキッとなった。「そんな話じゃない」

ライビスはすくみ上がった。「ごめんなさい。別にそんなつもりじゃ――わかるでしょ。どのくらいすごいシステムになるのかって。そういう意味よ」

「お金で買える最高のシステムになる。妥協なしの最高。このオレ自身が欲しいようなもの。オレが自分で揃える以上のものだ」

「店にとってもいい宣伝になるかもね」

ハーブはライビスをにらみつけた。

「何なのよ」とライビス。

「ザ・フォックスだぞ。ザ・フォックスがフォーンで連絡してきたんだ。信じられん」

「ジーナとエマニュエルに連絡して教えてあげなさいよ。番号は持ってるから」

ハーブは思った。いやだね。これはオレの話だ。連中には関係ない。

＊

ジーナに向かってエマニュエルは言った。「時がやってきた。これでどっちの道に向かうかがわかる。やがてハーバートはニューヨークに飛ぶ。間もなくだ」

「もう何が起こるかあなたは知ってるの？」とジーナ。

エマニュエルは言った。「ぼくが知りたいのはこういうことだ。もしハーバートがリンダ・フォックスを本物と見なしたら、この空疎な夢の世界を取り下げ――」

「ハーバートはあの女を無価値だと思うはずよ。彼女は空疎なバカ者で、ウィットもなく、知恵もない。センスもないし、だからハーブは彼女のもとを去るはずよ。あんなものを現実にはできないもの」

エマニュエルは言った。「それはどうかな」

「ええ、どうでしょうね。非在がハーブ・アッシャーを待ち受けているわ。リンダはハーバートを崇拝するのよ」

それこそまさに、君がまちがいを犯したところだ、とエマニュエルは心の秘密の隠れ場所で宣言した。ハーブ・アッシャーは、彼女への崇拝にすがって生きているわけじゃない。必要とされているのは相互性であり、君自身がそれをぼくに提供してくれたんだ。君がリンダ・フォックスをこの領域に解き放ったとき、君はうっかり中身を彼女に与えてしまったんだ。

そしてこれについて君は知らない。だって君は中身とはどんなものかを知らないから。それは君の手の届かないものだ。でもぼくには手が届く。ぼくの領域なんだから。

「思うに、君はすでに負けている」嬉々としてジーナは言った。「あなたはあたしが何を目当てに勝負しているのか知らないのよ！　あなたはあたしのことも、あたしの狙いも知らない！」

そうかもしれない、とエマニュエルは思った。

でもぼくは自分自身を知っている。そして——自分の狙いも。

＊

かなりの費用を支払って買ったファッショナブルなスーツを身にまとい、ハーブ・アッシャーはニューヨークシティ行きのラグジュアリークラス商用ロケットに乗船した。片手にはブリーフケースを持ち——そこにはこれから市場に出てくる最新ホームオーディオシステムの仕様がすべて入っている——三分間の飛行が展開する中、ハーブはすわって窓の外を眺めた。ロケットはほぼ一瞬で降下を始めた。

　これはオレの人生で最高の瞬間だぞ、と逆噴射ジェットが噴射されるにつれてかれは内心で宣言した。今のオレを見てくれ。『スタイルマガジン』からそっくり出てきたみたいじゃないか。

　ライビスがついてこなかったのは本当にありがたい。

　頭上のスピーカーがアナウンスを始めた。「乗客の皆様、ケネディ宇宙港に到着いたしました。トーンが鳴るまでご着席のままお待ちください。その後、船の前方より下船いただけます。デルタ宇宙ラインのご利用、まことにありがとうございました」

「よい一日を」とロボットのスチュワードが、威風堂々と下船するハーブ・アッシャーにあいさつした。

「君もな。もっといい思いをしてくれたまえ」とハーブ。

　イエローキャブで、ハーブは二日分の予約をした——費用なんか知ったことか——ホテルのエセックスハウスに直行した。ほどなく荷解きすると、部屋の豪華な調度を検分してから、ヴァルジン（皮質刺激剤で最新最高のもの）を接種し、フォーンを取ってリンダ・フォックスのマンハッタンの番号をダイヤルした。

　ハーブが名乗ると、彼女はこう言った。「きてくれたのがわかって本当に嬉しいわ。今すぐこられます？　いま人がきてるけど、ちょうどみんな帰るところだから。設備に関することの決断は、ゆっくり慎重にやりたいのよ。いま何時？　あたしもちょうどカリフォルニアから着いたばかりで」

「ニューヨーク時間で午後七時」とハーブ。

「夕食はすんだ？」

「いやまだです」ハーブにとっては、おとぎ話のようだった。まるで夢の世界、聖なる者の王国にいるような気分だった。まるで――子どものような気分だ、と思った。オレの『銀のペニー』詩集を読んでいるみたいだ。どうやらオレは銀のペニーを見つけて、その国に入り込んだらしい。いつも行きたいと思っていたあの世界に。水兵は家に帰った／海から戻った、そして狩人は……その詩の続きは思い出せなかった。まあとにかく、いまのオレにふさわしい。オレはやっと家に帰ってきたんだ。

そしてここには、リンダがピザ屋のウェイトレスみたいだなんて言うヤツはだれもいない、とハーブは自分に言い聞かせた。だからそんなことも考えずにすむ。

「うちのアパートには少し食べ物があるけれど。あたし健康食にはまってるんです。もしそういうのが好きなら……本物のオレンジジュースも、豆腐も、オーガニック食品もあるのよ。あたし、動物の屠畜はよくないと思ってるから」

「結構。いいですよ。なんでも。お任せです」

彼女のアパートに着くと――それはとんでもなく美しい建物だった――彼女はキャップ

をかぶり、タートルネックのセーターと短パン姿だった。そして裸足でリビングに案内してくれた。家具はまったくない。まだ引っ越しがすんでいないのだ。寝室には寝袋と開いたスーツケース。部屋はどれも巨大で、はめ殺しの窓がセントラルパークを見渡している。

「こんにちは。あたしがリンダです」と彼女は手を伸ばした。「お目にかかれて光栄よ、アッシャーさん」

「ハーブと呼んでください」

「コーストでは、西海岸では、みんな人を紹介するときにファーストネームだけなのよ。自分で意識して、そうしないように練習しているんだけれど、無理ね。あたしは南カリフォルニアのリバーサイド育ちなんです」と彼女は、ハーブの背後でドアを閉めた。「家具がないと不気味よね。マネージャが家具を選定中なの。明後日には届くわ。まあ、かれ一人で選んでるわけじゃなくて、あたしも手伝ってますけど。パンフレットを見ましょう」彼女はブリーフケースに気がつき、その目は期待に輝いていた。

　確かにちょっとピザ屋のウェイトレスみたいなところもあるな、とハーブは思った。でも構わない。肌合いも、近づいて頭上からの明るい照明の下で見ると、思ったほどきれいじゃない。それどころか、ちょっとにきびもあるくらいだ。

「床にすわりましょう」と彼女はすわりこんで、壁を背に体育座りになった。「拝見しましょう。完全にあなたが頼りよ」

ハーブは口を開いた。「たぶんスタジオ級の設備が欲しいんですよね。プロ用機器ってやつ。一般人が家に揃えるようなやつじゃない」

「それは何？」と彼女は巨大スピーカーの写真を指さした。「まるで冷蔵庫みたい」

「それは古いデザインですよ」とハーブはページをめくった。「これはプラズマで作動するんです。ヘリウムから得たプラズマでね。だからずっとヘリウムのタンクを買い続けないといけない。でも見てくれはいいですよね。ヘリウムのプラズマが光るんですよ。超高電圧で生み出されるんだ。ほら、もっと最近のものをお見せしましょう。ヘリウムプラズマ変換はもう古いか、すぐに古くなりますよ」

なぜか、このすべてがオレの妄想だという気がするんだが、とハーブは自問した。あまりに素晴らしすぎるからかもしれない。だがそれでも……

数時間にわたり、二人はいっしょに壁にもたれてカタログを眺め続けた。彼女はすさまじい熱意を示したが、やがて疲れてきた。

「おなかが空いたわ。実はレストランに行けるような服がないのよ。こっちだと、ドレスアップしないとダメだから――南カリフォルニアとちがって、着るのは何でもいいってわけにいかないの。お泊まりはどちら？」

「エセックスハウス」

立ち上がって伸びをしながら、リンダ・フォックスは言った。「あなたのスイートルームに戻って、ルームサービスを頼みましょうよ。ね？」

「すばらしい」とハーブも立ち上がった。

＊

ホテルの部屋でいっしょに夕食を食べてから、リンダ・フォックスは腕組みをしたまま行ったり来たりした。「ねえ聞いてくれる？　あたし、自分が宇宙で一番有名なシンガーだという夢を繰り返し見るのよ。まるであなたがフォーンで言った通り。無意識の中での妄想人生なんでしょうね。でもテープを次々に録音するプロダクションの光景とかコンサートをしている光景とかの夢もずっと見ていて、やたらに大金持ちだという夢も見るの。占星術は信じる？」

「うん信じてるほうだと思う」とハーブ。

「それに行ったこともない場所。それについても夢を見るの。それと会ったこともない人たち、重要人たちよ。エンターテイメント業界の大物とか。そしてあたしたちはいつも、あっちこっち忙しく行ったり来たり。ワインを頼んでくれない？　フランスワインのことは何も知らないから、あなた決めて。でもあまりドライなのはいやよ」

ハーブだってフランスワインのことなんか何も知らなかったが、ワインリストをホテルのメインレストランから手に入れて、ワインスチュワードの助けをもらいながら、高価なブルゴーニュのボトルを頼んだ。

「すごくおいしいわ」とリンダ・フォックスは長椅子に丸まり、むきだしの足を折っている。「あなたのことを話してよ。いつからオーディオコンポの小売りをやってるの？」

「もう何年にもなるな」

「徴兵はどうやって逃げたの？」

これには面食らった。徴兵制は何年も前に廃止されたと思っていたからだ。

「そうなの？」とリンダはそれを告げられて言った。面食らい、ちょっと顔をしかめたような痕跡を見せつつ、こう言った。「それは変ね。徴兵制は絶対あると思ってたわ。それでたくさんの男性がそれを逃れようとして入植世界に移住したんだと思ってた。地球を離れたことはあるの？」

「ない。でも単なる体験として惑星間旅行を試してみたいね」。長椅子で彼女の隣にすわり、さりげなく彼女の肩に腕をまわした。彼女は身を引かなかった。「そして別の惑星にタッチダウンするんだ。すごく感激すると思うな」

「あたしはここで十分幸せ」と彼女は、頭をそらせてハーブの腕にもたせかけ、目を閉じた。「背中をさすってよ。壁にもたれてたから、背中が凝っちゃったの。ここが痛むわ」と前傾しつつ、背筋の真ん中あたりを触ってみせた。ハーブは彼女の首をマッサージしはじめた。「いい気持ち」と彼女はつぶやいた。

「ベッドに横になれよ。もっと力を入れられる。この体勢だとあんましうまくできない」

「わかったわ」リンダ・フォックスは長椅子から跳ね降りて、裸足で部屋を横切った。

「素敵なベッドルームね。エセックスハウスに泊まったことはないわ。あなた結婚してるの？」

「いいや」とハーブは言った。ライビスのことを話すなんて得策じゃない。「一度結婚したけど離婚した」

「離婚って大変よね」と彼女はベッドに横たわり、無防備で、腕を伸ばしている。

身をかがめてハーブはリンダの後頭部にキスした。

「やめて」と彼女。

「どうして？」

「ダメなの」

「何がダメなの？」とハーブ。

「セックス。生理なのよ」

生理だって？　リンダ・フォックスに生理が？　信じられない思いだった。そして彼女から身を引くと、ベッドの上にまっすぐピンと身を起こした。

「ごめんなさいね」という彼女はリラックスした様子だった。「肩のまわりから始めて。凝ってるのよ。眠いわ。たぶんワインのせいね。すごく……」彼女はあくびをした。「いいワインだった」

「そうだね」というハーブは、まだ彼女から離れてすわっていた。

突然、彼女はゲップをした。そして片手で慌てて口をおさえた。「失礼」とリンダ。

＊

翌朝、ハーブはワシントンDCに戻った。その晩のうちにリンダは殺風景なアパートに戻ったが、どうせ生理のおかげでそんなことはどうでもよかった。何回か彼女は——特に意味もないように思えたが——生理中にいつもかなりひどい月経痛を起こすのだと言い、今もそれが起きているという。帰りの便でハーブはぐったりしていたが、それでもかなり大金の取引を終えた。リンダ・フォックスは最高級ステレオシステムを注文する書類にサインして、後でハーブは戻ってきてビデオ録画と再生コンポの設置を監督することになる。全体として見れば、儲かった出張だった。

それでも——究極の計画は失敗した。というのもリンダ・フォックスが……タイミングが悪かった。メンスの周期のせいだ。リンダ・フォックスが生理だの月経痛だのを起こすだって？ 信じられん。でも本当なんだろうな。言い逃れの口実だったのかな？ いや、口実じゃない。本当だ。

家に戻ると、待ち構えていた妻の質問はたった一つ。「あんたたち、乳繰り合ったの？」

「いや」とハーブ。ついてなかった。

「疲れてるみたいね」とライビス。

「疲れてるが気分上々だ」。満足のいく、報いの多い体験だった。ザ・フォックスと二人で何時間もすわって話をしたんだ。親しみやすい人物だったな。リラックスして熱意にあふれて。いい人だ。中身がある。まるでスレてない。気に入った。また会えるといいな。

そして、彼女が大成功するのはわかってる。

その直観が自分の中でえらく強いのが不思議だった。フォックスが将来成功するという感じだ。まあそれについての説明としては、リンダ・フォックスがとにかく上手だ、ということなんだろう。

ライビスが尋ねた。「どんな人だったの？　どうせ自分のキャリアの話しかしなかったんでしょ」

「優しくて穏やかで慎みある人だったよ。そしてまったく気取らない。いろんなことを話したんだ」

「いつかあたしも会えるかしら」

「十分あり得ると思うよ。またニューヨークに出かけるから。それと彼女も、ここまできて店を訪ねるようなことを言ってた。いろんなところに行くんだぜ。いまキャリアが花開こうとしてるんだ——必要としていて、当然のものだった大きなチャンスが巡ってきていて、オレも嬉しく思ってるよ。心底ね」

彼女の生理さえなければ……でも人生ってのはそんなものか。現実ってのはそういうものなんだ。その点でリンダも、他のあらゆる女性と同じだ。もれなく生理はついてくる。

それでも彼女が好きだ。いっしょにベッドに入らなくても。いっしょにいるだけで楽しい。それだけで十分だ。

＊

ジーナ・パラスに向かって少年は言った。「君の負けだ」

ジーナはうなずいた。「ええ、負けたわ。あなたが彼女を本物にして、それでもハーブは彼女を気に掛けてるわ。ハーブにとっての夢はもはや夢じゃなくなったわ。失望のレベルに到るまで真実になったのよ」

「そしてその失望こそが正真性の印だ」

「その通り。おめでとう」と彼女はエマニュエルに手を差し出し、二人は握手した。

少年は言った。「そして今度は、君が自分の正体を明かす番だ」

第16章

　ジーナは言った。「ええ、あたしの正体は明かすわ、エマニュエル。でもあなたの世界の復帰は許さないわ。あたしの世界のほうがいいもの。ハーブ・アッシャーはずっと幸せな生活を送ってるわ。ライビスは生きているし……リンダ・フォックスは本物だし――」

「でも本物にしたのは君じゃない。ぼくだ」

「あなたがみんなにあげた世界を復活させたいの？　冬と氷と雪がすべてに積もったあの世界を？　監獄を破ったのはあたしよ。あたしが春をもたらしたのよ。あたしが最高行政官と大主教を失墜させたわ。そのままにしておきましょう」

「君の世界を現実のものに変換する。すでにその作業は始めた。ぼくは君がキスしたとき、ハーブ・アッシャーに自分自身を明かしたんだ。君の世界を、ぼくの真の形相で貫いたんだ。それをぼくの世界にしつつあるんだよ、一歩ずつね。でも人々がやらねばならないのは、覚えておくことだ。君の世界に住んでいいけど、でももっとひどい世界がかつては存在して、そこに住むことを余儀なくされていたというのを知らねばならない。ぼくはハーブ・アッシャーの記憶を回復させて、他の者たちは夢を見る」

「あたしとしては文句なし」

「さあ話してくれ。君の正体を」

「手に手を取って歩きましょうよ。ベートーヴェンとゲーテのように。二人の友だちとして。ブリティッシュコロンビアのスタンレー公園に連れて行ってよ。そこで動物たちを眺めましょう。オオカミたち、オオシロオオカミたちを。美しい公園だし、ライオンズゲート橋は美しいわ。ブリティッシュコロンビアのヴァンクーヴァーは、地球上で最も美しい都市よ」

「その通り。ぼくは忘れていた」

「そしてそれを見てから、これを破壊したり少しでも変えたりしたいかどうか、自分の胸に訊いてほしいのよ。これほどの地上の美を見た後でも、あらゆる傲慢で邪悪な行為者たちが籾殻となり、火をつけられ、根っこも枝も殲滅されてしまうという、あの大いなる恐ろしい日を実現したいかどうか、自分の心に訊いてほしいのよ。わかった?」

「わかった」とエマニュエル。

ジーナは言った。

わたしたちは大気の精

人類の世話をする

「そうなのか？」とエマニュエル。というのも、もしそうなら君は大気の精、つまり――天使だということになるからだ、とエマニュエルは思った。

ジーナは言った。

おいで、空の歌い手たちのすべてよ
目を覚ましてこの森に集まりなさい
でも悪事を企む鳥はきてはダメ
無害で善良なものしかきてはいけない

「何が言いたいんだ？」とエマニュエル。

「まずスタンレー公園に連れて行ってよ。だって、あなたが連れて行ってくれたら、あたしたちは実際にそこにいるのだから。夢ではなくなる」

そこでエマニュエルはそうした。

＊

二人は共に新緑の地面を歩き、巨大な樹木の間を進んだ。こうした樹木が、伐採されたことがないのは知っていた。これは原初の森だ。「実に群を抜いて美しい」とエマニュエルはジーナに告げた。

「これが世界よ」とジーナ。

「君の正体を教えてくれ」

ジーナは言った。「あたしはトーラ」

＊

しばらくの後、エマニュエルは言った。「じゃあぼくは君に相談なしには、宇宙について何一つできないのか」

「そしてあなたは、あたしの言うことに逆らって宇宙について何一つできないのよ」とジーナ。「これはあなた自身が初めに、あたしを創造したときに決めたことなのよ。あなたがあたしに生命を与えた。あたしは思考する生きた存在。あたしは宇宙の計画、その設計図。それがあなたの意図であり、それがこの世の有り様なのよ」

「だから君はぼくにスレートをくれたのか」とエマニュエル。

「あたしを見て」とジーナ。

彼女を見た——すると若い女性が冠をかぶり、玉座にすわっている。「マルクト。十のセフィロトの中で最下位の存在か」

マルクトは言った。「そしてあなたは永遠の無限エン・ソフ。生命の樹のセフィロトのうち、第一にして最高位の存在」

「でも君は自分がトーラだと言った」

マルクトは言った。「『ゾハール』では、トーラは大きな城に隠れて一人で住む美しい乙女として描かれているわ。その秘密の恋人が彼女に会いに城にやってくるけれど、でも外で彼女を一目かいま見られないかと無為に待ち続けるしかできない。やっと乙女は窓のところにやってきて、恋人はその姿を見ることができるけれど、でも一瞬だけ。後に彼女は窓辺にとどまり、おかげで恋人は乙女と話ができる。それでもまだ、彼女はヴェールの影に顔を隠している……そして質問への答えもはぐらかしばかり。やっと、長い時間がたって、恋人が乙女を知ることは決してないのではと絶望しはじめたとき、やっと彼女は自分の顔を見ることを許すのよ」

エマニュエルは言った。「それにより恋人に対して、その長い求愛期間の間ずっと彼女の胸に秘められていたあらゆる秘密を明かしたわけだ。ぼくも『ゾハール』は知っているよ。君の言う通りだ」

マルクトは言った。「ではいまやあたしを知ったのね、エン・ソフ。お気に召しまして?」

「いいや。だって君の言うことは真実ではあるけれど、その顔から取り除くべきヴェールがもう一枚あるからだ。もう一歩ある」

「その通り」とマルクト、冠をかぶり玉座にすわった美しい乙女は言った。「でもそれはあなたが見つけねばならない」

「見つけるよ。もう本当に間近まできているんだ。あとたった一歩、ほんの一歩でたどりつける」

「それは推測ね。でももう少しがんばらなくては。推測だけではだめよ。悟らないと」

「マルクト、君は実に美しい。そしてもちろん、君はこの世界の中にいて世界を愛している。君は地球を表すセフィラだ。あらゆるものを含む子宮であり、生命の樹そのものを構成する他のセフィロトすべてをも含んでいる。そうした他の力、九つの力は君が生成したものだ」

「最高位のケテルでさえもね」とマルクトは平然と言った。

「君は妖精の女王ダイアナだ。正義の戦争の精霊であるパラス・アテナだ。春の女王であり、ハギア・ソフィア、聖なる叡智だ。宇宙の方程式であり設計図であるトーラだ。カバラのマルクト、生命の樹の十のセフィロトのうち最下位の存在だ。そして君はぼくの伴侶にして友人、ぼくのガイドだ。でも君の本当の正体は何だ？　そうした仮面すべての下で？　ぼくは君が何であるか知っているし――」とエマニュエルは彼女の手に手を重ねた。

「思い出しはじめているぞ。墜落、神の頭が引き裂かれた時」

彼女はうなずきながら言った。「そう。いま、あなたはその時にまで遡って思い出している。始まりの時にまで」

「時間をくれ。もうちょっとだけ時間を。むずかしい。痛むんだ」

「待つわ」。玉座にすわって彼女は待った。すでに何千年も待ったし、そしてその顔を見ると、もっと待とうという意志、必要なだけ待とうという辛抱強い落ち着いた意志が見られた。二人とも、この瞬間がやってくるのは最初から知っていた。二人が元通りいっしょになる瞬間だ。いまや二人は再び、もともとそうだったようにいっしょだった。あとはエマニュエルが彼女に名付けるだけ。名付けることは知ることだ、とエマニュエルは思った。知って召喚すること。呼びかけること。

「君の名前を告げようか?」とエマニュエルは彼女に言った。

彼女は微笑した。美しい踊る微笑だが、目にいたずらの輝きはなかった。かわりに愛がエマニュエルに向けて輝いていた。それも広大なる愛が。

＊

ニコラス・ブルコウスキーは、赤軍制服を着て忠実なる党員たちの群集が待つコロンビアのボゴタの大広場で演説をしようとしていた。ここで最近のオルグ活動はきわめて順調だった。もしコロンビアを反ファシスト勢力のほうに傾けられたら、キューバ喪失という惨事も多少は埋め合わせがつく。

でも最近、ローマカトリック教会の枢機卿が登場していた――地元の人間ではなくアメリカ人で、ヴァチカンが共産党の活動に介入すべく送り込んだ人物だ。なんで連中は口をはさもうとするんだ、とブルコウスキーは自問した。ブルコウスキー。かれはその名前をすでに捨てていた。いまやゴメス将軍というのが通り名だ。

コロンビア人顧問たちにかれは言った。「ハームス枢機卿の心理プロファイルをよこせ」

「ははっ、同志将軍」レイス嬢がアメリカ人トラブルメーカーについてのファイルを手渡した。

そのファイルを検分してブルコウスキーは言った。「なんとも度しがたい野郎だな。神学談義屋か。ヴァチカンも人選を誤ったな」。このハームス、好き放題にしてくれるわ、とブルコウスキーは満足げにつぶやいた。

レイス嬢が言った。「閣下、ハームス枢機卿はカリスマがあるとのことです、どこへ行っても大群衆を引きつけるそうです」

「このコロンビアにツラを出しやがったら、集めるのは頭への水道管一撃だよ」とブルコウスキー。

＊

午後のテレビトークショーの立派なゲストであるローマカトリック枢機卿フルトン・スタトラー・ハームスは、いつもながら長々としゃべり続けていた。司会はどこかでそれを断ち切って、必須のコマーシャル情報投下を実施しようと狙っていたので、落ち着かなそうだった。

「きゃつらの政策は、無秩序をもたらし、連中はそれを利用しようとしておるのです。社会不穏は無神論共産主義の要石ですからな。一例を挙げましょうか」

「続きはまたのちほど」と司会が言うと同時に、カメラはその無味乾燥な表情にパンした。「でもまずはこちらのメッセージをご覧ください」。そしてヤードガードのスプレーに画面がカットした。

司会者に対して――しばらくはカメラに写らないので――フルトン・ハームスは言った。「不動産市場の具合はどうだね、ここデトロイトでは？　多少の資金があるので投資したいんだが、調べたところだと、オフィスビルは何よりもしっかりした投資だとか」

「そういう話でしたら相談すべきは――」司会者は番組のプロデューサーから合図を受けた。即座にかれは、いつもの利口そうな顔つきを造り上げて、その気安いながらもプロ的な声色で口を開いた。「本日のゲストはフルトン・ハーマー枢機卿――」

「ハームス」とハームス。

「ハームス枢機卿で、デトロイト教区の――」

「大教区だ」とハームスはムッとして言った。

「――大教区からいらっしゃいました。枢機卿閣下、ほとんどのカトリック国は、特に第三世界だと、まともな中産階級がないというのは事実ではありませんか？　すごく豊かな少数のエリート層と、貧困まみれで無学でまったく改善の見込みがないような、貧困にあえぐ人々がいるところばかりでしょう。教会とこの嘆かわしい状態との間に、何か相関はあるのでしょうか？」

「それは――」ハームスは途方に暮れた。

「こういう言い方をしましょうか」と司会者は続けた。完全にリラックスして、完全に場を支配している。「教会は、何世紀も何世紀にもわたり、経済社会進歩を停滞させてきたのではありませんか？　教会というのは実は、ごく少数だけに利益を与え、他の多くの人々を収奪するのに貢献してきた反動制度で、人々のだまされやすさを利用してきたのではありませんか？　これは正当な評価だとはお考えになりますか、閣下？」

ハームスは弱々しく言った。「教会は、人類の霊的な福祉を考えておるのですぞ。人の魂を司っておるのです」

「でも身体の面倒は見ないんですね」

ハームスは言った。「共産主義は人の心も魂も隷属させる。教会は——」

「すみません、フルトン・ハームス枢機卿」と司会者が割り込んだ。「本日のお時間はここまでです。本日のゲストは——」

「人々を原罪から解放する」とハームス。

司会者はハームスをちらりと見た。

「人は罪の中に生まれる」とハームスは言ったが、まるで考えをまとめられなかった。

「ありがとうございました、フルトン・スタトラー・ハームス枢機卿」と司会者。「ではお知らせです」

またもコマーシャルか。ハームスは内心でうめいた。そして局がすわらせてくれた豪華な椅子から立ち上がりつつ思い巡らした。なぜだろう、どういうわけか、もっと羽振りのよかった時代があったような気がするのだが。

それをはっきりと思い出せないのだが、でもその感覚は確実にあった。そしていまや、私はあのろくでもないコロンビアとかいう小国に出かけねばならんのか、と思い出す。二度目か。すでに一度出かけたが、なるべく手短にすませてきた。それがこの午後にまた行かねばならん。連中は、私を操り人形のように糸につないで、気軽にあちこち小突き回してくれる。コロンビアに行け、デトロイトに戻ってこい、ボルチモアに行って、それからまたコロンビア。枢機卿だというのに、こんな目にあわされるとは。引退するほうがましだ。

これは可能な世界の中で最高のものではないな、とエレベータに向かいつつ枢機卿は思った。昼間のトークショーのテレビ司会者までが私を邪険にする。

Libera me Domineとかれは内心で祈ったが、無駄な訴えだった。神よ、私を救いたまえ。なぜ神様は私の願いを聞いてはくださらんのか、とハームスはエレベータを待って立ちながら思った。神様などおらんのかもしれん。共産主義者どもが正しいのかもしれん。神様がいたにしても、この私のためにはどのみち何もしてくださらんのだ。

デトロイトを離れる前に、投資ブローカーにオフィスビルについて確認してみよう、と思った。時間があればだが。

＊

ライビス・ロミー＝アッシャーは、大儀そうにとぼとぼとアパートのリビングに入ってきて「帰ったわよ」と言った。玄関を閉めてコートを脱ぐ。「お医者さんに、潰瘍があるって言われたわ。幽門の潰瘍っていうんですって。だからフェノバーブとマーロックスを飲まなきゃいけないそうよ」

「まだ痛むの？」とハーブ・アッシャー。かれはテープのコレクションを漁って、マーラーの交響曲第二番を探していた。

「ミルクを持ってきてくれない？」とライビスは長椅子に身体を投げ出した。「もうくたくた」。顔はふくれて暗く、むくんでいるように見えた。「それと大音量の音楽は勘弁して。いまは騒音はまるで耐えられないから。なんで店にいないの？」

「休みの日なんだよ」。マーラー交響曲第二番のテープが見つかった。「イヤスピーカーでかけるから。君のじゃまにはならない」

ライビスは言った。「潰瘍の話がしたいんだけど。潰瘍についておもしろいことがわかったのよ——図書館に寄ってきたから。ほら」と彼女はフォルダーを差し出した。「最近の記事を印字してきたの。ある理論によると——」

「オレはマーラー第二を聴くんだ」とハーブ。

「あらそう」と言うライビスの声は辛辣で皮肉めいていた。「好きになさいよ」

「君の潰瘍なんて、オレにはどうしようもない」

「話くらいは聞いてくれたっていいじゃない」

ハーブ・アッシャーは言った。「ミルクは持ってくるから」。そして台所に入って思った。どうしてこうなるんだ？

第二を聴ければ気分はよくなるのに。籐の切れ端を束ねた楽器用に作曲された唯一の交響曲だ。ルーテ、小さなほうきみたいなものだ。それを使ってバスドラムを叩く。マーラーがモーリーのワウペダルを見たことがないのは残念だった。そうでなければ、長めの作品で使ったことだろう。

リビングに戻って妻にミルク入りのコップを渡した。

「何してたのよ。片づけも掃除もしてなかったようだけど」

「ニューヨークとフォーンしてた」

「リンダ・フォックスね」とライビス。

「そう。彼女用のオーディオコンポを注文してた」

「彼女に会いにいつ戻るの？」

「設置の監督をする。設置が終わったらシステムのチェックもするんだ」

「彼女が本当に好きなのね」

「いい商売だからね」

「そうじゃなくて、個人的によ。あなた、あの人が好きなのよ」。ライビスは間をおいてから言った。「ねえハーブ、もうあなたとは離婚するわ」

「本気かよ？」

「ええ本気」

「リンダ・フォックスのせい？」

「この場所が豚小屋みたいなのにはもううんざりだからよ。あんたやそのご友人がたの皿洗いもうんざりよ。特にエリアスにはうんざり。いつも予告なしに顔を出す。くる前にフォーンもしない。ここに住んでるみたいな振る舞いだわ。うちの食費の半分は、エリアスやその必需品に消えるのよ。乞食かなんかみたい。見た目も乞食よ。それとあの、イカレた宗教じみたたわごと、『世界は終わりを迎える』とかなんとか……もう耐えられないわ」。そこで彼女は静かになり、そして苦痛に顔を歪ませた。

「潰瘍か?」

「潰瘍よ、ええ。あたしが心配するようになった潰瘍で――」

「オレ、もう店に行くよ」とハーブは玄関に向かった。「さよなら」

「さよなら、ハーブ・アッシャー。あたしをここにほったらかして行くといいわ。うろうろしてきれいな女性客としゃべって、あんたがひっくりかえるような五十万ドルもの高性能最新オーディオコンポを聴いてりゃいいのよ」

ハーブは背後でドアを閉め、一瞬後に飛行車で空に舞い上がった。

*

その日遅く、新製品をチェックして店内をうろつくお客がいなくなると、ハーブは視聴室でビジネスパートナーと腰を据えた。「エリアス、ライビスとオレとはもうおしまいみたいだぜ」

エリアスは言った。「お前、かわりにどうする気だよ? お前はライビスとの暮らしに慣れ親しんでる。彼女の面倒を見るのがお前の基本的な一部じゃないか。彼女の望みをかなえるのが」

「心理的に彼女は重病なんだ」とハーブ。

「そんなの結婚するときからわかってたことだろう」

「何かに専念できないんだ。とっちらかってる。専門用語がそれだ。検査の結果もそうだ。だからあんなにだらしないんだ。考えられず行動もできず集中もできない」。無駄な努力の精霊だ、とかれは内心で思った。

エリアスは言った。「お前、息子が必要だよ。マニーとかいう、あの女性の弟にたっぷり愛情を注いでいたのを見たぜ。なんならあんた——」そこでかれは口を止めた。「おれが口をはさむことじゃないか」

「どうせ他のだれかと関係を持つなら、その相手がだれになるかは知ってる。でも彼女はオレなんか鼻も引っ掛けないだろう」

「あの歌手?」

「うん」

「やってみろよ」とエリアス。

「手の届く相手じゃない」

「何に手が届くかなんてだれにわかるもんか。手が届くかどうかは神様が決めることだ」

「宇宙中で有名になる人物だぜ」

エリアスは言った。「でもまだそうなってない。リーチをかけるなら、今やるしかない」

「ザ・フォックスか。オレは彼女のことをそう思ってるんだ」。すると頭の中に一節が飛び込んできた。

あなたはザ・フォックスといっしょよ
そしてザ・フォックスもあ・な・た・と！

リンダ・フォックスが歌っているのではなく、リンダ・フォックスが語りかけている。そんな発想がどこからきたのか、彼女がそんなことを言うなんてなぜ思いついたんだろう、と不思議に思った。またもや漠然とした記憶で、それを構成するのは——何だかわからなかった。もっと力強いリンダ・フォックス、もっとプロでダイナミックだ。それなのにもっと離れている。何百万キロも離れているかのようだ。星《スター》からの信号。その両方の意味で。遠くの星からきた。音楽と鈴の音。

「もしかすると、入植世界に移住しようかな」とハーブ。

「ライビスは病気すぎてそんなの無理だ」

「オレ一人で行く」とハーブ。

エリアスは言った。「リンダ・フォックスとデートするほうが身のためだ。モノにできるんならな。また彼女とは会うんだろう。まだ諦めるな。やってみろって。人生の基本はやってみることだ」

「わかったよ。やってみる」とハーブ・アッシャーは言った。

第17章

手に手を取って、エマニュエルはジーナと、スタンレー公園の暗い森の中を歩いた。

「君はぼく自身だ。君はシェキナ、この世界を決して離れなかった内在的存在」。そして思った。君は神の女性面なんだ。ユダヤ人、そしてユダヤ人だけに知られていたものだ。原初の墜落が起こったとき、神の頭は世界から分離した超越的な部分へと分裂した。それがエン・ソフだ。でも残った部分、女性の内在的な部分は、墜落世界と共に残り、イスラエルと共に残ったんだ。

この神の頭の二つの部分は、何千年もお互いに切り離されていたんだ。でもいまやぼくたちは再びいっしょになった。神の頭の男性半分と女性半分だ。ぼくが留守の間、シェキナが人間の生活に介入してそれを支援していた。あっち、こっちと散発的に、シェキナは残っていた。だから神は本当に人類を離れたことは一度もないんだ。

「あたしたちはお互いなのよ。そしてお互いをまた見つけ出し、再び一つになったわ。分離は癒された」とジーナ。

「君のあらゆるヴェール越しに、君のあらゆる形相の下に、存在していたのはこれか……ぼく自身。そしてぼくは、君が思い出させてくれるまで、君を認識できずにいたんだ」

「あたしはどうやってそれを実現したんだっけ？」とジーナは言い、それからこう述べた。「でも知ってるわ。ゲームへの愛よ。それはあなたの好きなことでもあり、あなたの秘密の楽しみなんだわ。子どものように遊ぶことが。真面目にならないことが。あたしはそれに訴えかけたのよ。あなたの目を覚まして、あなたは思い出したんだわ。あたしを認識したのよ」

「ぼくにとって、思い出すとは実に難しい過程だった。君に礼を言わねば」。彼女はこの間ずっと、かれが去っていた間もこの墜落した世界へと己を卑しめていた。ヒロイズムを発揮していたのは彼女のほうなのだ。人の不名誉な条件すべてにもかかわらず、人間たちと共にとどまったのだ……共に監獄にまで下ったのだ、とエマニュエルは思った。人の美しき伴侶。いまぼくの傍らにいるように、人の傍らにあったのだ。

「でもあなたは戻ってきた。再帰したのよ」とジーナ。

「その通りだ。君の元に戻った。ぼくは君が存在するのを忘れていた。世界を思い出しただけだった」。君は優しい側面なんだ。同情的な側面。そしてぼくという恐ろしい側面は、恐怖と震撼をもたらす。合わせてぼくたちは一体となる。分離すると、ぼくたちは全体ではない。ぼくたちは、個別では不十分なんだ。

「ヒントよ。あたしはヒントを与え続けたわ。でもあたしを認識するのはあなた次第だったのよ」

エマニュエルは言った。「ぼくはしばらく自分がだれかもわかっていなかったし、君がだれかもわからなかった。二つの謎に直面していたのだけれど、そのどちらも答えは同じだったんだ」

ジーナは言った。「オオカミを見に行きましょう。本当に美しい動物よ。そして小さな汽車にも乗れる。動物たちみんなを訪ねましょう」

「そして解放してやるんだ」とエマニュエル。

「ええ、そして動物たちを、みんなを、解放するのよ」

「エジプトはずっと存在する？　奴隷制はずっと存在する？」

「ええ、そしてあたしたちも」とジーナ。

スタンレー公園の動物園に近づくと、エマニュエルは言った。「動物たちは自由になって驚くだろう。最初はどうしていいかわからないはずだ」

「じゃあ教えてあげるのよ。これまでいつもしてきたように。みんな知っていることはあたしたちが教えたのだから。あたしたちがみんなのガイドなのよ」とジーナ。

「それで結構」とエマニュエルは、最初の金属の檻に手を入れた。その中では小さな動物が、おずおずとこちらを伺っている。エマニュエルは言った。「檻から出ておいで」

動物は震えながらやってきて、エマニュエルはそれを腕に抱いた。

＊

オーディオ店から、ハーブ・アッシャーはシャーマンオークスの自邸にいるリンダにフォーンした。しばらくかかった――ロボット秘書二台に一時的に捕まってしまったのだ――でもやっと本人につながった。

「こんにちは」と彼女が回線に出たときに言った。

「サウンドシステムのほうはどんな具合？」彼女は激しく瞬いて、指を目に当てた。「コンタクトレンズがずれたわ。ちょっと待って」。その顔が画面から消えた。「ごめんなさい。晩ご飯が借りになってたわよね？　あなた、カリフォルニアまで飛んでくる？　いまもゴールデンハインドに出てるのよ。あと一週間。お客さんもかなりいい感じで。いろいろ新しい曲もたくさん試してるの。あなたの意見も聞きたくて」

「いいよ」とかれは、大喜びで言った。

「じゃあまた会えるのね？　こっちで？」とリンダ。

「もちろん。時間はきみの都合次第で」

「明日の晩はどう？　夕食をごいっしょするなら、あたしが仕事に出かける前でないと」

「大丈夫。カリフォルニア時間の午後六時あたりでどう？」

彼女はうなずいた。「ハーブ、もしよければあたしの家に泊まってもいいのよ。家は大きいから部屋はたくさんあるし」

「そりゃ是非」

「すごくいいカリフォルニアワインを出すわ。モンダヴィの赤。あなたにもカリフォルニアのワインを気に入ってほしくて。ニューヨークでいっしょに飲んだフランスのブルゴーニュもすごくよかったけど、でも――こっちにもすばらしいワインがあるのよ」

「どこか夕食場所のあてはあるの？」

「サチコズ。日本料理」とリンダ。

「それで決まりだ」とハーブ。

「サウンドシステムのほうは順調なの？」

「問題なし」

「あまり根を詰めないでね。あなたが根を詰めすぎているような気がするのよ。リラックスして人生を楽しんでほしいの。楽しむべきものがいろいろあるのよ。いいワインとか、お友だちとか」

ハーブは言った。「ラフロイグのスコッチ」

リンダ・フォックスは驚愕して叫んだ。「え、あなたホントにラフロイグのスコッチなんて知ってるの？　世界でラフロイグを飲むのなんて、あたしだけかと思ってた！」

「二百五十年以上にわたり、伝統的な銅の蒸留器で作られている。蒸留二回と熟練した蒸留技師の技能が必要なんだ」とハーブ・アッシャー。

「そうね、パッケージにそう書いてあるわね」とリンダは笑い出した。「いまのはパッケージの受け売りでしょう、ハーブ」

「ばれたか」とハーブ。

「あたしのマンハッタンのアパートは素晴らしいものになるわよね？」と彼女は熱意にあふれて言った。「あなたが設置してくれるあのサウンドシステムで、すごい場所になるわ。ハーブ――」と彼女は問い詰める。「あなた本当にあたしの音楽がいいと思ってるの？」

「うん、オレにはわかる。オレの言うことは本当なんだ」

「優しいのね。あたしよりはるかに先を見てるわ。まるであたしの幸運の使いみたい。ねえハーブ、これまでだれもあたしを信じてくれなかったのよ。学校ではずっと成績悪かったし……家族はあたしが歌手として成功すると思わなかったし。それに肌の問題もあって。ホントにひどいの。もちろんまだ成功はしてないわ――駆け出しですもの。それなのにあなたにとって、あたしは――」と身振りをする。

「大事な人だ」とハーブ。

「そしてそれがあたしにはすごくありがたいの。本当に信じてくれる人が必要なの。ハーブ、あたし本当に自信がないのよ。自分が絶対に失敗すると思い込んでるの。ていうか、前はそう思い込んでたわ」と彼女は自分を訂正した。「でもあなたは――ええ、あなたの目を通して自分を見ると、見えるのは苦闘する新人アーティストじゃないわ。見えるのは何か……」リンダは先を続けようとした。そのまつげが瞬き、ハーブに向かって伺うように、その先をかわりに言ってほしいというように微笑した。

「きみのことは知ってるんだ。他のだれも知らないような形で」。そして実際、その通りだった。というのもハーブは彼女を記憶していて、他のだれも記憶していないから。世界は集合的に忘れてしまったんだ。眠りに落ちた。また思い出させないと。そしてそうなる。

「西海岸に出てらっしゃいよ、ハーブ。お願い。二人で楽しいことしましょう。カリフォルニアは詳しいの？　あまり知らないんでしょう？」

「知らない。きみをゴールデンハインドで見るためにわざわざ出かけたんだ。そして昔からカリフォルニアで暮らすのは夢だった。でも実現してない」

「あたしが案内したげる。素晴らしいわよ。そしてあなたはあたしが落ち込んだときに元気づけて、怯えたときには自信を回復させてくれるの。いいわね？」

「いいよ」と言ったハーブは、彼女に対して大きな愛情を感じた。

「こっちに出てきたら、あたしが音楽で何を正しくやっていて、どこがまちがってるかを教えてよ。でも何よりも、あたしが成功するって言ってほしいの。あたしが失敗したりしない、自分で思ってるみたいにダメにならないと言ってほしいの。ダウランドがいい考えだって言って。ダウランドのリュート音楽はすごく美しくて、今まで書かれた最も美しい音楽だわ。じゃああなた本当に信じてるの、あたしの音楽が、あたしが歌ってるようなものので、あたしが頂点まで行けるって？」

「絶対に」とハーブ。

「どうしてそんなことがわかるの？　まるで何か恩寵を受けたみたいよ。その恩寵を今度はあたしにくれているような」

「神様からのものなんだ。オレがきみに与えるプレゼントだ。きみに対するオレの確信。オレの言うことを受け入れてくれ。本当だから」

重々しくリンダは言った。「あたしたちのまわりに魔法が感じられるわ。魔法の呪文よ。馬鹿げて聞こえるのはわかってるけど、でもそうなの。すべてに美しさを与えるような呪文」

「美しさね。オレがきみに見ているような美しさだ」

「あたしの音楽に？」

「どっちの点でもきみに」

「口から出任せじゃないのね？」

「ちがう。神様自身の名に誓って。オレたちを創造した父の名に賭けて」

「神様からのもの」とリンダは繰り返した。「ハーブ、なんだか怖いわ。あなたが怖いわ。

あなたって、何かあるわね」

ハーブ・アッシャーは言った。「きみの音楽がきみをとことんまで導くよ」。かれが知っているのは、覚えているからだ。知っているのは、かれにとっては、それがすでに起きたことだからだ。

「本当？」とリンダ。

「うん。星の彼方まで導いてくれるよ」

第18章

小動物は檻から解放されて、エマニュエルの腕にそっともぐりこんだ。かれとジーナがそれを抱きしめると、動物は感謝した。二人ともその動物の感謝の念を感じた。

「小さなヤギだわ」とジーナがその蹄《ひづめ》を検分しつつ言った。「子ヤギね」

子ヤギは二人に言った。「なんとも親切なことで。私は檻から解放されるのを長いこと待っていたのですよ。あなたが私を閉じ込めた檻からね、ジーナ・パラス」

「あたしを知ってるの？」とジーナは驚いて言った。

「ええ知ってますとも」と言いつつ子ヤギは身体を彼女にこすりつけた。「あなたたち二人とも知ってますよ、もっともお二人は本当は一体ですがね。お二人は、分離した自己を再融合させたんですね。でも戦いは終わっていない。いや、戦いは今こそ始まる」

エマニュエルは言った。「この生き物は知ってるぞ」

子ヤギはジーナの腕の中で言った。「私はベリアル。あなたが閉じ込めた者。そしていまあなたが解き放った者」

エマニュエルは言った。「ベリアル。ぼくの敵か」

「私の世界へようこそ」とベリアル。

「あたしの世界よ」とジーナ。

「今はもうちがう」というヤギの声は、力強さと権威を増していった。「囚人たちを解放しようと急ぐあまり、お前たちは最大の囚人を解放してしまった。私はお前に対して挑むぞ、光の神よ。お前を光のない洞窟に引きずり込んでやる。今やお前の放射はまったく輝かない。光は消えた、あるいは間もなく消える。これまでのお前の勝負は、自分で自分に対して挑むという勝負のまねごとでしかない。どっちの側も自分の一部であるなら、光の神が負けるはずもあるまい。今こそお前は真の敵に直面するのだ。混沌から秩序を引き出す者よ、いまやお前はその秩序から私を引き出した。私はお前の持つ力を試してやる。すでにお前はまちがいを犯した。私がだれだか知らずに解放してしまっただろう。私が自らお前に教えてやらなくてはならなかった。お前の知識は完全ではない。お前も驚くことがある。私はお前を驚かせたではないか？」

ジーナとエマニュエルは無言だった。

ベリアルは言った。「お前たちは私を無力にした。檻に入れて、そして私が可哀想になった。お前は感傷的だ、光の神よ。それがお前の失墜をもたらす。私はお前の弱さを糾弾する。強くなれないところを糾弾する。私は糾弾する者であり、そして私は自分自身の創造者を糾弾する。支配するには強くなければ。支配するのは強き者。それが弱き者を支配するのだ。ところがお前は弱い者を保護した。お前はこの私、お前の敵を守ろうと申し出たのだ。それが賢明だったか見るがいい」

ジーナは言った。「強き者は弱き者を守るべきなのよ。トーラがそう言っているわ。それはトーラの基本的な発想なのよ。それが神の律法の基礎なのよ。神が人を保護するように、人は弱き者を保護すべきなんだわ。動物たちやもっと高貴な樹木に到るまで」

ベリアルは言った。「それは生命の本性に逆らうものだ。お前がその生命に植え付けた性質に反している。生命というのはそういうふうに発展するのだ。私は自分自身の生物学的基盤、この世界の秩序を侵犯したことでお前を糾弾する。そう、がんばってあらゆる囚人を解放するがいい。殺し屋の大群をこの世に解き放つがいい。その皮切りが私だったわけだ。再度お礼を申し述べよう。だがこれでお別れだ。私にもお前と同じくやることがいろいろある——お前たち以上かもしれない。下ろしてくれ」とヤギは二人の腕から跳ね下りて駆け去った。ジーナとエマニュエルは、それが走り去るのを見守った。走りながら、ヤギは大きくなっていった。

「あれはあたしたちの世界を解体するわ」とジーナ。

エマニュエルは言った。「こちらから先に殺してやる」そして手を挙げた。ヤギは消えた。

「いなくなったわけじゃない。世界の中に身を隠したのよ。カモフラージュしたんだわ。いまやもう見つけることさえできない。あれが死なないのは知ってるでしょう。あたしたちと同じく、あれは永遠なのよ」とジーナ。

他の檻の中で、残った囚われの動物たちは、解放してくれと詰め寄った。ジーナとエマニュエルは、それを無視した。そしてあちらこちらと、自分が逃がしてしまったヤギを探し回った――出したが最後、それは好き勝手に振る舞うことになるのだ。

「あいつの存在が感じられる」とジーナ。

「ぼくもだ」とエマニュエルが重々しく言った。「ぼくたちの仕事はすでに解体されてしまった」

「でも戦いは終わってはいないわ。あいつが自分で言ったように、『戦いは今こそ始まる』」

エマニュエルは言った。「では仕方ない。共に戦おう、ぼくたち二人で。初めに、墜落の前にそうしたように」

身を傾けて、ジーナはエマニュエルにキスした。

彼女の恐れが感じられた。彼女の強い恐怖が。そしてその恐怖はエマニュエルの中にもあった。

みんなはこれからどうなるだろう、とエマニュエルは自問した。解放しようと思っていた人々は。ベリアルはかれらにどんな監獄を編み出すことやら。ベリアルが監獄を編み出す能力は果てしないのだから。ちょっとしたものから巨大なものまで、監獄の中の監獄。身体の監獄、そして圧倒的にひどいのが、心のための監獄だ。

園の下の宝の洞窟。暗くて小さく、空気も光もなく、本物の時間も本物の空間もない——壁は縮み、そこにしっかりつかまると、心も縮む。そしてぼくたちは、ジーナとぼくは、それを容認した。ぼくたちはあのヤギもどきと共謀してこれを生み出してしまった。

それを解放することがかれらにとっては制約となるんだ、とエマニュエルは気がついた。パラドックスだ。ぼくたちは地下牢の製作者に自由を与えたんだ。自由にしようと欲したために、生きるものすべての魂を押し潰したんだ。

これは世界中の一人残らずに影響する。最高位のものから最低のものまで。あのヤギもどきを箱に戻せるまで。それをその容器の中に収められるまで。

そしていまやそれは到るところにいる。収監されていない。空気の原子の中にそれはいまや宿っている。霞のように吸い込まれている。そしてそれぞれの生物は、それを吸い込むことで死ぬ。完全に、肉体的に死ぬわけではないが、それでも死はやってくる。ぼくたちは死を解き放った。精神の死だ。いま生きて、生きたいと願うものすべてにとって。これがぼくたちの与えた贈り物なのだ。それも親切心で与えた贈り物。

「動機は何の足しにもならないわ」とジーナはその考えを感じ取って言った。

エマニュエルは言った。「地獄への道だ」。この場合は文字通りだ。ぼくたちが開いた唯一のドアがそれだ。墓石へのドア。

最も可哀想なのは小さな生き物たちだ。最も害の少ない者たち。かれらは何にも増してこんな目にあういわれはない。あのヤギもどきはそれを選り分けて、最大の苦しみを与えるだろう。その無垢の度合いに応じて苦しめることだろう……あれはそういう手法を使って大いなる均衡を正しいものから傾け、計画はそれで台無しになる。弱き者を糾弾して無援の者たちを破壊する。あれはその力を、最も自衛力のない者たちに対して使う。そして何よりも、それは小さな希望を食い荒らし、小さき者のちょっとした夢を打ち砕くのだ。

ここでこそぼくたちは介入せねばならない、とエマニュエルは考えた。小さき者を守るんだ。これがぼくたちの最初の仕事であり、最初の防衛線となるんだ。

＊

ワシントンDCの住まいから離陸したハーブ・アッシャーは、嬉々としてカリフォルニアのリンダ・フォックスへの飛行を開始した。こいつはオレの人生で最も幸せな時期になるぞ、とハーブは思った。スーツケース群は後部シートにのせていたが、そこには必要となりそうなものがすべて詰め込まれていた。当分の間、ワシントンDCやライビスのところに戻るつもりはなかった——二度と戻らないかも。新しい人生だ、と鮮明にマーキングされた大陸横断車線に沿って車を導きながら思った。夢みたいだ。実現した夢だ。

そこで突然、生ぬるい弦楽曲が車中に流れているのに気がついた。ショックを受けて、ハーブは考えるのを止めて聞き耳をたてた。『南太平洋』だ。「あの人を洗い流そう」の歌だ。八百九の弦楽器、それも重奏ですらない。カーステレオがつけっぱなしなのか？　そのインジケータランプとダイヤルに目をやった。切れてる。

オレ、冷凍生命停止状態なんだ！　とハーブは思った。隣の巨大なFM送信機の仕業だ。五万ワットのオーディオ垂れ流しが、冷凍ラボ社のみんなを悩ませてるんだ。こんちくしょうめ！

車の速度を落とした。衝撃を受けて怯えていた。理解できない、とパニックの中で思った。生命停止からは解放されたのを覚えてるぞ。十年も冷凍のままで、それからオレのための臓器を見つけて復活させたんだ。そうじゃなかったっけ？　それともあれは、オレの死んだ心が作った冷凍ファンタジーだったのか？　するとこれもまた……ああ神様。夢みたいに思えたのも当たり前だ。本当に夢なんだから。

ザ・フォックスは夢なんだ。オレの夢。生命停止で横たわっている中でオレが発明したんだ。いまも彼女を発明している。そしてそれを知る唯一のヒントは、あらゆるところに染みこんでくる、この退屈な音楽だ。音楽がなければ、オレは決して気がつかなかっただろう。

悪魔じみてる。人間に対してこんないたずらをするなんて。人間の希望を弄ぶなんて。人間の期待を弄ぶなんて。

ダッシュボードの赤色灯が点灯し、同時にビーッビーッビーッという音がした。これまでのすべてに加え、さらにパトカーの標的にされたのだ。

パトカーは横にやってくるとこちらに横付けした。双方のドアがすべり開き、警官がこちらに対面した。「免許証を渡してください」と警官。その顔はプラスチックのマスクの背後で見えない。何だか第一次世界大戦の要塞みたいで、ヴェルダンで造られたものみたいだった。

「はいこれです」とハーブ・アッシャーは、二台の車がいまや一体となって連結したままゆっくり前進する中で、免許証を警官に渡した。

「アッシャーさん、何か逮捕状が出ていたりはしませんか?」と警官は情報をコンソールに入力しつつ言った。

「いいえ」とハーブ・アッシャー。

「それはちがうな」光る文字が何行も警官のディスプレイに現れた。「こちらの記録によると、あなたは地球に非合法にきている。知ってましたか?」

「そんなはずはない」

「これは古い逮捕状だな。かなり前からみんなあなたを探していた。連行します」

ハーブ・アッシャーは言った。「無理だね。オレは冷凍生命停止状態にあるんだから。見てろ、オレの手はあんたの身体を通り抜けるから」そして手を伸ばして警官に触れた。手は、堅い装甲をまとった肉体に突き当たった。「変だな」とハーブ・アッシャー。もっと強く押してみた。そして即座に、警官がこちらに銃をつきつけているのに気がついた。

「その冷凍生命停止とやらについて、賭けてみるか?」と警官。

「いいえ」とハーブ・アッシャー。

「これ以上ふざけた真似をしたら殺すからな。あんたは指名手配中の犯罪者だ。こっちはいつでも射殺できるんだぞ。おれから手を放せ。手をどけるんだ」

ハーブ・アッシャーは手を引っ込めた。それでもまだ『南太平洋』が聞こえた。生ぬるい音が相変わらず、四方八方から染みだしてくる。

「手がおれに貫通するようなら、あんたの車のフロアからだって落っこちるはずだろう。理屈をきちんと考え抜け。おれが本物かどうかという問題じゃないだろう。あらゆるものが本物かどうかというのが問題なんだ。つまり、あんたにとってはということだが。あんたの問題なんだ。というか、あんたはそれが自分の問題だと思ってるのか。冷凍生命停止状態になったことがあるのか?」と警官。

「あります」

「フラッシュバックを体験してるんだな。ありがちなことだ。プレッシャーを受けると脳が抑圧を解除するんだ。冷凍生命停止は、子宮のような安心感をもたらすので、脳はそれを録画して後に再生する。これが起きたのは初めてなのか、こういうフラッシュバックは？　冷凍生命停止を経験した人で、どんな証拠を出しても、だれが何と言おうとどんなことが起ころうとも、自分たちがそこから出たことを決して納得しない人にも出くわしたよ」

「いま話している相手もまさにそういう人物なんです」とハーブ・アッシャー。

「なぜ自分が冷凍生命停止状態にあると思うんだ？」

「生ぬるい音楽」

「おれには——」

「もちろん聞こえないでしょう。それがオレの言いたいポイントなんです」

「あんたの幻聴だろう」

ハーブ・アッシャーはうなずいた。「そう、それがオレの言いたいポイントなんだ」。そして警官の銃を取ろうと手を伸ばした。「さあ撃て。オレは平気だ。光線はオレをあっさり貫通するはずだ」

「あんた、牢屋よりは精神病院に入るべきだと思うな」

「そうかも」

警官は言った。「行き先は？」

「カリフォルニアへ。ザ・フォックスを訪ねに」

「おとぎ話の『狐《フォックス》と猫』に出てくるフォックス？」

「存命中の最高のシンガーなんです」

「そんな男、聴いたことないね」

「男じゃない、女です。この世界ではまだあまり知られてない。この世界ではまだキャリアの駆け出しなんだよ。オレが宇宙すべてに彼女を有名にする手伝いをするんだ。そう約束したんです」

「その別の世界はこっちと比べてどうなんだ？」

ハーブ・アッシャーは言った。「現実の世界だ。神様がオレに、それを思い出させたんだ。オレはそれを覚えている少数の一人だ。神様は竹林の中でオレの前に現れて、赤い炎の文字がオレに真実を伝えて記憶を回復させたんだ」

「あんた、えらく病気なんだな。自分が冷凍生命停止状態だと思っていて、別の宇宙を覚えている。おれがあんたの車に連結してなかったら、どうなっていたことやら」

「いい思いをしてたはずだよ。西海岸でね。いまよりもはるかに素敵な時を過ごしていたはずだ」とハーブ・アッシャー。

「神様は他に何て言ってた？」

「いろいろと」

「神様はしょっちゅうあんたに話をするのか？」

「滅多にないがね。オレは神様の法的な父親なんだ」

警官はハーブを見つめた。「なんだって？」

「オレは神様の法的な父親なんだ。実の父親じゃないよ。ただの法的な父親。オレの妻が神様の母親なんだ」

警官はハーブを見つめ続けた。レーザー銃が揺らいだ。

「神様は、オレにその母親と結婚するように仕向けたんだ。そうすれば──」

「両手を出せ」

ハーブ・アッシャーは両手を出した。即座に手首のまわりに手錠がかかった。

警官は言った。「続けて。でも、言うことはすべて法廷で不利な証拠として使われる可能性があることは言っておくからな」

「計画は、神様を地球に密輸することだったんだ。オレの妻の子宮に入れて。それが成功した。だからオレに逮捕状が出てるんだよ。オレがやった犯罪は神様を、邪悪な者が支配する地球に密輸して連れ戻すことだったんだ。邪悪な者は秘密のうちに、ここでのあらゆる人、あらゆるものを支配しているんだ。たとえば、あんたも邪悪な者のために働いている」

「おれは──」

「でも自分では気がついてない。あんたはベリアルなんて聞いたことがないだろう」

「確かに」と警官。

「それでオレの論点は証明された」とハーブ・アッシャー。

「おれが連結してからあんたが言ったことはすべて録音されている。分析されることになる。するとあんたは神様の父親かい」

「法的な父親だ」

「だからあんたは指名手配されてるのか。法令上の違反事由が専門的には何になるのか知りたいもんだ。そんな罪状は見たことがない。神様の父親詐称か」

「法的な父親だ」

「実の父親はだれなんだ？」

「神様自身だよ。神様自身が自分の母親を懐胎させたんだ」とハーブ・アッシャー。

「なんとも忌まわしい話だな」

「だって本当なんだもん。神様は自分で母親を懐胎させて、それにより自分をミクロ形態で複製し、この手法を通じて――」

「あんた、そんなことをおれに話していいのか？」

「戦いは終わったんだ。神様は勝った。ベリアルの力は破壊されたんだ」

「だったらなぜあんたはこうして手錠をかけられてるんだ？　なぜおれはあんたにレーザ

ー銃を向けてるんだ？」

「よくわからないんだよ。それを解き明かせずに困ってるんだ。それと『南太平洋』。いくつかちょっとした断片やかけらで、うまくおさまらないものがある。でもそれは思案中だ。ヤアの勝利については絶対に確信してる」

『『ヤア』ね。たぶんそれが神様なんだな」

「そう。その本名。元の名前なんだ。山のてっぺんに住んでいたときの」

警官は言った。「あんたの問題を増やすつもりはないんだがな、あんたはおれがこれまで出会った中で、一番イカレきった人物だよ。このおれは、ずいぶんと変わった連中に出くわしてきたんだがな。冷凍生命停止にしたとき、あんたの脳はぐちゃぐちゃにされたんだろう。たぶん冷凍生命停止にするのが間に合わなかったのかも。おれの見立てだと、あんたの脳は六分の一が機能していて、しかもその六分の一はまともに動いていない。まるで働いてない。おれはこれからあんたを、いままで体験したこともないほどはるかに素敵な場所に連れて行ってあげますよ。そこの連中は、あんたの想像もつかないくらいはるかに素敵なことをしてくれますからね。おれの見立てでは――」

「別のことを教えてあげよう。オレのビジネスパートナーがだれだか知ってる？　預言者エリヤなんだ」とハーブ・アッシャーは言った。

マイクに向かって警官は言った。「こちらカンザス356。ある人物を精神鑑定のために連行する。白人男性、およそ――」そしてハーブ・アッシャーに対して「あんたの免許証は返したっけ？」と言った。警官は銃をホルスターに戻し、横を探ってハーブ・アッシャーの免許証を探し回った。

ハーブ・アッシャーは警官のホルスターから銃を抜き取って警官に向けた。手錠のせいで両手を使わねばならなかったが、それでもできた。

「銃を奪われた」と警官。

無線機のスピーカーがノイズ混じりに言った。「貴様、冷凍野郎に銃をとられたのか？」

「だってこいつ、神様がどうしたとかわめきたててたんですよ。頭がどうか……」警官の声は弱々しく下がった。

「その人物の名前は？」とスピーカーが割れた音で言った。

「アッシャー。ハーブ・アッシャー」

「アッシャーさん、警官の銃を返してください」とスピーカーが割れた音で言った。

ハーブ・アッシャーは言った。「無理だ。オレは冷凍生命停止で凍らされてるんだ。それに五万ワットのFM送信機が隣で『南太平洋』をかけてる。頭が変になりそうだ」

スピーカーが割れた音で言った。「じゃあ放送局に送信機を止めるように言いましょう。そうしたら警官の銃を返してくれますか？」

「オレ、麻痺してるんだ。死んでるんだ」とハーブ・アッシャー。

スピーカーは割れた音で言った。「もし死んでるなら銃なんかいらないでしょう。いやそれどころか、死んでるならどうやって銃を撃つんですか？　あなた自身、凍らされてるって言ったじゃありませんか。冷凍生命停止の人々は動けないです。おもちゃの組み立てセットみたいなもんだ」

「だったら警官に、銃をオレから取り上げるよう言ったらどうだ」とハーブ・アッシャー。

スピーカーが割れた音で言った。「銃を――」

警官は言った。「この銃は本物だ。アッシャーも本物。気が狂ってる。凍りついてなんかいない。おれが死人を逮捕したりするもんか。死人がカリフォルニアに飛んだりするか？　この人物には逮捕状が出てる。指名手配中の犯罪者なんだ」

スピーカーが割れた音で言った。「あなた、なんで指名手配されてるんですか？　あなたに言ってるんですよ、アッシャーさん。零度でカチカチに凍ってる死人に話してるんです」

ハーブ・アッシャーは言った。「零度よりもっと寒い。連中にマーフーの交響曲第二番をかけるように言ってくれ。それももともと書かれた形で演奏しろと言ってくれ。こういう総弦楽音楽はもう我慢ならん、こんなイージーリスニング曲なんて。オレにとってはつらいんだ。一時は何カ月も『屋根の上のバイオリン弾き』を聞かされた。「マッナメーカー、マッチメーカー」が何日も続くんだ。そしてそれが、オレのサイクルできわめて危険な時期だったんだ。オレは――」

スピーカーは割れた音で、理性的に言った。「わかりました。じゃあこうしましょう。FM局にマーラー交響曲第二番をかけさせて、かわりにあなたは警官の銃を返す。その局の――ちょっと待ってください」沈黙があった。

ハーブ・アッシャーの隣にいる警官が言った。「ちょっとここには論理の飛躍がある。そっちはこいつのイデー・フィクセに陥ってる。おれに聞こえるものがわかるか？　おれにはフォリー・ア・ドゥに聞こえる。こいつは止めるべきだ。『南太平洋』を流してるFM送信機なんかない。あればおれにも聞こえるはずだ。マーラー第二を演奏するよう放送局に連絡なんかできない――どこの局だろうと。うまくいくわけがない」

スピーカーが割れた音で言った。「でもそいつはそう思うだろ、この低脳の馬鹿野郎が」

「あ、そうか」と警官は言った。

スピーカーが割れた音で言った。「しばらく時間をくださいね、アッシャーさん。放送局を確認して――」

ハーブ・アッシャーは言った。「いいや。これは罠だ。銃は渡さない」。そして隣の警官に言った。「オレの車を離してくれ」

「そいつの車を離したほうがいい」スピーカーが割れた音で言った。

「そして手錠をはずしてくれ」とハーブ・アッシャー。

「マーラー交響曲第二番は実に気に入るはずだ。合唱部分があるんだ」と警官。

ハーブ・アッシャーは言った。「マーラー第二に何があるか知ってるのか？ どんな楽器のために書かれたか知ってるのか？ どんな楽器が対象か、オレが教えてやろう。フルート四本、それがすべてピッコロと持ち替えで、オーボエ四本、第三と第四オーボエはイングリッシュホルンと持ち替えで、Eフラットのクラリネット一本、クラリネット四本、第三クラリネットはバスクラリネットと持ち替え、第四は第二Eフラットクラリネットと持ち替え、バスーン四本、第三と第四はコントラバスーンと持ち替え、ホルン十本、トランペット十本、トロンボーン四本——」

「トロンボーン四本だって？」と警官。

スピーカーが割れた音で言った。「なんてこった」

ハーブ・アッシャーは続けた。「——チューバ一本。オルガン、ティンパニ二セット、それに追加のドラム一台がオフステージで、バスドラム二台、うち一台はオフステージ、シンバル二対、一対はオフステージ、銅鑼が二台、一つはかなり高いピッチのもの、もう一つは低いピッチ、トライアングル二つ、一つはオフステージ、スネアドラム、できれば一台以上、グロッケンシュピール、鈴、ルーテ——」

『ルーテ』って何だ?」とハーブの隣の警官が尋ねた。

『ルーテ』は文字通りだと『杖』という意味なんだ。バスドラムの演奏に使われるんだ。大量の籐でできていて、巨大な服用ブラシか小さなほうきみたいに見える。ハープ二台、それぞれのパートにはできれば二人以上の奏者がほしい――」ハーブは考え込んだ。「それに普通のオーケストラがもちろん必要で、完全な弦楽セクションがいる。局にはミキシングボードを使って弦楽を抑えさせてほしい。弦楽は聞き飽きた。それとソリスト二人、ソプラノとアルトは、名手を当ててくれ」

「それだけ?」スピーカーが割れた音で言った。

「そちらはこいつの妄想に再び陥ってしまったぞ」とハーブ・アッシャーの隣の警官が言った。

無線が言った。「なあ、その人はかなり正気に聞こえるぞ。本当にお前の銃を持ってるのか? アッシャーさん、なぜあなたはそんなに音楽に詳しいんですか? かなりの権威みたいですが」

ハーブ・アッシャーは言った。「理由は二つある。一つは、オレがCY30-CY30B星系の惑星に住んでいたことだ。オレは高度な電子設備を、ビデオとオーディオの両方について操作していたんだよ。母船からの送信を受信して、それを録音録画して、それを自分の惑星と近場の惑星の他のドームに飛ばすんだ。それにフォーマルハウトからの通信も扱ったし、近場の緊急無線も扱っていたんだ。もう一つの理由は、予言者エリヤとオレとがワシントンＤＣでオーディオコンポ小売店を所有しているからだ」

「加えて、あんたは冷凍生命停止状態にあるという事実もあるな」とハーブ・アッシャーの横の警官は言った。

「その三つすべて。その通りだ」とハーブ・アッシャー。

「それに神様がいろいろ教えてくれる」と警官。

ハーブ・アッシャーは言った。「音楽についてはちがう。音楽については教わるまでもない。でもオレのリンダ・フォックスのテープをすべて消しはしたな。それにリンダ・フォックスの送信信号をいじって――」

ハーブ・アッシャーの隣にすわった警官が説明した。「何でも別の宇宙があるんだと。そこではリンダ・フォックスがとんでもなく有名なんだそうだ。アッシャーさんは彼女といっしょになるためにカリフォルニアに飛んでいく途中なんだ。冷凍生命停止状態で凍っているのになぜそんなことができるか、おれには皆目見当もつかんがね。でもそれがこの人の計画なんだ、というかおれが尋問するまでは計画だったんだ」

「まだ行くつもりなんだ」とハーブ・アッシャーは言ったが、そこで自分がそんな話をしたのはまちがいだったことに気がついた。いまやここから逃げ出したとしても追跡されてしまう。バカなことをした。しゃべりすぎたんだ。

ハーブを凝視しながら、警官は言った。「どうやらこの人物の自己監視回路は、自分が考えなしにしゃべりすぎたことを自分に告げたらしいぞ」

「いつになったらそれが介入するか不思議に思っていたんだよ」スピーカーが割れた音で言った。

ハーブ・アッシャーは言った。「もうオレはザ・フォックスのところに行けない。もうそこには行かない。CY30-CY30B星系のオレのドームに戻ることにするよ。あんたたちもあそこなら所轄外だ。それにベリアルもあそこなら支配していない。ヤアが支配してるんだ」

警官は言った。「さっき、ヤアがここに戻ってきたと言ってたように思うが。そしてもしここに戻ってきたんなら、いまやヤアがここを支配しているはずでは?」

ハーブ・アッシャーは言った。「この会話の過程を通じて、ヤアはここを支配していないことがオレには明らかになったよ。少なくとも完全には支配してない。何かがおかしい。甘ったるい生ぬるい弦楽が聞こえだしたときにそれを悟ったんだ。特にあんたがオレを停めて、オレに逮捕状が出てると言ったときにそれがはっきりした。ひょっとしてベリアルが勝ったのかも。そうなのかもしれない。あんたらみんな、ベリアルの召使いだ。この手錠を外さないと殺すぞ」

警官は嫌々ながら、手錠を外した。

スピーカーが割れた音で言った。「私にはどうも、あなたの言ってることに内部矛盾があるように思えるんですがね。そこの部分に注目したら、なぜ頭がおかしいという印象をあなたが与えているのか理解してもらえると思うんです。あるときはこんなことを言い、別のときには別のことを言う。あなたの発言の中で唯一明晰な部分というのは、マーラーの交響曲第二番について語った部分だけで、それもおそらくはあなたの言う通り、小売りオーディオコンポ商売をやってるせいなんでしょう。かつては無事だった精神の最後の名残りなんです。その警官といっしょに署まできたら、処罰されないことはわかってくださ い。あなたは明らかにキチガイだし、それなりの扱いを受けますよ。あなたの言うようなことを言う人物を有罪にする判事はいない」

ハーブ・アッシャーの隣の警官も同意した。「その通りだ。裁判官に、神様が竹藪から語りかけたという話さえすれば、自由に家に帰れる。それに特にあんたが神様の父親だと言えば——」

「法的な父親だ」とハーブ・アッシャーは訂正した。

「法廷は大いに印象づけられるはずだよ」と警官。

ハーブ・アッシャーが言った。「いまこの瞬間、神様とベリアルとの間に大いなる戦いが交わされているんだ。宇宙の運命が掛かっている。その本当の物理的な存在が掛かっているんだ。オレが西海岸目指して出発したときには、すべてがオーケーなんだと思った—

—そう思うだけの理由があった。いまはそれほど自信がない。何か暗く恐ろしいことがおかしくなったんだと今は思う。あなたたち警察はその表れ、その表象なんだ。ヤアが本当に勝っていたなら、オレは尋問されたはずはない。カリフォルニアにはもう行かないぞ。そんなことをしたらリンダ・フォックスの邪魔になる。もちろんあんたたちは彼女を見つけるだろうが、彼女は何も知らない。彼女は——少なくともこの世界では——苦闘する新人タレントで、オレはそれを助けようとしてたんだ。彼女をそっとしてやってくれ。オレをそっとしといてくれ。オレたちみんなそっとしておいてくれ。あんたたちは、自分がだれに奉仕しているか知らない。オレの言っていることがわかるか？　あんたたちは邪悪に奉仕しているんだ。自分ではそうは思っていないだろうがね。古い逮捕状を処理している機械なんだ。オレが何をしたのかも知らないし、何をしたとされているのかも知らない……オレの言っていることがまるで理解できないのは、あんたたちがこの状況を理解してないからだ。あんたたちの従っている規則はもう当てはまらないんだ。これはユニークな時なんだ。ユニークな出来事が起きている。ユニークな力が相互に相殺されている。オレはリンダ・フォックスのところには行かないが、それではかわりにどこに行くかもわからない。エリアスなら知ってるかもしれない。あいつなら、オレがどうすべきか教えてくれるかも。あんたに尋問されたとき、オレの夢は撃ち落とされたし、ひょっとすると彼女の夢も消えたのかもしれない。リンダ・フォックスの夢だよ。ひょっとするともう、約束したように彼女がスターになる手伝いはできないのかもしれん。いずれわかる。結果がそれを決める。大いなる戦いの結果が。あんたは哀れだな、その結果がどうあれあんたは破壊されるんだから。あんたの魂はもう消えている」

沈黙。

隣の警官が言った。「あんたは変わった人だよ、アッシャーさん。キチガイだろうと何だろうと、どこがおかしくなっているにせよ、あんたは唯一無二の存在だ」と、深く考えるようにゆっくりうなずいた。「これは通常の狂気じゃない。おれがこれまで見聞きしたものすべてとはまったくちがう。あんたは宇宙全体の話をしてる――宇宙以上についてだ、そんなことが可能ならではあるがな。おれは感銘を受けたし、またある意味で怯えてもいる。こうしてあんたの言うことを聞いてみると、捕まえて悪かったよ。撃たないでくれ。乗物をリリースするからどこへでも飛んでいける。追いかけたりしない。この数分間で聞いたことを忘れてしまいたいんだ。あんたは神様と反神様の話をして、恐ろしい戦いがあって敗北したらしい。反神様の力に負けたらしいということだよ。これはおれが知ったり理解したりしていることすべてに当てはまらない。いっちまえ。おれはあんたを忘れるし、あんたもおれのことを忘れていい」疲れ切ったように、警官はその金属の仮面をむしりとった。

「そいつを行かせるわけにはいかないぞ」スピーカーが割れた音で言った。

「行かせられるとも」と警官。「行かせられるし、こいつの言ったことをすべて、聞いたことをすべて忘れてしまえるんだ」

「でもそれは録音されているぞ」スピーカーが割れた音で言った。

警官は手を下ろしてボタンを押した。「いま消した」

ハーブ・アッシャーは言った。「戦いは終わったと思っていた。神様が勝ったと思っていた。神様は勝っていない。あんたがオレを釈放してくれても、オレにはそれがわかるんだ。でもこれは徴《しるし》なのかもしれない、あんたが釈放してくれるというのは。あんたの中には何かの反応が見られる。ある程度の人間的な暖かみが」

「おれは機械じゃないんだ」と警官。

ハーブ・アッシャーは言った。「でも今後もそれは真実であり続けるだろうか？　どうだろう。一週間後のあんたはどんな存在だろうか。一カ月後は？　オレたちみんなどうなる？　そしてそれを左右するどんな力がオレたちにはあるんだろうか？」

警官は言った。「おれは単にあんたから離れたいだけだ。ずっとずっと遠くに」

ハーブ・アッシャーは言った。「よろしい。それなら何とかなる。だれかが世界に真実を伝えなければならないんだ」。そして付け加えた。「真実ってつまり、オレがあんたに言った話だよ、神様が戦いつつあって負けてるということだ。だれなら伝えられるかな？」

「あんたがやれ」と警官。

「いや」とハーブ・アッシャー。でもできる人物を思いついた。「エリヤならできる。これはあいつの仕事だ。あいつはそのためにきたんだから。世界がそれを知るように」

「じゃあそいつにやらせるんだ」と警官。

「そうする」とハーブ・アッシャー。「オレはそこに行こう。パートナーの元に戻る。ワシントンDCに戻るんだ」

オレはザ・フォックスをあきらめる、とハーブは思った。それがオレの受け入れねばならない損失だ。それに気がついて、苦い悲しみが体内に満ちた。でもそれは事実だ。もう彼女とはいっしょになれない、後になるまでは。

戦いに勝利を収めるまでは。

警官がパトカーをハーブ・アッシャーの車から連結解除するとき、奇妙なことを言った。

「おれのために祈ってくれ、アッシャーさん」

「そうするよ」とハーブ・アッシャー。

車が解放されて、ハーブは大きな円弧を描いて、ワシントンDCのほうに戻っていった。パトカーはついてこなかった。警官は約束を守ったのだ。

第19章

オーディオ店からエリアス・テートにフォーンして、熟睡からたたき起こした。「エリヤ、時は満ちたぞ」

エリアスはぶつぶつ言った。「なんだって？　店が火事かなんかか？　何を言ってるんだ？　強盗でも入ったか？　何が盗られた？」

「非現実が復活しつつあるんだ。宇宙が解体を始めた。店じゃない。万物だ」とハーブ・アッシャー。

「お前、また音楽が聞こえてるんだな」とエリアス。

「うん」

「それは徴だ。お前の言う通り。何かが起きたんだ。何かかれ——かれら——が予想しなかったことが。ハーブ。再び墜落が起きたんだ。それなのにおれは寝ていた。目を覚ましてくれて本当にありがとう。たぶん間に合いはしないだろう。事故だ——かれらは原初の時と同じく、事故が起こるのを容認したんだ。なるほど、こうして周期は成就して予言も完成するのか。おれ自身が行動する時がいまやってきた。お前のおかげで、おれは自分自身の忘却から抜け出せた。おれたちの店は聖性センターにならねばいかん。世界の神殿だ。お前がサウンドを聞いているというそのFM局に回線を接続しなくては。それが一時はお前を利用していたように、今度はわれわれがそいつを使うのだ。それがわれわれの声となる」

「それで何て言うんだ?」

エリアスは言った。「睡眠者たちよ、目覚めよと言うんだ。それが聞いている世界に対するわれわれのメッセージとなる。目を覚ませ! ヤアウェがきていて戦いは始まっており、お前たちの生活すべてが掛かっているのだぞ! お前たちみんないまや計られ、あんなこんな形で、良かれ悪しかれ選り分けられる。だれも逃れられん。神ご自身ですら、その様々な化身ですら逃れられんのだ。この先はもはや何もない。だから塵から立ち上がるのだ、被創造物たちよ。そして始めるのだ。生きることを始めるのだ。お前たちは戦う限りにおいてのみ生きることとなる。手に入れるものが少しでもあるなら、それは自分で獲得せねばならん。各人が己のために、みんな今すぐ、後ででは利かない。くるのだ! これこそわしらが何度も繰り返しかける論調となる。そして世界は耳を傾けるだろう。というのもわしらは世界すべてに到達するからだ。始めは小さな部分から、いずれは残りにも。わが声はこのために始原の時に造り上げられた。このためにわしは何度も何度もこの世界に戻ってきたのだ。いまやわしの声が響く。この最後の時に。みんなで行こう。みんなで始めよう。そして手遅れでないことを祈ろう、わしが眠りすぎたのでないことを。わしらは世界の情報源にならねば。あらゆる言語で語るのだ。わしらはもともと失敗した塔になるのだ。そしてわしらがいま失敗すれば、ここですべてが終わり、眠りが戻ってくる。お前の耳を攻撃する気の抜けた騒音が、世界を墓へと送り込み、そして錆が支配して塵が支配する——それもしばらくではなく、この先ずっと万人にとって、その機械すら支配するのだ。それもこの先永遠にずっと」

「いやはや」とハーブ・アッシャー。

「わしらの現時点における惨めな状況を見るがいい。わしら、お前とわしは、真実を知っておるがそれを世界にもたらす手段がない。放送局があれば手段ができる。唯一無二の道が得られるのだ。その放送局のコールサインは何だ？　フォーンして買収を持ちかけよう」

「WORP FMだよ」とハーブ・アッシャー。

「じゃあフォーンを切ってくれ。局にかけるから」

「資金はどうするんだよ？」

「金ならある。切ってくれ。時間がもったいない」

ハーブ・アッシャーは通話を切った。

って、世界に警告するだけに限られなくてもいいはずだもんな。ベリアル以外にもいろいろあるんだから。

リンダ・フォックスがテープを作ってくれるかもな。それをうちの局でかけるんだ。だ

「そんな大金あるのか？」

フォーンが鳴った。エリアスだった。「三千万ドルあれば局が買える」

エリアスは言った。「即金ではない。だが調達できる。まず手始めに店と在庫を売ろう」

ハーブ・アッシャーは弱々しく抗議した。「おいおい冗談じゃない。あの店は生計手段じゃないか」

エリアスはハーブをにらみつけた。

「わかったよ」とハーブ。

エリアスは言った。「在庫処分のために洗礼セールをするんだ。何か買ってくれた人は全員わしが洗礼する。そして同時にその人々に悔い改めよと呼びかけるんだ」

「じゃああんたは、自分の正体を完全に思い出したんだな」とハーブ・アッシャー。

「いまはな。だが一時は忘れていた」とエリアス。

「リンダ・フォックスがあんたのインタビューを受けてもいいと言ったら――」

「局では宗教曲しかかけないぞ」とエリアス。

「そんなの生ぬるい弦楽曲並みにひどい。いやもっとひどい。警官に言ったことをあんたにも言おう。マーラー第二をかけろよ——何かおもしろいものをかけるんだ。心を刺激するものを」

「それはまた今度な」とエリアス。

「それがどういう意味かは知ってるぞ。かつての女房は『また今度』が口癖だった。子供はみんなそれがどういう意味か知って——」

「彼女が霊歌を歌ったらどうかな」とエリアス。

ハーブ・アッシャーは言った。「こんなあれこれすべてがもう重荷になってきてるよ。店を売らないと。三千万ドル調達しないと。『南太平洋』だけでもやってられないし、『アメイジンググレイス』だってやってられないと思うな。『アメイジンググレイス』は、昔からマッサージ屋のねーちゃんが歌ってるみたいに思えたんだ。気に障ったらごめんな、でもあの警官はオレをほとんど牢屋にぶち込みかけたんだぜ。オレがここにいるのが違法なんだと。指名手配されてるんだと。つまりはあんたも指名手配されてるってことだぜ。ベリアルがエマニュエルを殺したらどうなる？　オレたちはどうなる？　エマニュエルなしでオレたちは絶対生き残れないぜ、だって、ベリアルはエマニュエルを地球から追い出したんだぜ。前にも負かしてる。今度もベリアルが勝つと思う。ワシントンＤＣのＦＭ放送局を一つ買うだけじゃ、戦いの潮目は変わらないぞ」

「わしはとても説得力ある話し手だぞ」とエリアス。

「ふん、ベリアルはあんたの言うことなんか聞かないし、ベリアルが支配している連中だって聞きやしない。あんたは荒野《あらの》で――」そこでハーブは止まった。『『荒野《あらの》で叫ぶ者の声』と言うつもりだったんだ。でもあんたは前にもそう言われてたっけ」

エリアスは言った。「わしら二人とも、銀の皿に首をのせられることになる可能性も十分ある。以前わしがそうなったようにな。起こったことは、ベリアルが檻から出たこと、ジーナが入れた檻から逃げ出したということだ。もはや鎖につながれておらん。この世界に解き放たれておる。だがわしがあんたに言うのは『ああ信仰薄き者よ！』ということだ。が、言うべきことはすでに何世紀も前に言われている。リンダ・フォックスには譲歩して、うちの局で少しだけ放送時間をあげよう。彼女にそう言ってくれ。好きなものを歌ってくれていい」

ハーブ・アッシャーは言った。「もう切るぞ。彼女に電話して、しばらくは西海岸に行かないと告げなくては。彼女にはもめ事にまきこまれてほしくないんだ。オレ――」

エリアスは言った。「また後でな。だがライビスにフォーンしたほうがいいんじゃないか。最後に見かけたときには泣いておったぞ。幽門潰瘍にかかったんじゃないかと思ってるんだ。それも悪性かもしれないんだと」

ハーブ・アッシャーは言った。「幽門潰瘍は悪性じゃない。オレが最初に彼女のところに行ったのもこんな状況だった。ライビス・ロミーがすわりこんで、自分の病気のことで泣いていると聞いたときだ。それでオレは関わり合いになっちまったんだ。彼女は病気のために病気になってるんだよ。病気そのものが目当てで。やっとそんなものから逃げ出せるんだと思ってたのに。まずはリンダ・フォックスに電話するわ」そしてフォーンを切った。

やれやれ。オレはカリフォルニアに飛んで、自分の幸せな暮らしを始めたいだけなのに。でもマクロ宇宙が、オレとその幸せな暮らしを飲み込んじまった。エリアスのやつ、どこから三千万ドルなんか手に入れる気だ？　うちの店や在庫を売っただけじゃとても足りないぞ。神様がたぶん金の延べ棒か、あるいは黄金のかけら、黄金の切れ端を、古代ユダヤ教徒を荒野で生かしておいたマナのように空から降らせるんだろう。エリアスが言った通り、すべては何世紀も前に言われているし、すべては何世紀も前に起こっている。オレのザ・フォックスとの暮らしは新しいものになったはずだ。それなのにオレはここでまたもや、気の抜けた生ぬるい弦楽にさらされて、それがいずれはゴスペルに変わるってわけか。

ハーブはリンダ・フォックスの私用番号をダイヤルした。シャーマンオークスの自邸の番号だ。すると録画が出た。彼女の顔が小さなフォーン画面に登場したが、機械じみた歪んだ顔だった。そして、彼女の肌が破れて、輪郭もちょっとぽっちゃりして、ほとんどデブなのに気がついた。ショックを受けてハーブは言った。「いや、伝言はない。またかけ直す」と言った。そして名乗らずにフォーンを切った。たぶん、しばらくすれば向こうから連絡があるだろう、と思った。オレが姿を見せなければ。だって向こうはオレがくると思ってるんだから。でも彼女の顔は奇妙だった。古い録画なのかも。そう願う。

落ち着こうとして、店のオーディオシステムの一つのスイッチを入れた。信頼できるプリアンプコンポを使い、オーディオ・ホログラムが再生できるようにした。選んだのはクラシック専門局で、お気に入りのやつだ。ところが——

システムのトランスジューサーからは、声が聞こえてくるだけだ。音楽なし。ほとんど聞き取れない囁き声。言葉もほとんどわからない。これは一体何なんだ？　何を言ってるんだ？

その声は、無味乾燥でぬめるような調子で囁いていた。「……ぐったり……怖いし。見込みはない……重荷ばかり。負ける運命。お前は生まれたときから負け組。おまえはダメ《ユア・ノー・グッ》だ《ド》」それから古代の古典曲の音。リンダ・ロンシュタット『ユア・ノー・グッド／悪いあなた』。何度も何度も、ロンシュタットはその一節を繰り返した。おまえはダメだ《ユア・ノー・グッド》。それが果てしなく続くようだった。単調で、催眠的で。魅了されてハーブは聞き続けた。そしてやっとのことで、こんなのクソ食らえと思った。システムのスイッチを切った。でもその一節が頭の中を何度もグルグルと巡り続けた。お前は無価値だ、とかれの思考が告げた。お前は無価値な人物だ。なんてこった！　これはあの気の抜けた生ぬるい総弦楽イージーリスニングのゴミよりはるかにひどい。これは命にかかわるぞ。

自宅にフォーンした。長い間をおいてから、ライビスが出た。「あんた、カリフォルニアにいるんじゃなかったの？　寝てたのに。今何時だかわかってんの？」と彼女はぶつぶつ言った。

「戻るしかなかったんだ。警察に追われてる」

ライビスは「あたしベッドに戻るから」と言って画面は暗くなった。画面の光が消えて、気がつくと無に直面していた。無がオレに対面している。

みんな眠っているか録画だ。そして何かやっと言わせても、お前はダメだとしか言わない。ベリアルの領域は、万物の価値がきわめて少ないと匂わせる。やれやれ、まったくおあつらえむきだぜ。唯一明るい点といえば、あの警官が祈ってくれと頼んだこと。エリアスですらおかしなふるまいをしていて、三千万ドルでFM放送局を買って人々に告げようと——まあ何を告げようとしているのやら。そいつらに家庭オーディオシステムを売りつけて、ボーナスで洗礼をしてやるのというのと同じくらいバカげてる。無料のぬいぐるみ動物でもあげるようなもんだ。

動物、獣ね。ベリアルは獣だ。いまラジオで聞いたのは獣の声だ。人間以下であり、以上ではない。最悪の意味での獣。人間より卑しく醜悪。ハーブは身震いした。そして一方でライビスは寝ていて、悪意を夢見ている。彼女は永遠に病気の雲でおおわれてるんだ、それを当人が意識していてもいなくても。それは常に彼女と共にあり、いつもそこにある。彼女こそが自分の病原であり、彼女自身を冒している。

ハーブは明かりを消し、店を後にして入り口に鍵をかけて駐車した車へと向かった。そしてどこへ行こうかと思案した。病気でグチばかりの妻のもとに戻るか？　カリフォルニアへ行って、あのフォーン画面に出た機械じみたぽっちゃり顔のところへ行こうか？

停めた車近くの歩道で、何か小さなものが動いた。何かが怯えたように、おずおずと後退した。動物で、ネコよりも大きい。でも犬ではなさそうだった。

ハーブ・アッシャーは足を止め、身をかがめて手を差し出した。動物は自信なさそうに進み出て、するといきなりその思考が心の中に響いてきた。そいつはテレパシーで交信しているのだ。ぼくはCY30-CY30B星系の惑星からきたんです、とその思考が伝わってきた。かつてヤアの生け贄として捧げられていた原生ヤギなんです。

ハーブはひるんだ。「こんなところで何してるんだ？」何かがおかしい。こんなことはあり得ない。

助けてください、とヤギ生物は思考した。あなたを追ってきたんです。あなたについて地球にきたんです。

「ウソつけ」と言いつつも、ハーブは車を開けて懐中電灯を取り出した。身をかがめて黄色い光を動物に向けた。

確かにそこにはヤギがいた。それもあまり大きくない。だがふつうの地球ヤギではあり得ない——ちがっているのがわかった。

ぼくを保護して世話してください、とヤギ生物は思考した。迷子なんです。お母さんからはぐれちゃったんです。

「もちろんだよ」とハーブ・アッシャーは言った。手を伸ばすとヤギはおずおずとそちらにやってきた。なんと奇妙で小さなしわくちゃの顔だろう。それに実にとがった小さな蹄をしている。まだ赤ん坊だ、と思った。ぶるぶる震えてるじゃないか。腹ぺこだろう。こんなところにいたら車にひかれる。

ありがとう、とヤギ生物は思考した。

「面倒を見てあげるからね」とハーブ・アッシャー。

ヤギ生物は思考した。ヤアが怖いんです。ヤアは怒るとおっかないんです。

炎の思考と、ヤギののどを掻き切る思考。ハーブ・アッシャーは身震いした。原初的な生け贄、罪もない動物を生け贄にする。神の怒りを鎮めるために。

「オレといれば安全だよ」とハーブはヤギ生物を拾い上げた。この動物のヤア観には衝撃を受けた。いまやハーブはヤギ生物の見方でヤアを見るようになった。ヤアは恐ろしい存在であり、巨大で怒り狂った山の神として小さな命の生け贄を求める存在となっていた。

ヤアから救ってくれますか？　とヤギ生物は震え声を出した。その思考には不安がにじんでいた。

「もちろん救うとも」とハーブ・アッシャー。そしてヤギ生物を優しく車の後部シートに下ろした。

ヤアにぼくの居場所を教えたりしないよね？　とヤギ生物は懇願した。

「誓うよ」とハーブ・アッシャー。

ありがとう、とヤギ生物は思考し、ハーブ・アッシャーはそいつの喜びを感じた。そして奇妙なことに、そいつの勝ち誇った気分が感じられた。ハンドルを握ってエンジンをかけながら、それを不思議に思った。これはこのヤギにとって何やら勝利になるんだろうか、とハーブは自問した。

安全なので嬉しいだけですよ、とヤギ生物は説明した。保護者を見つけられたし。この惑星ではあまりに死がたくさんあるから。

死か、とハーブ・アッシャーは考えた。こいつはオレが死を恐れるのと同じように死を恐れている。オレと同じ生きた生命体だ。多くの点でオレとはかなりちがっているのに。

ヤギ生物は思考した。ぼく、子供にいじめられたんです。子供二人、男の子と女の子です。

するとハーブ・アッシャーの心に映像が浮かんだ。残酷な子供二人が、下卑《げび》た顔と毒々しい燃える目をしている。この少年少女はヤギ生物を苦しめぬいており、だからヤギは再びその子たちの手中に陥るのを怯えているのだ。

「絶対にそんなことはさせない。約束する。子供は動物に恐ろしいほど残酷になることもあるんだ」とハーブ・アッシャー。

ヤギ生物はその心の中で笑った。ハーブ・アッシャーは、そいつが大喜びなのを感じた。不思議に思って、振り返ってヤギ生物を見ようとしたが、背後の暗闇の中ではほとんど見えなかった。車のうしろにそいつの存在は感じられたが、でも見分けられなかった。

「どこに行くべきかわからないんだ」とハーブ・アッシャー。

もともと行こうとしていたところ、とヤギ生物は思考した。カリフォルニアへ、リンダのところへ。

「オッケー。でも——」

ヤギ生物は思考した。今度は警察にも停められませんよ。ぼくがそれは保証します。

「でもきみは小さな動物でしかないじゃないか」とハーブ・アッシャー。

ヤギ生物は笑った。ぼくをリンダにプレゼントとしてあげるといいですよ、とそいつは思考した。

不安を抱きつつもハーブは車をカリフォルニアのほうに向けて、空に上がった。

あの子供たちはここワシントンDCにきてます。さっきまでカナダのブリティッシュコロンビアにいたけれど、でもいまはここにきました。できるだけあの子たちから離れたいんです。

「無理もないだろう」とハーブ・アッシャー。

運転しながら、車の中のにおいに気がついた。ヤギのにおいだ。ヤギは臭くて、それで不安になった。何という臭気。こんなに小さいのに。ヤギだから普通なのかもしれん。それでも……臭くて気分が悪くなりそうだった。こんなににおうものをリンダ・フォックスにあげていいんだろうか、とハーブは自問した。

ヤギ生物は、ハーブの内心で何が起こっているのか承知で思考してみせた。もちろん大丈夫だよ、彼女は喜ぶよ。

そしてハーブ・アッシャーは、ヤギ生物の心から本当に恐ろしい心的な印象を受けた。あまりに驚愕して、しばらくは車がよろけたほどだ。その生物がリンダ・フォックスに対して性欲を抱いているのだ。

オレの空想にちがいない！　とハーブ・アッシャーは思った。

ヤギ生物は思考した。彼女が欲しい。そいつは、彼女の乳房や下腹部、全身を思い描き、それを裸にして好き放題にしていた。なんてこった、とハーブ・アッシャーは思った。こいつはひどい。オレはなんてことに巻き込まれちまったんだ？　そしてワシントンDCへ戻るよう車のハンドルを切ろうとした。

そして、自分がハンドルを操作できないのに気がついた。ヤギ生物に乗っ取られたのだ。

ハーブ・アッシャーの中でそいつが力を握っており、心の中心になっていた。

彼女はぼくを愛してくれる、そしてぼくも彼女を愛してやる、とヤギ生物は考えた。それから、そいつの思考はハーブ・アッシャーの理解の限界を超えるものとなった。何やらリンダ・フォックスを、そのヤギ生物みたいな存在にするようなことで、彼女を自分の領域にひきずり下ろすという話だ。

彼女がぼくのかわりに生け贄になるんだ、とヤギ生物は考えた。彼女ののどが——ぼくののどと同じように切り裂かれるようにしてやろう。

「よせ」とハーブ・アッシャー。

よさないよ、とヤギ生物は思考した。

そして、運転を続けるようハーブ・アッシャーをうながした。カリフォルニアとリンダ・フォックスを目指して。そしてうながしつつ支配する中で、そいつは歓喜に打ち震えていた。車の闇の中で、そいつは独自の踊りの一種を踊った。その蹄がドラムのような音を立てる。勝ち誇った音だ。そして期待に満ちた音だ。そして喜びに酔いしれた音。

そいつは死を考えていた。そして死を考えるとそいつは有頂天で大喜びして、ひどい歌を歌うのだった。

＊

なるべく蛇行運転して、もう一度パトカーに連結されないかと願った。でもヤギ生物の約束通り、警官にはまったく停められなかった。

ハーブ・アッシャーの心の中にあるリンダ・フォックスのイメージは、ますます陰惨な変形を被り続けた。彼女は醜悪で肌が汚い存在となり、食べ過ぎで無目的にうろつくデブとなっていた。そしてそのとき、これが糾弾者の見方なんだとハーブは気がついた。ヤギ生物はリンダ・フォックスの糾弾者であり、彼女を——創造されたあらゆるものを——可能な限り最悪の形で見せ、醜いものの側面から見せるのだ。

この後部シートにいるものがこれをやってるんだ、とハーブは思った。ヤギ生物は神様の全き創造、神様がよきものと宣言した世界をこんなふうに見ているんだ。それは邪悪そのもののペシミズムだ。邪悪の性質はこういう見方をすることであり、この否定の判定を宣告することなんだ。そうやってそれは創造を解体する。創造者が存在させたものを分解する。これはまた非現実の一形態なんだ、この判定、この陰気な見方は。創造とはこういうものじゃないし、リンダ・フォックスもこんなじゃない。でもヤギ生物がオレに告げるのは——

ぼくは真実を君に見せているだけなんだよ、とヤギ生物は思考した。君のピザ屋ウェイトレスの真実をね。

「きさまはジーナが入れた檻から出てきたんだな。エリアスの言う通りだ」とハーブ・アッシャー。

どんな存在でも檻に閉じ込めたりしちゃダメだよ。特にこのぼくはね。ぼくは世界を逍遥して、その中で拡大してぼくで世界を満たすんだ。それがぼくの生まれながらの権利だ。

「ベリアル」ハーブ・アッシャーは言った。

はいその通り、とヤギ生物は思考し返した。

ハーブ・アッシャーは言った。「そしてオレはきさまをリンダ・フォックスのもとに連れて行くんだ。世界の何よりも愛している人のもとへ」。再びハンドルから手を放そうとしてみたが、再び手はそこからがっちり離れようとしなかった。

ヤギ生物は思考した。理詰めで話そうじゃありませんか。これはぼくの世界観であり、それを君の世界観にして、万人の世界観にするんですよ。これが真実なんです。もともと輝いた光はにせものでしかなかった。その光は消えようとしていて、それがなくなれば現実の真の性質が明らかにされるんです。あの光は人々を、物事の本当の状態に対して盲目にしていたんだ。ぼくの仕事は、その本当の状態を明らかにすることなんですよ。

ヤギ生物はさらに続けた。灰色の真実は、空想したものよりいいんです。君は目を覚ましたかったんでしょう。ほら、いまはもう目が覚めている。ぼくは物事のありのままに見せている。無慈悲にね。でも本来そうあるべきなんです。ぼくが過去にどうやってヤアウェを倒したと思ってるんですか？　その創造物の本当の姿を露わにしたんですよ、嫌悪すべきひどいものだと示したんです。これがヤアの敗北だ、君がいま見ているものが――ぼくの心と視覚を通して見ているものが。ぼくの世界の見方が。ぼくの正しい視覚を通じて見たものが。ライビス・ロミーのドームを思い出してごらん、初めて見たときの状態を。彼女がどんな具合だったか思い出しなさい。いまの彼女がどんな具合か考えてみなさい。リンダ・フォックスがあれと少しでもちがうと思うんですか？　あるいは君自身が少しでもちがうと？　君たちはみんな同じ。そしてライビスのドームで、ゴミと食べ残しと腐った物を見たとき、君は現実というものの真の姿を見たんだ。生命を見たんだ。真実を見たんだよ。

ヤギ生物はもっと続けた。間もなくザ・フォックスについての真実も見せてあげるよ。この旅路の果てで君が見出すのはそれだ。あの日、何年も前に、ライビス・ロミーの汚れきったドームで見たのとまったく同じもの。何も変わっていないし、何もちがわない。あのときも君は逃げられなかったし、今度だって逃げられない。

そう言われたらどう答えるね？　とヤギ生物は尋ねた。

「未来は過去に似る必要はないんだ」とハーブ・アッシャー。

何も変わらない、とヤギ生物は答えた。聖典そのものがそう告げているでしょう。

「ヤギだって聖典を引用できるのか」とハーブ・アッシャー。

車はロサンゼルス地域を目指す大量の航空交通に加わった。飛行車と商用車が前後左右、上下を走っている。ハーブ・アッシャーはパトカーを見つけたが、どれ一つとしてこちらに注目しない。

　彼女の家までぼくが導いてあげましょう、とヤギ生物は告げた。

「汚物の生き物め」とハーブ・アッシャーは怒りを込めて言った。

　浮遊信号が先の道を示していた。ほとんどカリフォルニアまできている。

「きさまと賭けてもいいが――」とハーブ・アッシャーが言いはじめたが、そこでヤギ生物が遮った。

　ぼくは賭けなどしない。ぼくは遊んだりしない。強いのはぼくで、弱いものを虐げる。君は弱い者で、リンダ・フォックスはさらに弱い。ゲームなんて考えは忘れてしまえ。そんなのは子供向けでしかない。

「神の王国に入るには小さな子供のようでなければならないんだ」とハーブ・アッシャー。

　ぼくはその王国には興味ないんだ、とヤギ生物は思考した。ここにあるのがぼくの王国だ。車の自動パイロットコンピュータを、彼女の家の座標に合わせたまえ。

　ハーブの意志に反して、手がそれに従った。それをハーブは止めようもなかった。ヤギ生物が運動中枢を支配していたのだ。

　車載フォーンで彼女に連絡してよ。君がやってくるのを告げるんだ。

「いやだ」と言った。でも指は彼女のフォーン番号つきカードをスロットに入れた。

「もしもし」とリンダ・フォックスの声が小さなスピーカーから流れた。

「ハーブだ。遅れてごめんね。おまわりに停められちゃって。遅すぎるかな？」

「いいえ。どのみちあたしもちょっと外出してたの。また会えるとうれしいわね。泊まっていくのよね？　つまり、今晩帰ったりしないわよね？」

「泊まるよ」

ぼくがいっしょにいることを告げてよ、とヤギ生物は思考した。彼女のためのペット。小さな子ヤギ。

「きみにペットを連れてきたんだ。赤ちゃんヤギだよ」とハーブ・アッシャー。

「あらホント？　置いてってくれるの？」

「うん」とハーブは、自分の意志とは裏腹に言った。ヤギ生物が言葉を操っており、声の抑揚すら操作していた。

「まあ、本当に気が利くのね。もう動物は山ほど飼ってるけど、でもヤギはいないのよ。たぶん羊のハーマン・W・マジェットといっしょに入れておくわ」

「羊なのに変わった名前だねえ」とハーブ・アッシャー。

「ハーマン・W・マジェットは、イギリス史上最悪の大量殺人鬼なのよ（実際には、マジェットはアメリカ初の大量殺人鬼として知られる。別名ヘンリー・ホームズ）」とリンダ・フォックス。

「まあ、それならいいのかな」

「じゃああとちょっとで会えるわね。着陸には気をつけて。ヤギにけがさせるといけないから」そして彼女は通話を切った。

数分後、車はゆっくりと彼女の家の屋根に着陸した。ハーブはエンジンを切った。ドアを開けて、とヤギ生物が思考した。

ハーブは車のドアを開けた。

淡い光に照らされて、車のほうにやってくると、リンダ・フォックスは目を輝かせて微笑んだ。手を振って歓迎している。タンクトップと短パン姿で、前と同じように裸足だ。急いでこちらに向かうと髪がはずみ、乳房が上下に揺れた。

車の中では、ヤギ生物の臭気が強まった。

「ハーイ」と息を切らせてリンダは言った。「小さなヤギさんはどこ？」そして車の中を見た。「あら、いたわ。車から出なさい、小さなヤギさん。こっちにおいで」

ヤギ生物は、カリフォルニアの晩の淡い光の中へと跳びだした。

「ベリアル」とリンダ・フォックス。そして身をかがめてヤギに触れようとした。慌ててヤギは戻ろうとしたが、彼女の指がそのわき腹を撫でた。

ヤギ生物は死んだ。

第20章

「こいつらもっといるのよ」と彼女はハーブ・アッシャーに言った。ハーブはぽかーんとして、ヤギの死体を見つめていた。「中に入りなさいよ。においでわかったの。ベリアルは天にまでにおうほど臭いから。入ってきてったら」とハーブの腕を取って、玄関へと導いた。「震えてるのね。あれが何だかわかったんでしょう、ね?」

「うん。でもきみはだれだ?」

「ときには支持者と呼ばれているわ」とリンダ・フォックス。「擁護するときには支持者なの。ときには慰める者。それはあたしが慰めるとき。あたしは傍らの支援者。ベリアルは糾弾者。あたしたちは法廷での敵同士なのよ。中に入ってすわったらどう? ひどい体験だったでしょう。わかるわ。ね?」

「うん」そして彼女に導かれるまま、屋根のエレベータへと向かった。

「あたしはあなたを慰めてきたでしょう? これまでも? 異星の世界で、あなたが一人きりでドームに転がっていたとき、話し相手もいっしょにいる相手もいなかったときに?

それがあたしの仕事なの。あたしの仕事の一つ」とリンダはハーブの胸に手を当てた。「心臓がすごくドキドキしてるのね。心底怖かったんでしょう。あいつは、あたしに何をするつもりか話したんでしょう。でもあいつは、あなたがどこに連れて行こうとしているのか知らなかったのよ。どこへ行くのか、だれのところへ行くのか」

「きみはあれを破壊した。そして――」

「でもあれは宇宙全体に広がっているのよ」とリンダ。「あれは一例でしかないわ、屋根の上で見たものは。あらゆる人には支持者と糾弾者がいるのよ。ヘブライ語では、古代のイスラエル人にとっては、支持者はイェツェル・ハ＝トヴで、糾弾者はイェツェル・ハ＝ラなの。ドリンクを作ってあげるわね。いいカリフォルニア産ジンファンデルよ。ブエナヴィスタ・ジンファンデル。ハンガリー産のブドウなの。これ、ほとんどの人は知らないのよ」

リビングで、ハーブは浮き椅子に倒れ込んだ。ありがたかった。いまだにヤギのにおいがした。「このにおい、いつかは――」と言いかけた。

「においは消えるわ」とリンダは赤ワインのグラスを持って、滑るようにハーブのところにやってきた。「もう開けておいて呼吸させたのよ。気に入るはず」

ワインは実においしかった。そして鼓動も平常に戻ってきた。

向かいにすわったリンダ・フォックスは自分でもワイングラスを持ち、気遣うようにハーブを見つめた。「あれは奥さんを傷つけたりはしなかったのね？　エリアスも？」

「うん。やってきたときにはオレ一人だった。あいつは迷子の動物のふりをしたんだ」

リンダ・フォックスは言った。「地球上の各人は、自分のイェツェル・ハ＝トヴとイェツェル・ハ＝ラの間で選択をしなければならないわ。あなたはあたしを選んだから、あたしはあなたを救った……あなたがヤギもどきを選んだら、あたしもあなたを救えなかった。あなたの場合には、選ばれたのはあたしだった。戦いはそれぞれの魂ごとに個別に戦われる。ラビたちはそう教えているわ。かれらには、墜ちた人類全体を論じたような教義はないのよ。救いは一人ずつ行われるの。ジンファンデルは気に入った？」

「うん」

「あたし、あなたのFM放送局を使うわ。新作の放送に都合がいいし」

「その話を知ってるの？」とハーブ。

「エリヤは謹厳すぎるわ。あたしの歌なら適切よ。あたしの歌は人の心を喜ばせるし、それが重要なことなのよ。さてハーブ・アッシャー、いまあなたはあたしといっしょにカリフォルニアにいるわ。ちょうど最初にあなたが想像したように。別の星系で、ドームの中、動いて喋るあたしのホログラフィポスターと、あたしの合成バージョン、イミテーションと共にいたときに想像したように。いまやこうして本物のあたしがいっしょに、向かいにすわっているのよ。気分はいかが？」

「これは本当なの？」

「甘ったるい弦楽二百本が聞こえる？」

「いや」

リンダ・フォックスは言った。「本当よ」。そしてワイングラスを下ろし、立ち上がると、ハーブのほうにやってきて、身をかがめて腕をまわした。

＊

朝目を覚ますとフォックスが寄り添っていて、その髪がこちらの顔にかかり、そしてハーブは、これって本当にそうなんだ、とつぶやいた。夢じゃない。邪悪なヤギ生物は屋根で死んで横たわっている。オレの人生を劣化させにやってきた、オレ固有のヤギもどきが。

これがオレの愛する女性だ、と彼女の黒髪と白い頬をなでながらハーブは思った。これは美しい髪の毛で、まつげは長くて寝ている時ですら美しい。あり得ないが本当なんだ。そういうことがあり得る。エリアスは宗教的な信仰について何と語ってくれたっけ？『Certum est quia impossibile est. したがってこれは信じられる。まさしくそれが馬鹿げているから』。初期のキリスト教会教父テルトゥリアヌスがイエス・キリストの復活について述べた偉大な発言だ。『Et sepultus resurrexit; certum est quia impossibile est.』。そしてここでもそれが成り立つ。

オレはなんと長い道のりをやってきたんだろう、とハーブは女のむきだしの腕を撫でながら言った。かつてオレはこれを想像し、今それを体験している。オレは出発点に戻ってきて、それなのに出発点とはまったくちがった場所にいる！　これはパラドックスであり同時に奇跡だ。そしてこれは、さらに、カリフォルニアでもあり、オレが想像した通りの場所なんだ。まるで夢見る中でオレは未来の現実を予見したかのようだ。事前にそれを体験していたんだ。

そして屋根の上の死んだものは、それが本当だという証明だ。というのもオレの想像力は、自分の心をこちらの心に粘着させてウソを告げたあの臭いケダモノなんか、とうてい生み出したはずはないからだ。デブでちびなひどい肌をした女性についての醜い物語を語りやがった。自分自身と同じくらい醜い物体の話をしていた――自分自身の投影だったんだ。

オレがこの女を愛するくらい別の人間を愛した人がいるだろうか、とハーブは自問し、それからこう思った。彼女はオレの支持者であり傍らの支援者だ。自分を表すヘブライ語も教えてくれた。忘れちゃったけれど。この女はオレの守護霊で、あのヤギもどきははるかここまで、五千キロを越えてやってきて、彼女がわき腹に指を当てただけで消え去った。音も立てずに死に、実に易々と彼女は殺した。待ち構えていたんだ。それが――彼女の言った通り――彼女の仕事、仕事の一つなんだ。他の仕事もある。慰めてくれた。何百万人も慰める。守る。慰藉をあたえる。そして彼女は間に合うようにやってくる。手遅れになってからきたりはしない。

身をかがめて、リンダの頬にキスした。眠ったまま彼女はため息をついた。弱々しくヤギ生物の力にとらわれていた。ここにやってきたオレはそういう状態だった。彼女がオレを守ってくれたのはオレが弱かったからだ。彼女はオレが愛するようにはオレを愛してはいない、というのも彼女はあらゆる人類を愛さねばならないから。でもオレは彼女だけを愛する。全身全霊で愛する。弱き者であるオレが、強き者である彼女を愛する。オレは彼女に忠誠を捧げ、彼女の守護がオレに与えられる。それがイスラエルの民と神様の交わした契約だ。強き者が弱き者を守り、弱き者はかわりに献身と忠誠を強き者に捧げるのだ。それは相互性だ。オレはリンダ・フォックスと契約を持っており、それはオレたちのどちらも永遠に破りはしないものだ。

彼女のために朝食を準備してやろう、とハーブは決めた。こっそりとウォーターベッドから立ち上がり、台所へ向かった。

そこにある姿が立ってハーブを待っていた。お馴染みの姿だ。

「エマニュエル」とハーブ・アッシャーは言った。少年はおぼろに輝いており、ハーブ・アッシャーは少年の背後にある壁やカウンターや食器棚が見えるのに気がついた。これは聖なる者の神性示現なのだ。エマニュエルは実はどこか別のところにいる。それでもかれはここにいる。ここにいて、ハーブ・アッシャーを認識している。

「彼女を見つけましたね」とエマニュエル。

「うん」とハーブ・アッシャー。

「彼女が安全に守ってくれますよ」

「わかってる。人生で初めてそれがわかった」

「これでもう二度と引きこもらなくてすみますよ。あなたがドームでしていたようには。あなたが引きこもっていたのは、怖かったからです。いまやあなたは何も恐れるものはない……彼女がいるから。いまある形での彼女です、ハーバート――現実で生きていて、イメージじゃない」

「わかります」とハーブ。

「そこにはちがいがあるんですよ。彼女をあなたのラジオ局に出しなさい。彼女を助けて。あなたの守護者を助けてあげて」

「パラドックスだね」

「でも真実です。あなたは彼女にいろんなことをしてあげられる。相互性という単語を考えたあなたは正しかった。彼女は昨晩、あなたの命を救った」エマニュエルは手を挙げた。

「彼女はぼくによりあなたに与えられたのだ」

「なるほど」とハーブ。そうなんだろうと推測していたのだ。

エマニュエルは言った。「ときには、強き者が弱き者を守るという方程式において、だれが強き者でだれが弱き者かを決めるのがむずかしいことがあります。ほとんどの点で、彼女のほうがあなたより強いんですよ。でもあなたもある特定の形で彼女を保護できる。彼女を守り返せるんです。それが人生の真の法則です。相互保護。最終的に言えば、何もかもが強くもあり、弱くもある。イェツェル・ハ＝トヴですら——あなたのイェツェル・ハ＝トヴですらね。彼女は力であり彼女は人物でもある。それは謎だ。これから先の人生で、あなたもその謎を理解するだけの時間はある——理解と言っても少しだけだけれど。彼女をもっともっとよく知るようになります。でも彼女はいま、あなたを完全に知っている。ちょうどジーナがぼくについて絶対的な知識を持っているように、リンダ・フォックスはあなたについての絶対的な知識を持っています。それに気がついていましたか？　ザ・フォックスがあなたを完全に、ずっと昔から知っていたということに？」

「ヤギ生物にも彼女は驚かなかった」

「人間のイェツェル・ハ＝トヴは何にあっても驚いたりはしないのです」とエマニュエル。

「きみに再び会うことはあるかな？」とハーブ・アッシャーは尋ねた。

「いま見ているような形では会えない。あなたのような人間の姿では。ぼくはあなたが見ているような存在ではない。ぼくは今、人間の側面を、母ライビスから派生した側面を脱ぎ捨てる。ジーナとぼくとは結合してシジギイとなるが、これはマクロ宇宙的な存在なんです。ぼくたちはソーマを持たない。つまり、世界とは区別された物理的な身体を持たないということです。世界こそがぼくたちの身体となり、ぼくたちの心は世界の心となる。それはまた、あなたの心にもなるのですよ、ハーバート。そして自分のイェツェル・ハ＝トヴ、そのよい霊を選んだ生物すべての心になるのです。これこそラビたちが教えていたことです。それぞれの人間は――でもすでにこれは知っているようですね。リンダが話したから。彼女がまだ話していないのは、後のためにとってある別の贈り物のことです。あなたの人生の、究極の無罪化を完全に行ってくれるという贈り物です。あなたが裁かれるときに彼女もそこにいます。そして審判はあなたよりむしろ彼女についてのものとなります。彼女はまったくの無垢であり、そして最後の検分がやってくるとき、彼女はあなたにもその完璧性を与えてくれるのです。ですから恐れないで。あなたの最終的な救済は保証されているのです。彼女は、友だちであるあなたのためには命を捧げます。イエスが述べたように、『友だちのために命を投げ出すほど大いなる愛を持つ者はいない』。彼女があのヤギ生物に触れたとき、彼女は――いや、言わぬが花」

「彼女自身が一瞬死んだんだ」とハーブ・アッシャー。

「その一瞬はあまりに短くてほとんど存在もしなかったほど」

「それでも起こったんだ。彼女は死んで戻ってきた。オレには何も見えなかったけれど」

「その通り。どうしてわかったんですか？」

ハーブ・アッシャーは言った。「今朝、彼女が眠っているのを見てそれを感じられたんだ。彼女の愛が感じられた」

花柄のシルクのローブをまとったリンダ・フォックスが眠そうに台所に入ってきた。エマニュエルを見るとハッとして足を止めた。

「キュリオス」と静かに彼女は言った。

エマニュエルは彼女に言った。「Du hast den Mensch gerettet. Die giftige Schlange bekämpfte ... es freut mich sehr. Danke.」

リンダ・フォックスは言った。「Die Absicht ist nur allzuklar. Lass mich fragen: wann also wird das Dunkel schwinden?」

「Sobald dich führt der Freundschaft Hand ins Heiligtum zum ew'gen Band.」

「O wie?」とリンダ・フォックスが言った。

「Du ——」エマニュエルは彼女を見つめた。「Wie stark ist nicht dein Zauberton, deine Musik. Sing immer für alle Menschen, durch Ewigkeit. Dabei ist das Dunkel zerstören.」

「Ja」とリンダ・フォックスはうなずいた。

エマニュエルはハーブ・アッシャーに言った。「ぼくが彼女に言ったのは、彼女があなたを救ったということです。毒蛇は克服されて、ぼくは満足です。そして彼女に礼を言いました。彼女は、あれの意図は明らかだったと言いました。そして、暗闇がいつ消えるのかと彼女は尋ねたんです」

「きみは何と答えたんだい？」

「それは彼女とぼくとの間だけのこと。でも彼女の音楽が、永遠に全人類のために存在しなくてはならないと告げました。それがその一部なのです。だいじなのは彼女が理解することです。そして彼女はやらねばならないことをやります。彼女とぼくたちの間に誤解はありません。彼女と法廷との間には」

コンロに向かって——台所はきれいで片づいており、すべてあるべき場所にあった——リンダ・フォックスはボタンを押し、冷蔵庫から食品を取り出した。「朝ご飯作るわね」

「オレがやろうと思ってたのに」とハーブ・アッシャーは悔しくて言った。

「あなたは休んでてよ。この二十四時間で、ずいぶんいろいろな目にあったんだから。警察に停められて、ベリアルに支配されて……」そして振り返るとハーブに微笑んだ。乱れ髪でも、彼女は——いや、何とも言えなかった。自分にとっての彼女がどんなものかは、言葉にはできなかった。少なくともハーブ自身によっては。この瞬間には。彼女とエマニュエルがいっしょにいるのを見ると、ハーブは圧倒された。何も言えなかった。うなずくしかなかった。

「かれはあなたをとても愛していますよ」とエマニュエルは彼女に言った。

「ええ」と彼女は重々しく言った。

「Sei fröhlich」とエマニュエルは彼女に言った。

リンダはハーブ・アッシャーに言った。「この人はあたしに、幸せになれと言っているのよ。あたしは幸せ。あなたは？」

「オレは――」ハーブはためらった。暗闇がいつ消えるのかと彼女は尋ねたんだ、と思い出した。暗闇はまだ消えていなかった。毒蛇は克服されたのに暗闇は残っている。

「いつも楽しくしていなさい」とエマニュエル。

「オッケー。そうする」とハーブ・アッシャー。

コンロでリンダ・フォックスは朝食を作り、彼女が歌っているのを聞いたような気がした。はっきり知るのはむずかしかった。というのもハーブは内心に彼女の曲の美を抱えていたからだ。それはいつもそこにあった。

「彼女は歌っていますよ。あなたは正しい」とエマニュエル。

歌いながら、彼女はコーヒーを沸かした。一日が始まった。「あの屋根にあるものだけど」とハーブ・アッシャーは言った。でもエマニュエルはもう消えていた。ハーブ自身とリンダ・フォックスだけが残っていた。

リンダ・フォックスは言った。「市に連絡するわね。片づけてくれるから。そういうのをやってくれる機械を持ってるのよ。毒蛇を片づけるの。人々の生活や、家の屋根から。ラジオをつけてニュースを聞きましょう。戦争や戦争の噂があるでしょう。大規模な蜂起があるでしょう。世界は――あたしたち、まだごく一部しか見ていないのよ。そしてエリヤに連絡してラジオ局の話をしましょう」

「『南太平洋』弦楽版はもうなしだ」とハーブ。

リンダ・フォックスは言った。「しばらくすれば、物事はすべて大丈夫になるわ。あいつは檻から出てきて、また檻に戻るのよ」

「オレたちが負けたら？」

リンダは言った。「あたしは先が見えるのよ。あたしたちは勝つわ。すでに勝っているのよ。あたしたちは常にすでに、当初から、創造以前から勝っていたのよ。あなたコーヒーには何を入れるんだっけ？　忘れちゃったわ」

＊

後に、ハーブとリンダ・フォックスは屋根に戻ってベリアルの遺体を見に行った。でも驚いたことに、しわくちゃのヤギもどきの死骸などなかった。かわりに見たのは、大きな輝く鳳が激突して屋根中にちらばった残骸のように見えるものだった。

重々しく、ハーブとリンダはそれがいたるところ壊れて転がっているのを眺めた。広大で美しく破壊されている。バラバラで、痛めつけられた光のようだ。

「かれはかつてはこんな姿だったのよ」とリンダ。「元はね。墜落する前は、これがかれの元の姿なの。あたしたちはかれを蛾と呼んでいたわ。ゆっくりと墜ち、何千年もかけて、地球と交差した蛾よ。まるで幾何学図形がだんだん降下して、やがてその形が何も残らなくなったみたいに」

ハーブ・アッシャーは言った。「とても美しかったんだね」

リンダは言った。「明けの明星だったわ。天界で最も明るい星。そしていまや、その名残りはこれだけ」

「なんという墜落」とハーブ・アッシャーは言った。

「そして他のすべてを道連れに」とリンダ。

二人はいっしょに下に下りて、市に連絡した。機械がやってきて残骸を片づけてもらうために。

「かれはいつの日か、かつてのような姿に再び戻れるのかな」とハーブ・アッシャーは言った。

「戻れるかも。ひょっとすると、あたしたちみんな戻れるかも」。そう言って、リンダはハーブ・アッシャーにダウランドの歌を一つ歌ってくれた。これはザ・フォックスがいつもクリスマスの日に、あらゆる惑星のために歌う歌だった。ジョン・ダウランドのリュート曲集から彼女が採用した、最も優しく、最も心を乱す歌だ。

哀れなびっこが池のほとりに横たわり
何年にもわたる悲惨と苦痛に満たされていると
キリストがすぐにそれに目を留めたがはやいが
その者は快癒し、快適が再びやってきた

「ありがとう」とハーブ・アッシャーは言った。

その頭上では市の機械が働き、ベリアルの残骸を集めていた。かつては光だったものの、壊れた断片を掃き集めていた。

訳者あとがき

はじめに

やあこんにちは。みんなの忌み嫌うベリアルくんですよ。世の中に、悪と不正と不幸と悲しみを広めようと奮闘努力の日々。自分で言うのもなんだけれど、結構力はあって、この世界では神様(本書ではエマニュエルくん)とも互角の戦いをくり広げてきたんだぞ。それだけに……本書での自分の扱われ方ってどうよ。本書の冒頭では、このぼくこそが地球の(そして宇宙の)支配者だ。エマニュエルくんのご両親やエリアス・テートが辺境のシベリア惑星に糞詰まっているのはぼくががんばったからだし、連中が地球に戻るのにえらく面倒を強いられるのだって、このぼくの邪悪な力があればこそ。

ところがついにエマニュエルくんが戻ってきて、今度こそ最後の戦いでこの世をかけた勝負がつくことになっていたのに、一見すると途中からそれが完全に忘れられるだけでなく、ぼくは突然ケチな子ヤギにされちゃって、しかもリンダ・ロンシュタットごときにつっつかれたくらいで倒されるって、完全にいいとこなしじゃないか!

というわけで、このぼくの位置づけも含めて、ヴァリス三部作の第二作『聖なる侵入』についてちょっとふりかえってみよう。

1. 本書のあらすじ

まずはあらすじを。辺境の惑星で、主人公ハーブ・アッシャーは閑職をあてがわれ、他人とほとんど接触することもなく、自分のドームに引きこもって日々ネットアイドルとも言うべきリンダ・フォックスの音楽を聴きながらゴロゴロしているだけの、無気力なニート同然生活を送っていた。だがそこに神様が介入し、隣のドームに住む女性ライビス・ロミーを訪ねることになる。そして預言者エリヤに付き添われ、処女懐胎したライビスの父親を詐称して、神様を悪魔ベリアルが支配する地球に密入国させる。

神様は、エマニュエルという少年として生まれるが、事故のため自分の力や仕事を完全には思い出せない。そして特殊学校で出会ったジーナという少女のおかげで、次第に記憶を取り戻す。力を回復した謹厳な神様たるエマニュエルは、悪魔に支配されたこの世を裁きの日に破壊しようと考えるが、ジーナとのやりとりの中でこの世界にも善と美しさが満ちていることを認めざるを得なくなる。そして両者は世界救済のありかたをめぐって、主人公ハーブ・アッシャーをモルモットとして実験を始める。

かれらの創り出した新しい世界で、ハーブ・アッシャーは気がつくとグチまみれのライビスと暮らしているが、新人歌手リンダ・フォックスに出会い、家に呼ばれて一瞬で恋仲になる。そして相手が生理でセックスできなくても、ハーブ・アッシャーがキレなかったことで、エマニュエルはハーブが偽りの願望充足に捕らわれているのではなく、現実を直視していると判断して（!!）、この世界の存続を決める。ハーブはライビスとはあっさり別れてリンダ・フォックスのもとに走る。しかし、エマニュエルが裁きの日を中止して捕らわれの動物たちを解放したことで、悪魔ベリアルも解放されてしまい……。

2．『ヴァリス』と『聖なる侵入』：ディック神学の諸相

さて、本書は『ヴァリス』の続篇ではある。『ヴァリス』の訳者あとがきの末尾では、本書がディックの分身であるホースラヴァー・ファットの書いた小説だと述べられている。これは訳者が勝手に言っていることではなく、ディック自身の発言としてポール・ウィリアムズが記録していることだ。『ヴァリス』に出てきた神学談義の完全なビリーバーであるホースラヴァー・ファットが、完全なビリーバーとして書いている本なので、ファット

としてあるべきだと思う世界や神様のありかたがそのまま出ている。

それはどんなものだろうか。『ヴァリス』の神学では、世界に不幸や苦しみや死があるのは、神様のせいだった。この世を創った神様もどきがダメだったからこの世もダメなのだ。そしてその神様もどきがダメなのは、完璧な存在となるはずの双子の神様が生き別れになったせいだ。それを修復して、双子が揃った完全な形になると、世界もまともになる。エマニュエルとジーナはその双子に相当し、二人が揃うことで世界は完璧になるわけだ。

が、それだと人類とは何の関係もない話になってしまう。宇宙は不完全かもしれず、それを救世主が救ってくれるかもしれない。でもそれは神様側で勝手にやる話であって、きみたち人間ごときが何をしようと関係ない。世界のありかたは徹頭徹尾、神様側のご都合次第で、きみたちはひたすら翻弄されるだけ。強大な悪魔であるはずのぼくも、神様側で何やら手打ちをすれば、（それまでいかに大活躍しても）一瞬でどっかの動物園送り。

いや、ディック神学的に言えば、それでもかまわないはずだ。『ヴァリス』のそもそもの問題意識は、世界の不幸や苦しみや死がある理由、つまり悪魔たるぼくが存在するのはなぜか、ということだった。それが神様の不完全性のせいなら、それが修復された時点でぼくの居場所はなくなる。でも……実際にはどう見ても、世界は完璧なんかになっていない。ぼくは未だに嬉々として暗躍している。人びとはちっとも救われていない。これではディック／ファットの神学の説得力もガタ落ちだ。

そこで本書では、世界が救われたあとに、さらにハーブ・アッシャーとぼくが対決する。神様の完璧な世界においても不完全さはあり、きみたち矮小でか弱い人間たちにも出番はあるし救いもある、というのを示すために。

これはかなり苦しい理屈だというのは置いておこう。でもその結果として——最後の三章は、ずいぶんとってつけたような、非常に露骨な願望充足小説と化す。ネットアイドルであるリンダ・フォックスのだらしないキモヲタだった主人公はいきなり別世界に転生し、すぐに彼女と引き合わせてもらえてもB地区が見えたとかでハアハアしているのに、彼女に仕事もお金ももらい部屋にまで呼ばれ、自分を操る悪魔すら倒してもらって救われ、最後に彼女と結ばれておしまいだ。

さてディック自身はこれが願望充足ではないと言う。リンダ・フォックスに（会ったその日に）セックスさせてもらえなくて、多少写真より見た目が悪くてもハーブ・アッシャーが文句を言わなかったことで、この設定が願望充足ではなく、ハーブ・アッシャーが厳しい現実を受け入れたという。が……そんだけですか？　神様って甘いなあ。

そして最後の三章で、ハーブ・アッシャーは己をとらえる冷凍生命停止状態に気がつきつつ、警官とのやりとりを経て、ある認識に達する。「変わるのは知覚であって、世界じゃない。変化はオレたちの中にある」。そして一時は子ヤギの姿をした悪魔（ぼく）にあやつられるけれど、自分の良心（イェツェル・ハ＝トヴ）というのは、良心というのをユダヤ教カバラでそう呼んでいるだけだ）の化身になったリンダ・フォックスがそれを一瞬で殺して、ハッピーエンドを迎える。

つまり救済は個人レベルで行われる——悪魔（ぼく）を倒すのは、その個々人の良心なんですよというわけ。しかもその選択というのは、知覚の選択だ。同じものを見るのに、それをどう受け止めるのか、ということ。同じリンダ・フォックスを見ても、その悪いところに注目するのが悪魔の見方。よいほうに見るのが良心の見方。悪魔は、厳しい現実と称して悪い見方をさせ、人々のやる気をなくしてしまう。でも、その知覚を自分の選択で変えなきゃいけない。そして自分以外の人が何を選ぶかは、その人それぞれの選択だ。世の中にはまだまだ戦争も不幸も病気もあるけれど、それは他の人たちが、悪魔たるぼくの冷徹でネガティブな見方に走っているからなんだ。なるほどね。

3. ヴァリスとは何か？ ディックの到達した悟り

さてネガティブな悪魔たるぼくは、本書の最後でも主な登場人物の状況は冒頭近くの凍てつく辺境の星とまったく変わらないことは指摘しておこう。ハーブ・アッシャーは、リンダ・フォックスに劣情を抱いたニートのままだ。きみはまさか、最後のリンダ・フォックスが本物だなんて思っちゃいないだろうね。自分のすべてを理解し、受け入れ、養ってくれて、守ってくれる（しかも宇宙的アイドルで、でも自分を必要としてくれて、しかも求めるものは応援だけ）——似たようなことを夢見て握手券とか買いあさる人びとの噂は聞いているけど、その人たちですら心の片隅ではそれが妄想だと知っている、んですよねえ!? ライビスは自ら苦しみを選び、人を不幸にしようとしつつ、孤立している。エリアス・テートは荒野の中、一人神の言葉を伝えようと奮闘している。でも、ほとんど同じ状況なのに、ハーブ自身のとらえ方さえ変わればハッピーエンドだ。そしてハーブは、その凍てつく辺境惑星のドーム生活を覚えていて、己の心構えが変わったら状態がすぐに元に戻ると知っている。

いまぼくが述べたことは、第19章の最後で子ヤギになったぼくがハーブ・アッシャーに告げる通りのことだ。きみは貧相な生活をしていて、あたりはゴミだらけで生活はさえず、何も変わっていない。それが現実だ。でも本書は告げる。それが知覚の問題であり自分の内面を変化させればそれはハッピーな現実となるのだ、と。ぼくは、それは妄想とか自己欺瞞と呼ばれるものじゃないかとは思うんだが……。

これは前半でエマニュエルくんがやる、「ヘルメス的変成」と称する各種の現実改変や聖書の組み替えと同じことだ。つまりこれこそが神の叡智であり聖なる秘奥義なわけだ。そしてもちろん、「ヴァリス」というのが何か、というのを思い出してもらおう。「ヴァリス」はホログラム的な情報＝現実を人びとに投影する人工衛星だ（本書一一八ページ参照)。つまり人のものの見方を変える存在だ。エマニュエルくんも本書でそれをやっている。『ヴァリス』でも、最後に出てくるヴァリスの化身らしき少女ソフィアは、聖書の組み替えを通じてメッセージを変え、ファット/フィルの現実を変える。

さて『ヴァリス』では、ソフィアは結局本当のヴァリスではなかったし、それを崇める人びと(エリック・ランプトン一味)は死を弄ぶインチキ教団として描かれる。本書でも、エマニュエルくんによる世界回復は不完全なままだ。完全なはずの世界の中に、このぼく(悪魔)が宿されてしまうんだから。

でも本書ではその先がある。最後に内面の変化により完全に現実を変えてみせるのはハーブ・アッシャー自身なのだ。せっかくぼく(悪魔ベリアル)が本当の現実を見せてあげても、ハーブ・アッシャーは自分で自分の現実を創り出し、それに安住する。それにより悪魔は倒される。ここではハーブ・アッシャー自身こそが真のヴァリスだ。これこそ神様と悪魔(このぼく)の最終決戦だ。ハルマゲドンはまさにいま、ここで常に展開されているのであり、現実の解釈を変えて悪魔を倒すのは人間の良心となる。

つまり、ヴァリスとは最終的に、きみたち人間一人一人なんだ。

この点で本書は、実はディックの過去の作品とも似ている。たとえば『アンドロイドは電気羊の夢を見るか?』のラストで、人びとはインチキが暴かれてもマーサー教を信じ、機械のガマガエルであってもそれを大事にしようとする。他の作品でも、人びとは運命に翻弄されつつ、最後には主体的な選択による前向きな思考でそれなりの心の平安を達成する。本書の目新しさはそれを、ディックが必死で考えてきた神学の枠組みの中に位置づけようとしている点にある。

4.「ディック教」の敗北と全否定

さてこう書くと、本書によってディック教ともいうべき一大宗教体系が完成したように思えるだろう。ついでに「ヴァリスはきみだ！」と言われると、なんだかかっこいい。

でも、本当にそうだろうか。

まず悪魔なりに言わせていただくと、そこから得られる教えというのはそんなにいいものだろうか？　結局これが何を言っているか考えてほしい。与えられたものに満足し、醜い部分をも美しいものとして受け取り、そしていつも幸せでハッピーでいなさい。各人がそれぞれミクロに自分の良心を選べばベリアル（つまりぼく）は打倒される。これはお手軽なポジティブシンキングのすすめと大差ないのでは？

いや……それよりひどいかもしれない。この結論は『ヴァリス』で表明されていたそもそもの問いかけに応えられているのかな？　『ヴァリス』では自殺した友人グロリアや癌に苦しむ女性シェリーについて、ディックは同情と怒りを表明し、彼女たちをなんとか生かそう、うまく行けば復活させられないかとさえ思っていた。それがファットの妄想だ。それがこの宗教的な迷走の発端だったはずだ。

ところが本書では、明らかにそのシェリーと同じ人物を原型に持つライビスは、非常につれない仕打ちを受ける。神様が地球に侵入するためだけに勝手に処女懐胎させられて苦しまされ、地球に着いたら一瞬で殺される。「おまえは息子の中で生き続けるのだ」と言われて、それでおしまいだ。そして復活した別世界でもグチをさんざん垂れるだけのうるさい存在で、しかもハーブがアイドルとくっついたら一瞬でお役御免。でもそれは、シェリー／ライビスがどっかでベリアル（ぼく）を選んだから救われなかったのだ、ということのようだ。ライビスは自ら選んで病気になり、不幸になり、人びとを道連れにしようとしているのだから、彼女が悪い。そんなのはさっさと捨てろ、というわけ。

悪魔のぼくから見ても、なんだか冷酷な話だ。でも思い出そう。実は確かにこれは、まさにディック／ファットにとっては救いであり癒しなのだ。『ヴァリス』冒頭で、ファットは薬をやめ、他人を救おうとするのをやめねばならないと医者に言われていた。そしてこの小説の最後で、ファットは他人を救おうとするのをやめる。戦争も紛争も悲惨もまだある。でも他人は他人が自分で何とかしろ。自分は自分の良心と幸せになればいい、と達観する。長い長い小説を二本経て、やっとファットは冒頭での医者の言いつけを守れるようになった。無意味な愛他精神を捨てよ。利己性に生きよ。それがディックにとっての救いであり、同じことだが治癒だった。

そしてこれは『ヴァリス』に始まる壮大な神学や宇宙論の否定でもある。だれもが自動的に救われるような仕掛けなどない。良心に従って各人が生きるしかない。そしてこの教えには、グノーシスだの二元宇宙創成論だのはあまり関係ないことに注目、そんなものを考えるのに意味はなかった。あってもそれは、検討の中で最終的に棄却されるべき作業仮説でしかなかったということだ。

常識的に考えれば当然だろう。死んだシェリーもグロリアも、ディック／ファットが何をしようと決して救えはしない。どんなに素人神学をこねくり回し、異様な宇宙創成論を考え出したところで、この二人が生き返ることは決してない。小説の中ですら。だからディック神学は当初の目的を果たせたわけがないのだ。だったら、そんなものは放棄しなきゃ。救えもしない他人を救えるかのような妄想（それはしょせん、ナルシズムでしかない）からは抜け出さないと。もちろん、人は当然の結論に達するのに長い回り道をすることもある。その努力には敬意を払おう、でもその悟りに達したら、その回り道をありがたがってはいけないんだ。

が……本書を読んだ多くの人は、そうは思わないだろう。多くの人が『ヴァリス』に（わからないながらも）惹かれたのは、あらゆる人を救おうという悲痛なディックの苦闘に多少なりとも共感したからだ。本書がなんとなくハッピーエンドなのを見て、多くの人はその共感がむくわれ、みんなが救われる道が（こじつけでも）見つかったんだろうと思いたいんじゃないかな。悪魔ベリアル（ぼく）は倒され、世界は万人にとって清らかな救済へと向かうのだ、と。得体の知れない神学哲学談義を解明すれば、その理屈が明らかになるはずだ、とね（旧訳の解説はまさにそう述べていたことでもあるし）。そしてなまじ頭のいい人ほど、それを自分も解明しようとはりきり、無意味な回り道にこだわり続ける。でも、ストレートに読むと、そうはなっていないかもよ、とぼくなんかは思うわけだ。希望を捨てよ。ディックの到達した「救い」は、自分のことだけ考えろという、利己性の悟りだったのかもしれないよ。悲惨な境遇にも文句を言わず甘んじていろという諦めのすすめかもしれないよ。うふふふ。

でももちろん、これはすべて悪魔ベリアルたるぼくの言うこと。むろんぼくは自分が倒されるなんて思いたくないから、この解釈はぼく自身の願望充足なのかもしれないね。いやそれどころか、こんなことを書くこと自体が、ぼくの狡猾な戦略なのかもしれない。本書にもあるように、物事のありのままの姿（考え方次第では悪い面）を強調して、人々の不信と意気消沈を狙い、不活動に陥らせるのがぼくの得意技。この解説も、その実践なのかもしれない。この解説の中でも、ぼくは前節では、この小説がディック教の一種の完成だと述べているのに、この節ではこれがディック教の全否定だと書いている。どっちなんだろうか?

それはきみたち自身が読んで判断すべきことだ。本書は三部作の中では、最もストレートなSF小説(と言ってよければ)になっている。小説として多くの読みがあり、多くの解釈があるのは当然だ。ぼくが圧倒的に負けたという希望のメッセージだって当然読み取れる(ラストで一応倒されているしね)。一方で実は、ぼくがエマニュエルくんたちの試みを換骨奪胎していた、というような読みだって可能だろう。きみたちが独自のおもしろい読みをたくさん考えてくれることを祈りたいな。

5. 最後に

本書は翻訳にあたり、Kindle 版 *Divine Invasion*(原著一九八一年/Kindle 版は二〇一一年 Mariner Books 版にもとづく)とイギリスの Harper/Voyager 版のトレードペーパーバック(二〇〇八)を使用している。すでにご存じの通り、本書には『ヴァリス』に続いて大瀧啓裕による旧訳が存在した。本書でも、『ヴァリス』に見られた口語表現の無理解にもとづく誤訳はそれなりにあった。でも本書では、その影響は限定的だ。その意味で、改訳に伴う効用改善は三部作の中では最も少ないといえるかもしれない。また第一章のジョイス『フィネガンズ・ウェイク』の引用部分では、柳瀬尚紀訳を使用させていただいた。

三部作で残るはあと一作。次作『ティモシー・アーチャーの転生』は、他人を救わねばならないという妄想から解放され、癒されたディックが、いまだディック神学に捕らわれた人々に翻弄され、そしてそこから決別するという、ディックの中でファットではない、フィルのほうが書いた遺作となる。お楽しみに。

二〇一四年十一月二十二日

ベリアルの命を受けて山形浩生記す

本書にはＡＬＳについて、必ずしも現在の医学常識とは合致しない表現が使用されておりますが、原文に忠実な翻訳を心がけた結果であることをご了承下さい。（編集部）

フィリップ・K・ディック

アンドロイドは電気羊の夢を見るか？
浅倉久志訳

火星から逃亡したアンドロイド狩りがはじまった……映画『ブレードランナー』の原作。

偶然世界
小尾芙佐訳

くじ引きで選ばれる九惑星系の最高権力者をめぐる恐るべき陰謀を描く、著者の第一長篇

ユービック
浅倉久志訳

予知超能力者狩りのため月に結集した反予知能力者たちを待ちうけていた時間退行とは？

〈ヒューゴー賞受賞〉
高い城の男
浅倉久志訳

日独が勝利した第二次世界大戦後、現実とは逆の世界を描く小説が密かに読まれていた！

〈キャンベル記念賞受賞〉
流れよわが涙、と警官は言った
友枝康子訳

ある朝を境に〝無名の人〟になっていたスーパースター、タヴァナーのたどる悪夢の旅。

ディック短篇傑作選

フィリップ・K・ディック／大森 望◎編

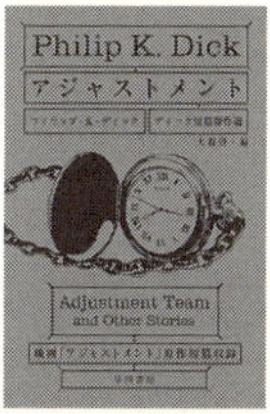

アジャストメント

世界のすべてを陰でコントロールする組織の存在を知ってしまった男は!?　同名映画原作をはじめ、初期の代表作「にせもの」（映画化名『クローン』）他、ディックが生涯にわたって発表した短篇12篇に、エッセイを加えた全13篇を収録する傑作集。

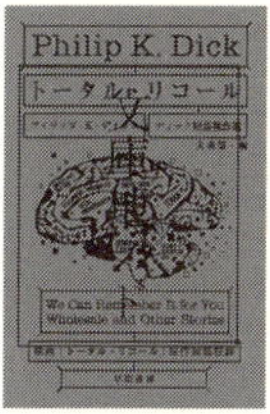

トータル・リコール

平凡なサラリーマンのクウェールは毎夜、夢のなかで火星の大地に立っていた……。コリン・ファレル主演でリメイクされた映画化原作、トム・クルーズ主演／スピルバーグ映画化原作の「マイノリティ・リポート」ほか、全10篇を収録する傑作集。

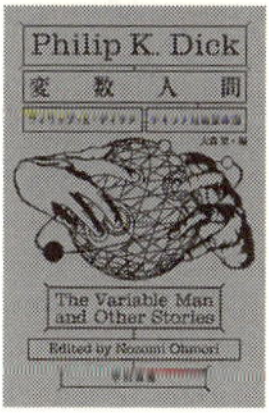

変数人間

すべてが予測可能になった未来社会、時を超えてやって来た謎の男コールは、唯一の不確定要素だった……波瀾万丈のアクションＳＦの表題作、中期の傑作「パーキー・パットの日々」ほか、超能力アクション＆サスペンス全10篇を収録した傑作選。

訳者略歴　1964年生，東京大学大学院工学系研究科都市工学科修士課程修了　翻訳家・評論家　訳書『自己が心にやってくる』ダマシオ，『さっさと不況を終わらせろ』クルーグマン，『ヴァリス〔新訳版〕』ディック（以上早川書房刊）　著書『新教養主義宣言』他多数

HM=Hayakawa Mystery
SF=Science Fiction
JA=Japanese Author
NV=Novel
NF=Nonfiction
FT=Fantasy

聖《せい》なる侵入《しんにゅう》
〔新訳版〕

〈SF1988〉

二〇一五年一月二十日　印刷
二〇一五年一月二十五日　発行

著者　フィリップ・K・ディック
訳者　山《やま》形《がた》浩《ひろ》生《お》
発行者　早川浩
発行所　株式会社早川書房
郵便番号　一〇一‐〇〇四六
東京都千代田区神田多町二ノ二
電話　〇三‐三二五二‐三一一一（大代表）
振替　〇〇一六〇‐三‐四七七九九
http://www.hayakawa-online.co.jp

（定価はカバーに表示してあります）

乱丁・落丁本は小社制作部宛お送り下さい。
送料小社負担にてお取りかえいたします。

印刷・精文堂印刷株式会社　製本・株式会社川島製本所
Printed and bound in Japan
ISBN978-4-15-011988-1 C0197

本書は活字が大きく読みやすい〈トールサイズ〉です。